# 我家住在解放路

曾万紫 著

陕西新华出版传媒集团

太白文艺出版社·西安

**图书在版编目（CIP）数据**

我家住在解放路 / 曾万紫著. -- 西安 ：太白文艺
出版社，2023.1
ISBN 978-7-5513-2241-6

Ⅰ．①我… Ⅱ．①曾… Ⅲ．①散文集－中国－当代
Ⅳ．①I267

中国版本图书馆CIP数据核字(2022)第203174号

## 我家住在解放路

WO JIA ZHU ZAI JIEFANGLU

| | |
|---|---|
| 作　　者 | 曾万紫 |
| 责任编辑 | 白　静 |
| 封面设计 | 李梓萱 |
| 整体设计 | 悟阅文化 |
| 出版发行 | 陕西新华出版传媒集团<br>太白文艺出版社 |
| 经　　销 | 新华书店 |
| 印　　刷 | 成都市兴雅致印务有限责任公司 |
| 开　　本 | 787mm×1092mm　1/16 |
| 字　　数 | 227千字 |
| 印　　张 | 14.75 |
| 版　　次 | 2023年1月第1版 |
| 印　　次 | 2023年1月第1次印刷 |
| 书　　号 | ISBN 978-7-5513-2241-6 |
| 定　　价 | 78.00元 |

联系电话：029-81206800
出版社地址：西安市曲江新区登高路1388号（邮编：710061）
营销中心电话：029-87277748　029-87217872

# 序

　　当方块字以它的独有魅力使我痴迷，使我忘情，使我的想象能上天入地、环视宇宙的时候，我就与各种各样的书籍结下了不解之缘。记忆中，我自小便有阅读的习惯，它使我经常想象自己进入书的世界，经历书中主人公所经历的场景，那个时候，我自己就成了童话世界中的灰姑娘、白雪公主、丑小鸭、白天鹅……

　　我在阅读中获得了巨大的成长，对书本的喜爱之情愈加深厚，我曾经居然不切实际地幻想着拥有一家很大的书店。但我知道，就算拥有了整个书城的图书，我恐怕也没有那么多时间一一翻看，"读遍天下书"的愿望是谁都不可能实现的。随着年龄的增长，人难免为红尘中迎来送往的种种俗事所累，能真正静下心来阅读的时间相对减少了。但同时我也发现，就阅读本身而言，是没有时空限制的。一个人只要有阅读的欲望，不论何时何地，都是可以进行阅读的。而书也分为有字之书和无字之书。

　　清代文学家张潮在《幽梦影》中说："文章是案头之山水，山水是地上之文章。"我欣喜地发现，我生存的这个世界其实就是一本无字之书：山川河流是书，草原沙漠是书，明媚的阳光是书，阴晦的天空也是书……推而论之，在我的成长过程中，同学、老师、同事、亲人，或者干脆说和我打过交道的每一个性格迥异的女人、男人都是各具特质的书。原来我天天都在阅读。阅读大自然，我感受到了这部经典之作所蕴含的能量，也读懂了它无言的抗议；阅读人世间，我窥见了这部大书的厚重构架，也领教了它层层叠叠的意蕴……用眼睛"阅读"，自然清晰明朗；用耳朵"阅读"，也别有一番精彩；用心"阅读"，则能在视力与听力所未能及的领域里感知苍生。

无论是有字之书还是无字之书，如果光是阅读而不去"发言"，心智就有可能无法被充分激活与唤醒。于是，我开始尝试把被动的阅读变成主动的创作。三十多年前，还在中学校园读书的我发表了第一篇文章。那时候，我只是朴素地记录下生命历程中的见闻和感受：凋谢的花、成熟的果、发芽的种、脱壳的笋、落地的叶……后来慢慢地渐入佳境，于是笔下便有了心境与文字交融的一篇又一篇的文章。从此我便一发不可收拾，觉得要写的东西越来越多——我就这么走上了文学创作之路，也陆续出版了一些作品，并为此感到欣慰。

有人曾问我，你从事英语教学工作，是有正当职业的人，何苦还要去招惹文学？这个问题使我想起登山运动员乔治·马洛里（George Mallory），在他魂断珠峰之前，有人曾经问他："你为什么要去登山呢？"当时，他望了望远处高耸入云的山峰，然后回答："Because it's there！（因为它就在那里）"我很喜欢这个答案，因为它看似朴实，但细想又很睿智，里面还包含着一种幽默感——明明是自己想要登山，却偏偏说山就在那儿使他心痒痒的。如果阅读对我来说就是发自内心的"悦读"，那么写作对我来说就是一种能更好地感受生命的方式。我在利用文字构筑生活、灵魂殿堂的同时，自己也获得了生活的动力和美的享受。

不论是对书本的阅读还是对世事的阅读，都给我带来写作的灵感。灵感到来的时候，我键盘上飞舞的手指好像被某种看不见、摸不着的力量驱使着，那个过程很神奇、很美妙。人类认识自身的最佳方式莫过于学习、思考，而这些方式，在阅读和写作的过程里都可以找到。所以，我不仅要阅读书本、阅读人生、阅读大自然，也要阅读历史、阅读社会，最大限度地汲取其中的养分，然后将它们化为自己的文字。

作家以作品说话。当我的这本新书《我家住在解放路》完成的时候，有感于自己多年如一日默默地耕耘，痴心于写作，所以写了这些文字，是为序。

曾万紫

2022 年 8 月 1 日

# *CONTENTS*

目录

# 第一辑
# 椰城走读

# 东 湖·西 湖

　　说起东湖和西湖，人们第一个想到的也许就是杭州的西湖和武汉的东湖，因为它们都名声在外。同为城中湖，海口的东湖和西湖一样具有很高的人气，不仅是外来游客了解海口自然景观和历史文化的一个重要窗口，也是市民们最喜爱、最有代表性的公共休闲娱乐场所。

　　海口的东湖和西湖是修建于 20 世纪 50 年代的人工湖，这两个湖与海口人民公园形成"一园两湖"的优美城市景观，海口人称之为"三角池地带"。海口人民公园位于市中心新华南路南端的大英山，坐西朝东，花木盘山，古树盖顶。公园正门前面的两边，分别是东湖和西湖。东湖呈椭圆形，湖中有一座湖心岛，面积约 40 亩，岛上楼阁金碧辉煌，由九曲桥连通湖心和公园门前的大道。西湖呈短脖子葫芦状，水面宽阔，湖光潋滟，周围一片翠绿。

　　20 世纪 80 年代末，海南建省办经济特区的消息传开，一批批来自全国各地的"闯海人"带着梦想和激情，不顾一切地如潮水一般奔向海南，出现了"十万人才下海南"的壮观景象。海口作为省会城市自然成为"闯海人"的第一站，于是，海口的三角池地带，每天人头攒动，热闹非凡。可以说，十万"闯海人"的青春和梦想就是从这里开始的。

　　当时，东湖附近挤满了来自全国各地的热血青年，他们大多是刚毕业的大学生。他们在东湖的围墙上粘贴留言、关注招聘启事，希望能尽快找到工作。夜幕降临的时候，不时有大学生在围墙附近朗诵诗篇、弹奏吉他、大声歌唱，宣泄情感，抒发心中的梦想……那时候，东湖附近的墙上总是密密麻麻地贴满了风格不一的自荐信和招聘书等，有毛笔写的、钢笔写的，也有画的涂的，什么形式的都有。这面墙就是人们所说的"人才墙"，也称"闯海墙"。是的，三角池地带是一代"闯海人"的记忆性地标，反映了20世纪海南建省办经济特区时热血青年勇于拼搏的精神。

　　三十多年过去了，如今沿着东湖的边缘行走，海南建省办经济特区之初热闹喧嚣的场景和斑斑驳驳的墙壁已经不在了，它们留在了人们的记忆里。目前，在原来的地址上，有一块湿地和一条长长的栈道，走在栈道上，可一览湖水映城的美景。湖畔椰林环绕，榕柳青翠欲滴，绿荫蔽日。芳草园、湖心岛、湖中亭、九曲桥、双月桥……"一园两湖"的三角池地带确实美不胜收，其中东湖、西湖被称为"平湖双月"，是海口八景之一。

　　海口人民公园就像是这个城市的龙首，而东湖和西湖这两泓湖水，是龙首上明亮的双眸。太阳照在湖面上，湖光潋滟，椰影婆娑，令人心旷神怡……

# 风云五层楼

　　漫步在海口得胜沙路熙熙攘攘的街道上，人们可以看到一座巴洛克风格的古老建筑。楼顶的缝隙间生长着一些生命力顽强的植物，斑驳的墙面诉说着这座建筑曾经辉煌的历史，它就是民国时期海口的地标——五层楼。

　　五层楼曾经不仅是海口的地标，也是雄冠海南数十载的建筑之一，是当时海南人心目中最向往的地方。五层楼临街立面造型优美，里边的栏杆都是琉璃做的，墙面浮雕立体感强，做工细腻精巧，雕花多姿多彩，布局大气。据说建造五层楼的时候，钢筋、水泥、楠木、瓷砖等材料都是从国外运回来的。那些水泥用大大的木桶装着，由于路途遥远，有些钢筋运回来后都生锈了，得用砂纸蘸着牛油擦拭一遍才能用。五层楼自1935年竣工后，富商名流趋之若鹜，这里成了身份高贵的人出入的场所，在长达近三十年的时间里，它一直是海口最高的建筑。

　　五层楼的主人是文昌市铺前镇中台村的华侨吴乾椿，直到现在，村里的大人小孩还知晓他的名字。青年时代的吴乾椿是一名泥瓦工。当时在文昌，"去番"（下南洋）是很多人家改变命运的最好途径，为此他母亲卖掉了家里仅有的四分田，为他筹到了去越南的路费。吴乾椿虽然没有多少文化，但头脑灵活、胆子大，他通过囤积居奇迅速积累财富。1930年，他已经成为法国银行驻越南防城的总代理，在当地拥有几十家商铺，资产雄厚。然而，进入财富鼎盛时期的吴乾椿做出了一个重大决定——回海南，在海口建造海南第一高楼。

在五层楼最初建造的两年里，一切都很顺利，没想到即将封顶的时候，吴乾椿却遭遇了自己生命中最大的劫难。因为违反了越南银行贷款相关规定，他被政府当局判刑"充军"（充当苦力）。他怎么也想不到这个宏大的梦想竟然会给自己带来灭顶之灾。吴乾椿死后，他未竟的事业交由兄弟和儿子吴坤浓完成。但五层楼带给吴氏家族的似乎注定只有灾难。在五层楼开业的当天，吴乾椿几岁大的孙子在楼顶放风筝时不幸失足摔死。后来的五层楼也命运多舛，特别是大小姐吴慰君和其夫君林云的往事，像利剑般穿透人心。随着全民族抗日战争的爆发，五层楼先后被日军和国民党军队占领。抗日战争胜利后，五层楼更名为"胜利戏院"，中华人民共和国成立后又改名为"人民戏院"，收归国有。曾经显赫一时的吴家人，命运也如五层楼一般，在几十年的岁月中沉沉浮浮，历尽悲欢离合，最终褪去铅华归于寂寥。吴乾椿的后代现在也星云四散，难觅行踪，曾经辉煌的过往和华彩的景象，早就如梦一般消逝了。

我生长在海口的老街里，从小穿梭奔跑于各座骑楼间，每次走到得胜沙路五层楼那里，我总是放慢脚步抬头观望，仿佛可以听到当年楼里传来的《蔷薇处处开》《春天里》等歌曲的旋律……倘若时光倒流，这条老街将是另一副繁华的模样——药店、餐厅、影院、咖啡厅、豪华酒店林立，达官贵人、名媛淑女和华侨富商等有身份的人进进出出，上演类似大上海一样极致的人间华美景象。据说1948年，一位开明的港商和他的家人在这座海口最豪华的大楼里生活过，他与当时五层楼的主人吴坤浓合作开办戏院一事成了人们谈论的话题。戏院里放映的《一江春水向东流》《渔光曲》《新女性》等电影不知赚了海口人多少眼泪。

"我第一次看电影就是在这里，当时的电影还是无声的哩。"有一位阿公曾经对我说。多少年后，每当回忆起当时在五层楼游荡的时光，有些老人脸上还不禁露出微笑。如今，这座宏伟的建筑依然静静地矗立着，白色的墙面上精致的雕花依然清晰可见，巴洛克式的尖顶依然气势十足，柱廊、壁廊透着一股浓浓的欧式风情，人们依然能够感受到它当年的华贵，就如同一个被岁月在脸上刻下痕迹的美人，容颜虽改，优雅依旧。奢华的娱乐设施早已被从这座建筑里搬走，现在五层楼的一楼成了人们讨价还价的服装批发市场，其余的楼层被木板分隔成了一间间密不透风、光线极差的小居室，成为一些底层居民和外来人员的住处……居住在里面的人，他们知道五层楼曾经的绝代风华吗？每每路过这里，我不禁好奇地想问一问。

沧海桑田，岁月变迁……是的，即使现在居住在里面的人，也不一定知道它的历史了。曾经灯影绰约、风云激荡的繁华时代虽然确实已经远去，但五层楼还是海口骑楼群中特别耀眼的那一座，它见证了广大华侨用汗水和智慧在骑楼老街创造的商业传奇。不仅因为它长久以来占据海南第一高楼的位置，还因为它在老一辈海南人的心目中留存着独特的记忆。据说五层楼建起后，海口的四牌楼、永乐街、大街、新街（新华路），尤其是海口得胜沙路上的商行、教堂、医院、银铺、戏院也相继出现，构成了老街早期的繁华街景。

八十多年过去了，随着时代的发展，特别是海南建省三十多年来，海口许多摩天大楼拔地而起，外来人口也不断增加。如果要罗列海口的地标，人们怎么也不会再想起曾经叱咤风云的五层楼了。但是，在老一辈海南人的心目中，历经风云的五层楼，仍然是海口最美、最高和最大的建筑！

# 海口"北门头么井"

海口是一座现代化城市，也是一座典型的移民城市，它对外来文化是敞开胸怀的。都说随着城市的发展，已经不容易区分土著和外来人员了，但是我认为如果说起"北门头么井"，谁能听得懂，并知道它曾经在什么地方，那他一定是土生土长的"海口能"（海口人）。

"北门头么井"是海口方言，意为"北门那里的那口井"。海口的老街区有四个门，分别是东门、西门、南门和北门。如今的博爱北路和水巷口交接的那一带，就是老海口的北门。很多很多年前我们上学或上街，都喜欢串呇𣃔小巷抄近道走。走过钟楼对面的双曲巷，穿过臭屎巷（少史巷），再到解放路就到学校了。下午放学，我们也喜欢去同学家里玩。同学有住在北门头么井附近的、马房的、四排楼的、西门外的、西江的、三角庭的……我们小小的脚步踏遍了大街小巷，童年纯真的趣事令人回味至今。

生于斯，长于斯。我可以这么说，北门头么井是海口历史上最著名的井！我小时候经常在那附近看人们打水洗衣，依稀记得在那口井附近有一家"减价铺"，经常有物美价廉的文具，如削笔刀、作业本、铅笔、橡皮擦等。周末和同学一起去买文具是一件多么开心的事呀！现在北门那儿依然熙熙攘攘，步行街、骑楼的开放吸引了来自世界各地的人们驻足观光，可是记忆中熟悉的场景，还有那间"减价铺"，早已经不存在了，同时消失的还有北门头么井！

北门之外的水巷口，早年是琼州府的官渡和繁荣的埠头。清咸丰八年（1858年）《天津条约》签订后，海口作为对外通商口岸，水巷口变得更喧闹和繁华了。当年从海口下南洋的人，临走之前一定会在北门头么井那里捧舀起一瓢水。而在外打拼多年的人，回到海口一上岸看到的也是这口井。

水井与人类的命运息息相关，承载着历史的风尘，水井的建造使人类的活动范围扩大了。在没有自来水，家家户户都要挑井水喝的岁月，方圆好几公里的海口人都曾经被这口井养育和滋润过。井口是圆的，它的周围还有一个四方形的围地，这不仅让水井看起来宽阔一些，而且方便取水的人们就地使用，如在这里洗衣服，甚至洗大物件等都没问题。小伙伴们的打闹和嬉戏更给北门头么井增添了灵气，也让那条老街充满着欢声笑语、人间烟火和勃勃生机。

记得有一位老阿嬷曾经告诉我："自从我嫁来水巷口，就一直到北门头么井那里打水、洗衣、洗菜。热天的时候，水特别凉的嘞，若是用来发豆芽，还长得特别好的噜。"是的，对于海口老街的人来说，那口井的井水曾经像母亲的乳汁一样，是我们的生命之水，逢年过节它还会受到人们的祭拜呢。水巷口里有些店铺是上百年的老字号，售卖甜薯奶、粑仔、腌菜、炸番薯、炒田螺、猪血汤等海南特色美食。我想那些食店当年也一定从那口井里一桶一桶地汲过水吧。

据说，20世纪80年代的时候，道路进行重新规划，因为这口井刚好在马路边上，政府为了过往行人的安全，就毫不犹豫地将其填埋了。我不知道那口井曾经在海口老街上存在了多少年，但是我知道，老海口人对它至今念念不忘。一直到现在，老街有些上了年纪的人还会把它当作一种地标和方位指向。比如，有些老人还会这么跟你说话："明天喝早茶，你先在北门头么井那里等我。"井在哪里？不是三四十年前就被埋了吗？是的，可是这么多年来，它还是固执地"存在"于当地居民的生活中，出现在他们的语言里，是他们心中永恒的地标。

当年北门头么井被埋掉的时候，我年龄还小，它具体的模样其实对我来说已经模糊了，只是这个词我从小听到大，太熟悉太亲切了，我知道它在老海口人心中的分量。外来人员是不会知道这些的，也不晓得它的确切位置，唯有曾经在海口老街生活过的"海口能"才有那种感觉。海口如今日新月异，城市的改造使很多历史遗迹，甚至古巷、老街都在慢慢消失，让人唏嘘不已。每个地方的发展过程中都有一些十分重要的掌故，它们是城市发展的忠实记录者，印刻着城市文明的足迹。

那位自从嫁到水巷口就每天到井里汲水的老阿嬷早已作古了，我们也一年年添了新岁。闲暇时候再回到老街小巷去，仿佛昨日一切历历在目，我好像又回到了童年时代，似乎还能听到老阿嬷曾经对我说过的话。时过境迁，有的人离去，有的人进来，这就是市井生活。我们看惯了城市繁华的烟火，习惯了钢筋水泥的冷漠，再听听老一辈海口人嘴里说出的那些曾经熟悉的地名——铜锣园、韭菜园、红坎坡、牛角村、竹林村、雀街后、牛车巷、什门、龙巷、婆祖不入巷、龙牙巷、盐灶、八灶、海田等，感觉是那么亲切和朴实啊！每一个消失的地名，都有令人追忆和回味的往事，使人不断怀恋和思念。

那口滋养了海口几代人的老井，三十多年前就被填埋了，它消失得太迅速、太彻底了，现在年轻的"海口能"已经不知道这个事了。可是每当我从那里走过，眼前仿佛又出现当年水井边的喧闹场景，往昔的一切又鲜活了起来……我总是刻意去寻找老井曾经留下的痕迹，凭着一丝丝感觉，我似乎也总能找得到——如果你留意的话，博爱北路和中山路的十字路口向西几十米处，骑楼走廊连着路面的台阶处有一大片是稍微凹陷下去的，没有记错的话，那一大片稍微凹陷下去的路面就是当年北门头么井的确切位置！

可惜现在看着干干净净、硬邦邦的水泥路面，熙熙攘攘走过的人们，谁会相信那里曾经水源丰沛，取之不尽，用之不竭呢？谁又会相信，那里曾有滋养和哺育了几代海口人的一口老井？

岁月更迭，情怀依旧。怀念海口北门头么井！

# 六秩华诞赋

## ——庆祝海口四中建校六十周年

　　春秋代序，岁去冬归。二〇一八，微风送爽，海口四中，六秩华诞！放眼校园，一栋楼宇，一种精神；一条走廊，一种心境；一块标语，一个方向……此可谓一草一木皆故事，一砖一瓦可文章。杏坛一甲子，桃李满芬芳！

　　忆往昔，似水流年，花开花落，云卷云舒，无数日夜兼程。胼手胝足，桃李不言，自有风雨话沧桑。耕兮耘兮，群策群力，几代人披星戴月。筚路蓝缕，强校之途维艰，同心协力，不畏严寒酷暑。开垦，播种，不舍昼夜；求索，奋斗，何计苦甘耶？生机与活力同在，挑战与机遇并存，实干兴校，路漫漫其修远兮……看今朝，华光如梦，校园风景美如画，焕然一新，楼宇建筑显内涵。环境一流，设施先进，人才辈出，社会关注，家长欢迎，四中乃学子向往之热门学校也！以优质之教育，得最佳之推崇矣。创新德育特色，突显艺体教育，抓实教学教研，锐意课程改革。更何况，智慧校园高科技，资源共享网络间，汇集教、学、研、训、评于一体，不亦快哉！

　　六十载之弦歌兮，播火传薪，饱经岁月风霜；

　　六十载之历练兮，不懈追求，终究实至名归；

　　六十载之峥嵘兮，栉风沐雨，书写精彩华章；

　　六十载之拼搏兮，超群拔萃，步入强校之列；

　　六十载之年华兮，砥砺奋进，造就如今辉煌！

　　学子多努力，师长倍辛苦。恂恂夫子，因材施教，旨在树人，含英咀华。经验远播兮，增润华章；为人师表兮，滋兰润蕙。传道授业，竭尽全力；敬业奉献，诲人不倦。三尺讲台，挥汗如雨，精心育人师德高尚；教风严谨，知识广博，培养栋梁尽心尽责。学海无涯，学子自强，不负好时光；人生茫茫，名师领航，大爱乃无疆。春秋数度更迭，岁月几番变化，痴心不改。抑或曰："教育源于爱！"

莘莘学子，竞吐芬芳，勇攀高峰，圆梦四中。岁月不居，天道酬勤，恰同学少年，风华正茂。风声，雨声，读书声，声声入耳。青春飞扬，校园蓬勃，或展示才艺，精彩纷呈；或拼搏赛场，英姿勃勃；或应战考试，金榜题名……金秋时节，负笈而来，废寝忘食，三载学成，乘风而上。三更灯火五更鸡，寒夜读书忘却眠。志哉乎，鲲鹏展翅九万里，水击三千任遨游。宝剑锋从磨砺出，梅花香自苦寒来。学海泛舟，书山苦读，为国栋梁，奋发图强，哪会不自量？

夫四中精神，一脉通贯也。有差异，无差生，全面发展，一届学子一届硕果。培优补差，一分耕耘一分收获。孕育成才，众学子身心正壮，破茧化蝶，教学理念争先进。以德为本，奉公清廉，以质立校，和谐发展。"立德、树人、崇真、尚美"谆谆校训在耳，"敦品、励学、敬业、爱生"铮铮寄语在心，力求"精诚、精心、精良、精致"也。师生同德，怀顶天立地之壮志。教学相长，存继往开来之宏图。于是乎，芝麻开花节节高，高考捷报频频传，岂会是偶然？

今日四中，树影婆娑，气息芬芳，桃李天下，发展步入快车道，"海侨一四"之辉煌重铸矣。华诞佳节，师生同祝，笑脸如花，弦诵相继颂永昌。校庆大典，学子纷至，欢歌举杯，彩凤欢舞巨龙翔。岁月静好，师生情长。嗟夫！六秩倏然，逝者如斯，而今百尺竿头。噫嘻！春去秋来，初心犹在，更向彼岸登程！岁月如歌，弹指一挥，时光荏苒，白驹过隙，承前启后，继往开来。

忆峥嵘之岁月兮，无怨无悔，展未来之愿景兮，再接再厉！荣耀一甲子，整装再出发。祝曰：四中发展，似美舍河之流，涓涓千里，源源不断；四中未来，如南渡江之水，前出伏流，一泻汪洋！

# 活过九十九

在世人眼中，鹿是美的化身。我国自古就有"鹿身百宝"之说。鹿茸是名贵的中药材，已经有几百年的药用历史。俗话说："千年王八万年龟。"龟鳖长寿，所以吃龟鳖也能长寿，这也是人们热衷于食用龟鳖的原因之一。实际上，龟的龟板入药，具有滋阴潜阳、补肾健骨的功效。

海南是我国唯一的低纬度热带海岛省份。这里常年气候温和，雨量充沛，境内山峦叠翠，植物丰茂，动物种群众多。海南水质优良，盛产稻米，特别适合酿酒，而面海拥山又为泡制药汤味酒提供了得天独厚的环境。海龟板、鹿骨胶，是海南渔民与山民在日常生活中容易获得的产品。一直以来，凭借植被丰富、环境适中宜人的山林，人们饲养龟鳖、驯养马鹿。现在，这已经成为海南人民致富的主要产业，也为鹿龟酒的生产提供了源源不断的原料。

由于海南常年高温多雨，气温变化无常，季节变化不明显，海南人极易患风湿、汗虚等病症，饮用带汤药味的酒有明显的改善效果。正是海南人的这种饮酒需求，让鹿龟酒不断传承与发展。久而久之，鹿龟酒便成了海南岛上独特的家常饮用酒。几百年来，鹿龟酒的主要产地一直分布在以海口为中心的琼北一带。

明末以后，鹿龟酒由内地经海口传至全海南，酿制鹿龟酒的小作坊也一直围绕着海口分布，其中以海口王氏和琼山云龙冯氏的作坊比较有规模。据《王氏族谱》记载，同为行医世家的冯王两家属儿女亲家，正是冯氏女嫁入王家才将鹿龟酒的酿制技艺带到王家的。但那时的鹿龟酒主要作为医药使用。

鹿龟酒作为海南的地方传统产品，有史料依据的历史可追溯到明末清初。当时，行医世家的冯向植为避战乱，迁至海南琼山云龙一带。冯向植在古医方的基础上，以海南的地方特产酿制鹿龟酒。据《冯氏宗谱》记载："公（冯）向植，尝以龟鹿骨入酒，街坊四邻称此酒吉祥有寿，逢寿诞年节，辄往争购；徐以自饮，更为礼赠。"这是海南历史上关于鹿龟酒的最早记录。

进入 20 世纪后，随着西医的流行，鹿龟酒的市场逐渐萎缩。日军侵略中国时，冯氏家族的第十六代传人冯质夫，怀着一颗报国之心，加入了琼崖纵队，毅然走上了革命之路。作为一名军医，冯质夫不但为战士们治病疗伤，还在军中酿制鹿龟酒为抗日将士祛风御寒。鹿龟酒能提高免疫力，祛风活血，抗疲劳，强身健体。鹿龟酒也曾是琼崖纵队药食同源的保障物品，为提高部队的战斗力做出了一定的贡献。鹿龟酒，还是琼崖纵队的"庆功酒"，琼崖纵队的老战士对之情有独钟。

中华人民共和国成立后，确切地说，是在 1950 年后，已是革命功臣的冯质夫再次向国家献出鹿龟酒的酿制技艺，其中包括药理配方。至此，这一传统技艺便开始在工厂里传授开来。鹿龟酒由此走上工业化生产的道路，产品差不多遍布海南全岛。随着经济的发展，鹿龟酒在产量和质量方面也获得了长足的进步，不但成为海南人民首选的休闲饮品和保健饮品，还跨过琼州海峡，出现在更多消费者的餐桌上。

鹿龟酒已经有六百年的历史了。在技艺方面，鹿龟酒坚持按照传统中医药的配方药味、配料配比进行生产，坚持传统加工工艺，选取地道药材为原材料，鹿骨胶、龟板胶采用传统的熬制工艺，中草药沿用传统的炮制方法。今天的民族品牌——椰岛鹿龟酒，依然沿用传统保健酒的古法酿制技艺，同时结合现代生产工艺，几十道生产工序，严苛的质量监控，保证了产品的高品质。

鹿龟酒经过多年的发展，已经不再是单纯的药酒，它在多种场合被用以祝寿、祈寿等。此外，鹿还与"禄"谐音，象征福气、福禄。椰岛集团对中国传统的鹿龟文化进行重新发掘，对鹿龟文化的改进，不仅打破了酒的发展瓶颈，还将传统的酒与营养健康结合起来，迎来了新的机遇。

直到现在，不少海南人在谈及鹿龟酒时，都能脱口说出这句顺口溜："常饮鹿龟酒，活过九十九。"20世纪90年代初的时候，这句顺口溜却流传甚广。据说，这句顺口溜的原创者不是厂家，而是民间人士。不过，当年的原话是："常喝鹿龟酒，活到九十九。"

为了让这顺口溜叫得更响，椰岛集团对"常喝鹿龟酒，活到九十九"这句话进行了两处微调。首先，他们觉得"到"字用得不妥。有人提出，海南岛是国际旅游岛，也是健康岛，百岁老人比比皆是，难道活不到一百岁吗？所以，他们把"到"改成了"过"，这样显得更合理。其次，他们把"常喝"改成了"常饮"，这样念起来更顺口。经过修改，"常饮鹿龟酒，活过九十九"这句话，被正式印到了鹿龟酒的外包装盒上。这标志着这句在民间流传了数年的顺口溜终于登上了"大雅之堂"。那时不少人回家过年，都要带些鹿龟酒回去孝敬老人，这背后的原因除了鹿龟酒质量上乘外，酒的顺口溜广告语也功不可没。

长寿，自古以来就是人们的愿望。影响长寿的因素有很多，如豁达的性情、宜人的环境，而适当的滋补调理亦不可忽视。海南是历史上有记载的长寿老人最多的地区之一。海南优美的环境和淳朴的民风正是海南人长寿的原因之一，而海南很多老人爱饮鹿龟酒，恐怕也是一个影响因素。当地很多老人常在水田里劳作，却很少患风湿，吃得香，睡得实，气色好。

酒借药力，通达全身。鹿龟相辅，阴阳平补。阳虚补阳，阴虚补阴，无偏攻之忧，有平和之美，使人体保持阴阳平衡。椰岛鹿龟酒，不愧为长寿岛海南的相传之宝。

常饮鹿龟酒，活过九十九！

# 美仁坡的美

美仁坡位于海南东线高速公路二十八公里处，过去为琼山县美仁坡乡，经 2004 年海口区域调整后，现归属海口市龙华区龙泉镇。

相传，美仁坡原名是美人坡，以出美人而得名。然而，受传统思想的影响，古人视红颜为祸水，于是，在"四清运动"时，就有人把美人坡改成了美仁坡。新丝路模特大赛冠军、第五十二届世界小姐、亚洲美皇后、大洋洲美皇后吴英娜就出生于此地。

美仁坡东邻龙塘镇，西为遵谭镇，南近新坡镇，北枕青山，南渡江绕边而过。美仁坡的美，在于它的人、它的山、它的水。金秋送爽，稻穗飘香。走进美仁坡，随处可见石头屋、石板路。这里的生活条件虽然很一般，但村民特别长寿，九十岁老人就有近十位。为何他们如此长寿呢？环视四周，整个村庄就是一幅美丽的风景画，这宜人的环境也许就是村民长寿的原因之一吧。这里优美的风景和淳朴的民风给每一个到访者都留下了深刻的印象。

山，青翠碧绿，草木繁盛；水，清澈见底，甘甜冰凉。据说，这里的水是经过火山石净化的优质矿泉水，为火山地区特有的冷泉。就算是三伏天，泉水温度也保持在 22℃ 以下。常用冷泉沐浴可以刺激皮肤，增强人体的应激能力，提高人体的御寒能力，有助于增强血管的弹性，加快胃肠蠕动，对高血压、糖尿病、风湿病、呼吸道疾病、肥胖症、皮肤病有很好的治疗功效，对神经衰弱、头疼、失眠、消化不良也有一定疗效。

此外，冷泉的矿物质含量也十分丰富，含人体所需要的锶、镁、钠、钾等物质，长期饮用，能预防心血管等方面的疾病。饮山泉、食粗粮、淋冷浴、泡氧吧，心情开朗，益寿延年。

美仁坡村是海口市的一个自然村，与汉香村、雅咏村同属于龙泉镇，民风淳朴，依山傍水。每到夏日，千亩荷塘竞相开放，有的含羞半露，有的妖艳张狂，有的亭亭玉立，有的妩媚娇嗔。

"绿草苍苍，白雾茫茫，有位佳人，在水一方……"美仁山水，秀丽明媚，浑然天成。美仁人家，热情好客，乐于助人。美仁坡，长寿坡；美仁坡，美人坡！美仁坡的美，美在外表，美在内里。

# 在江之东

蜿蜒横穿过整个琼岛的海南第一大河流——南渡江，在茫茫林海汇涓成流，一路问天阔，一齐向天歌，最后在海口汇入琼州海峡。奔腾的南渡江催生了椰城海口，也养育着生活在这块土地上的人们。山水、林田、湖草是这个城市的重要组成部分，江两岸的生态、经济、社会协同发展，打造了国际化滨江滨海花园城市——海口的繁华景致。

追溯历史，如今的海口，可以说是江海滩涂共同孕育的南海明珠。在南渡江之东，不仅有东寨港红树林保护区，还有十多条溪流逶迤流淌，再远望，则是无边无际的大海。2018 年以来，党中央决定支持海南全岛建设自由贸易试验区，逐步探索、稳步推进中国特色自由贸易港建设。这给了海南前所未有的重大发展机遇，于是海口市南渡江向东这块总面积约 298 平方公里的江东新区，作为建设中国特色自由贸易港的重点先行区域，将被打造成具有国际范的新城。

在江之东，生态一流。江东新区东起东寨港，西至南渡江，地处海口与文昌木兰湾之间，距离市中心约七公里，距文昌木兰湾新区约十五公里，是海口"一江两岸、东西双港驱动、南北协调发展"的东部组团，也是"海澄文一体化"的东翼核心。天蓝海碧，树高林密，鱼翔浅底，鸟跃低空……站在江东塔上远眺，江东新区满眼皆绿，滨海临江拥湖、湿地入城。优良的生态基因是江东新区建设和发展的独特优势，也是海南的生态环境特色。"田作底、水理脉、林为屏，西营城、中育景、东湿地"是江东的总体建设格局。同时，江东新区还不断创新"蓝绿交融、水城互融、城乡共融、产城相融"的组团细胞建设理念，形成了"一港双心四组团、十溪汇流百村恬、千顷湿地万亩园"的城乡空间总结构。

江东起步区的水系改造，也为海口市民新添了一处踏青赏花的好去处。江东新区构建了"一区映两心、三水纳九脉"的格局，其中，"一区"指的是东寨港国家自然保护区，"两心"包括桂林洋国家热带农业公园、滨海河口湿地带为节点的生态绿心，"三水"即南渡江、琼州海峡、东寨港大湖，"九脉"包括潭览河、迈雅河、南岳溪等九条河流及沿河两侧建设的多条绿色生态脉络。此外，江东新区还将重点探索城市开发与美丽乡村升级的城乡统筹发展新模式，打造半城都市半城绿，实现"真都市"与"真田园"的完美融合。

在江之东，项目建设如火如荼。作为中国特色自由贸易港的重点先行区域，海口江东新区的建设热火朝天：塔吊林立、机器轰鸣、焊花闪烁、车辆穿梭，一派繁忙的景象。建设热潮一浪高过一浪，重点项目不断干出"加速度"，也不断刷新海南速度。"一天当三天用"的干劲，在海口江东新区得到淋漓尽致的体现。建设者们全力奋进，皆因使命在肩。而天下大事必作于细，一张高质量的规划蓝图背后，是无数人的付出。

海南规模最大的独立跨海桥梁——海文大桥宛如龙头，昂首挺立，而江东大道宛如龙身，延绵十五公里，像一条绿色的带子向远方延伸……这里的每一个规划设计，都是紧紧围绕海南自由贸易港建设的战略定位展开的。哈罗国际（中国）礼德学校竣工交付使用，文明东隧道顺利通车，白驹大道延长线已有车辆疾驰，面向印度洋、太平洋的国际航空枢纽——海口美兰国际机场飞行区道面工程完工，航站楼主体均完工，机场主体工程也已经完工……"两年出形象，三年出功能，七年基本成型"，江东新区陆续启动"五网"和临空经济区等项目的建设，将其打造成为自贸港建设的重大功能平台，其中重要的基础设施建设已达到国际水平。

在江之东，未来可期。其实江东新区甫一成立，已有许多国内外著名企业入驻，涉及金融会展、服务贸易、航空维修、空港物流、融资租赁等重点领域，在江东注册落地的公司还有阿里巴巴、腾讯、苏宁等世界五百强企业。一幅以"新发展理念"为底色的高质量发展的美丽画卷，在南海之滨徐徐展开。江东新区建设分为三步：2020年，与全国同步实现全面建成小康社会目标，绿色生态和美丽乡村建设成效显著，自由贸易试验区建设取得重要进展，国际开放度显著提高；2025年，自由贸易试验区建设取得重要进展，经济社会发展质量和效益显著提高，自由贸易港制度全面建立；2035年，建设成为具有鲜明热带海岛特色、全方位践行中央新发展理念的对外开放国际化新区，为全球未来城市建设树立"江东样板"。

潮起海之南，逐梦自贸港。江东新区打造开放新高地，构建发展新格局，采用最先进的理念和国际一流水准的规划设计，以科学性、前瞻性、引导性的高水平规划为引领，坚持生态优先、绿色发展，坚持城乡统筹、一体化设计，坚持"五网"先行、一次性规划，致力于建设世界一流的零碳新城、彰显中国文化海南特色的亮丽名片、城乡一体和谐共生的中国示范和全球领先的生态CBD（中央商务区），努力打造具有国际一流水准的中国特色自由贸易港生态新区。这一切，也昭示着海南砥砺向前的新气象和新作为，开启了海南发展的新梦想。

……

在海之南，在比较适宜人类居住的纬度上，一个世界级的海滨度假胜地正在崛起，它就是国际旅游胜地海南岛。海南全面开放的新格局，已经从"总蓝图""规划图"加快变成"施工图""实景图"。

在江之东，大海、小溪、河流于此交汇融合，中国、亚洲、世界的交响乐也于此奏响。作为海南自贸港的起步区和先行探索区，江东新区承载着百年梦想，也让海南再次扬帆远航，诠释新的奇迹！

# 南渡江上的老铁桥

在海口南渡江上，有这么一座桥，尽管它杂草丛生，满目疮痍，现在已锈迹斑斑并断裂了，但它承载着许多老海口人的记忆，人们把它亲切地称为"老铁桥"。

老铁桥是南渡江上的第一座大桥，也是海南的第一座大桥。海南历史上曾经隶属于广东，所以甚至还可以说，它是当时广东省的第一座大桥。由于它是日本人为侵略海南而建造的，所以铁桥身上写满了耻辱与辛酸。1939年2月10日凌晨，日本陆军板田支队和日本海军第五舰队共一万多人，在飞机、军舰的共同掩护下，于海口西北角的天尾村至荣山寮之间的海岸登陆，次日就占领了海口，开始侵略全岛的行动。当时日军因运输的需要，便建造了这座铁桥。

在海南，上了岁数的人几乎都知晓南渡江铁桥，但对于它的设计者——斋藤博明却鲜为人知。当时日本工程师斋藤博明被日本海军特务部委派到海口主持南渡江铁桥的设计和建设工作。作为日本企业的员工，斋藤博明没有拒绝。他当然知道，建桥的目的就是让日军更快地深入海南岛腹地，大规模地掠夺海南丰富的自然资源。

1940年6月，铁桥正式施工，并取了一个日本名字，叫"吕宫桥"。为了防止铁桥被破坏，铁桥土木部分均由日本工程公司清水组承包，钢架部分由台湾高雄造船所制作并安装，施工骨干队伍为日本人，其他全部使用中国台湾人和朝鲜人。铁桥全长785.34米，宽6.8米，桥身距离洪水最高水位

2米，最大载重 20 吨。南渡江边上的碉堡实际上是个岗亭，是当年日军为了守卫老铁桥而设置的，里边有十几个射击孔面对着南渡江江面。

时过境迁，现在碉堡里尽是稻草，哨岗上的十几个射击孔，依然对着桥口和江面，但碉堡的外墙早已斑驳、脱落。铁桥的主通道口已经被铁栅栏封住。从栅栏望去，桥身的钢铁早已生锈，落满了灰尘。夕阳西下，锈迹斑驳的老铁桥犹如一位步入暮年的老人，诉说着那些不堪回首的往事……

1942 年，老铁桥建成通车后，由一小队日军守卫。守桥的日军对通过桥下的民船经常任意抢掠和无端射击。因此，这座桥也被称为"鬼门关""鬼子大桥"。斋藤博明在日记中写道："在架桥建矿和修铁路的过程中，我时常目睹大批的劳工被迫害致死，内心备受煎熬。铁桥通车后，我又多次目睹守桥的日军对桥下无辜民船进行扫射。看着自己设计的大桥成为罪恶的屠场，我内心矛盾重重，却无能为力。"抗日战争胜利后，斋藤博明并没有回日本，他选择留在海南。在这之前，他已经娶了海南定安姑娘吴氏为妻，并给自己取了一个中国名字——黄明博。黄明博虽然在日军侵琼期间没有拿过枪，也没有杀过人，但他毕竟是铁桥的设计者，而铁桥是日本对海南岛资源进行掠夺的最大罪证，他始终无法摆脱这种强烈的负罪感。在他的后半生，他真诚地以自己的勤奋与辛劳为此赎罪，救赎自己的灵魂，以求得内心的安宁，最终他获得了海南人民的谅解。2007 年，他去世了，长眠于海南这块他生活了大半辈子的土地上。

1950 年，政府为了老铁桥的安全，曾规定过桥车辆载重不超过 10 吨，而且只能单向行驶。1984 年，新建的南渡江大桥通车后，已经成为危桥的老铁桥停止使用了。2000 年 10 月，因遭遇一场特大台风，老铁桥的中、西段桥墩倾斜，桥面坍塌，它成了名副其实的"断桥"。目前，剩下的另一半断桥仍然横亘在南渡江上，残破的桥身和几个歪斜的桥墩在诉说着历史的沧桑。夜幕降临时，与老铁桥相邻的南渡江大桥和海瑞大桥灯火通明，车流如潮，老铁桥周边却漆黑一片。是啊，星辰依旧，时光荏苒，但铁桥已垂垂老矣，剩余的桥墩随时可能坍塌，铁架也随时可能掉落。

为了铭记那段历史，南渡江老铁桥所在的村庄很早就更名为"铁桥村"，现在附近一些沿江的单位也以"铁桥"命名，比如"铁桥幼儿园""铁桥社区""铁桥派出所"等。2009 年 5 月，作为日军侵略海南岛的铁证和中国军民战胜侵略者的见证，海口老铁桥被确定为海南省文物保护单位。

潮起潮落，花开花谢。一座铁桥，一段历史。虽然老铁桥成了断桥，但是历史没有断，历史的车轮滚滚向前。大自然的伟力虽然冲垮了铁桥，却冲不掉人们对那段战争刻骨铭心的记忆，南渡江滔滔不绝的江水就是最好的见证。

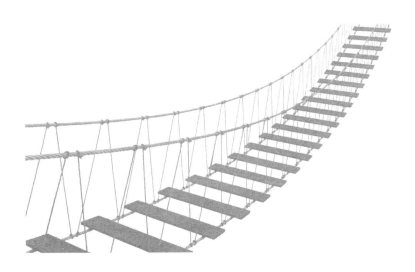

# 琼北"省娘节"

　　都说"嫁出去的姑娘，泼出去的水"，可是琼北地区的乡村，一直保留着一个古老的传统节日，那就是"省娘节"。省娘节到来的时候，全村的外嫁女儿，无论年龄大小、路程近远或工作多忙，都盛装打扮回娘家省亲。于是村里村外热闹非凡，一派其乐融融的景象。

　　省娘节最早可追溯到唐代，其延续至今已有一千多年。琼北的省娘节在海南有据可查的历史也已有上百年，是一种很有特色的岁时风俗，长期以来，作为一种重要的文化载体，在海口地区的乡间盛行。省娘节主要盛行于龙华区的遵谭、龙泉、龙桥，琼山区的龙塘，秀英区的永兴等，区域性明显，以自然村为单位。各村的省娘节时间不一，但每个村每年的时间是固定的，一般集中在上半年，多数都在开春后，或在重大传统节日如祭拜宗祠、军坡节前一两天的吉日。

　　省娘节活动内容较丰富的村庄有遵谭镇的涌潭村，龙泉镇的托东村和占符村，以及龙塘镇的新民村等。涌潭村位于海口市南部的遵谭镇，地处羊山腹地，也是海南蔡氏的发祥地。其从南宋开村至今已有八百多年的历史，是一个有着古老文化气息的村庄，也是海南四大历史名村之一。据蔡氏族谱记载，清朝末期，该村有一个平时靠村里左邻右舍送柴送米接济的孤寡老人病危，将不久于人世，村里的外嫁女听到消息后纷纷赶回来看望她，于是这一习俗就流传下来了。外嫁女在固定的时间里回娘家省亲，慷慨解囊帮贫助学助残，发扬尊老爱幼的传统，此举还影响了周围村庄。此习俗在清末民初最为盛行，日本侵琼期间因民不聊生而渐渐衰微，中华人民共和国成立后得以延续，改革开放后人们的生活水平不断提高，此活动也越搞越大，成为琼北有一定影响力的节庆日。外嫁女回来时携带的礼品被叫作"带手"或"伴手"，自制的"笠"是必不可少的。笠是海南地方特色风味食品，用菠萝叶编织成元宝形、长方形或小鸟形，留有小口，装入米七成满后收紧小口，煮熟后食用。做笠要选用新米，装入米过多会撑开，米过少则不丰满。笠在海南方言中有"保护"的意思，寄寓娘家父母兄弟无灾无病、平平安安，它代表的情意甚浓，也表达了姑娘对乡亲深切的思念之情。

也许各地的外嫁女儿都有回娘家的习俗，但是没有哪个地方像琼北那样，女儿回娘家可以回得那么有阵势、那么有规模，让原本寂静的村庄在那一天突然沸腾了起来，这就是琼北省娘节的特色。其实外嫁女回到村口时并没有直接回家，而是在村口等人到齐后，先等长兄杀大公鸡，这时鞭炮齐鸣，然后方由长兄领入家门。归来的女儿先上香祭告祖先，摸摸米桶，看看水缸。因为米桶里米的多寡可以反映出娘家的生活情况。过去水对琼北地区的人来说贵如油，大多数家庭的水都是由未出嫁的姑娘挑的，如今看看水缸触景生情，也许是女儿对亲人的一种牵挂、一种眷恋。摸米看水过后，女儿便开始与母亲拉家常，再次聆听母亲的教诲。之后，妯娌之间、姐妹之间话长短，尽享亲情之乐。家家户户用煮熟的芋头、菜包糯款待归来的女儿。海南的芋头通体附着芋仔，代表母女骨肉相连，亲密无间。菜包糯是海南特色风味小吃，即用鸡肠、鸡内金、肉丝、虾仁等加佐料与糯（米饭）一起炒熟，并用洗干净的生菜叶包裹着趁热吃。

在省娘节回娘家的女儿当中，年长的有近百岁的老婆婆，年轻的有二十来岁的新嫁娘，有时一家有三四辈外嫁女同时归来，好不热闹。她们中有做生意的、在婆家务农的、外出打工的，也有机关干部、教师等。大多数都嫁在附近的村庄或海口市区，有的远嫁其他省市。不管嫁得远还是嫁得近，无论她们是什么身份，养育她们的村庄都是她们牵挂一生一世的地方。三姑四姨五婶六婆，每次回来激动的心情都溢于言表。九十多岁的阿香婆尽管年纪大了，可是每年她还是迈着颤悠悠的脚步，满面笑容地回来"省娘"，其实她的娘亲早就不在人世了，可是她说："这里是我永远的家哩。"六十多岁的二娘告诉我们，以前回娘家左手一只鸡，右手一只鸭，背上还有一个小娃娃，道路也坑坑洼洼。现在村里都是宽敞笔直的水泥路，生态村到处都是美景，送她回娘家的人是丈夫、儿子抑或是孙子，他们开车直接把她送到家门口。正如一副对联所说的：

昔日姑娘出嫁他乡难相逢<br>今朝姐妹回归故里叙亲情

作为一种古老的民俗文化，省娘节时女儿回来省亲，有"出嫁不忘娘"之意。省娘节除了拉家常叙旧之外还有一些节目，如祈祷平安等。此活动一般以斋戏的方式进行，祈祷神灵保佑风调雨顺，五谷丰登，六畜兴旺。外嫁女在省娘节当天还要举办"捐花"仪式，这一活动以前被称为"相花"，意为"互相花用"。过去同一族的几个好姐妹出嫁时把私房钱都交出来，由未出嫁的妹妹保管，积少成多，之后这些钱用来救助有困难的姐妹。现在这一习俗表现为全村外嫁女慷慨解囊，少则两三百，多则几千或上万甚至数万元不等。捐款多的人为这次活动的"花主"，整个过程公开透明，场面感人。捐款除去活动开支外，主要用于帮贫助学助残。外嫁女用实际行动报答养育自己的家乡，让人感动和佩服。

琼北省娘节最热闹的，莫过于当天晚上进行的长桌宴。长桌宴一般设在祠堂大院或村里的广场上。长桌一字排开，宴会由女族长（酉主）主持，全村的外嫁女都要参加。光看长桌宴那长上百米的阵仗，就足够震撼人心了。各家把酿的姜酒都开了瓶，一下子酒香四溢，平时不会喝酒的姐妹这时也象征性地抿上一小口，能喝者则开怀畅饮。长桌宴是一顿大团圆饭，也是回忆餐，姐妹们聚在一起回忆当年未出阁时生产、生活的情景。长桌宴上，大拼盘、三色饭、竹笋、八宝糯是少不了的。三色饭是出嫁女儿童年时的最爱，八宝糯象征团团圆圆、富贵平安。宴席上酒不醉人人自醉。

琼北古老的省娘节是海南民间风俗的一个重要组成部分，是女性文化的具体表现。它包含着人生礼仪、宗教信仰、伦理道德、饮食娱乐等内容，有着人类最朴素、最纯真的感情。它抒发了人们内心的情感，加强了村落姐妹之间的联系，增强了姻谊凝聚力，使人们心怀感恩，对弘扬中华传统美德有积极的作用。我们相信，这个古老的风俗在不久的将来还会大放异彩，成为海南乡村旅游的一张美丽的新名片。

# 铁血丹心邱家宅

海口解放西路是一条繁华的街道。从这条街道的中间地段拐入北边的一条小巷数十米后，你会马上感觉到周围都安静了下来。小巷四周曲径通幽，再继续往前走，"海口市竹林里131 号"的门牌就出现在面前了。

这可不是一般的门牌，这个门牌号对于整个海南省来说，有着独特的意义。因为屋主姓邱，这里也被叫作"邱家老宅"。九十多年前，这座普通院落内发生了一件事，后来改写了整个琼州大地的历史。那是 1926 年 6 月，中国共产党琼崖第一次代表大会就在邱家院子中召开。

邱家院子坐北向南，建于 1919 年，至今有一百多年的历史了。它的总面积为 1839.09 平方米，建筑面积为 994.26 平方米。院内有硬山顶瓦面平房两幢，每幢分为三进，中为厅堂，两侧各有两个小房。平房的前中后各有相应的庭院，东西两侧是厢房，均为土木结构。大院建筑围墙西边有一口井，东边有小花园。东厢的东侧为大门，围墙北面开了一个小门可进入大院，大门门楣上还刻着"燕翼诒（贻）谋"四个正楷大字。整个大院布局合理，环境别致，通道回转，是典型的琼北民居风格。

1921 年 7 月 23 日，中国共产党宣告成立。从此，中国革命的面貌焕然一新，琼崖的革命历史也翻开了新的一页。随着革命形势发展的需要，邱家主人邱秉衡先生主动把邱宅大院让出，作为中国共产党琼崖组织和革命人士开展革命活动的场所和主要联络点。1926 年 1 月，国民革命军彻底推翻了军阀在琼崖的统治。同时，中共广东区委也派王文明、罗汉、冯平、罗文淹等一批共产党员和共青团员先后到琼崖开展革命工作。同年 6 月，由广东区委特派员杨善集指导，中国共产党琼崖第一次代表大会在竹林里 131 号邱家院子里秘密召开。王文明、罗文淹、冯平、许侠夫、周逸、何德裕、李爱春、黄昌炜、陈垂斌、陈三华（女）、罗汉等党员出席了会议。这次会议，选举产生了中国共产党琼崖地方委员会，揭开了琼崖人民革命斗争崭新的一页，从此琼崖人民在中国共产党的领导下，掀起了波澜壮阔的大革命高潮，进行了艰苦卓绝、不屈不挠的对敌斗争，创造了坚持孤岛奋战二十三年红旗不倒的奇迹。

邱秉衡是海口市著名的民主人士。他为海南革命和建设事业奉献了自己的一切。中共琼崖"一大"会议期间，他还以宅主的身份，担负着联络和站岗放哨的任务，并积极做好大会的各项服务工作，为中共琼崖"一大"的顺利召开做出了很大的贡献。1927 年，琼崖"四二二"事变后，共产党人和革命人士均转入农村活动，但邱秉衡仍然以 131 号大院作为共产党活动的秘密联系点，冒着风险传达上级指示，积极想尽办法营救共产党人和革命同志。中华人民共和国成立后，邱秉衡还无偿地将该大院交给人民政府使用。这样，竹林里 131 号邱家老宅先后成为南下部队、海口和海南机关办公或住宿的地方。

在中国革命史上，琼崖无疑是一块不可忽略的红色热土。邱家老宅这座看似普通的老房子，写下了近代史上琼崖人民可歌可泣的奋斗篇章。如今的邱家老宅，依然静静地坐落于海口的闹市当中，经过两次翻修，这里已经成了重要的爱国主义教育基地。这里出现过的每一个名字，都宛如一座矗立的丰碑，令人肃然起敬，它们见证了琼崖革命的星星之火。革命先烈的鲜血让党旗的鲜红永不褪色。中共琼崖"一大"会址不仅是琼崖革命的摇篮、琼崖革命的历史坐标，也是激励琼州儿女报效祖国的精神载体。它在琼崖人民武装革命斗争史上具有划时代的重大意义。

"瑞日芝兰香宅地，春光棠棣振家馨。"邱家老宅自 2001 年正式对外开放以来，几乎每天都有人从各地赶来参观红色遗迹，学习红色历史，缅怀革命先烈，开展"不忘初心、牢记使命"的主题教育活动。人们通过观看文物相片及阅读相关史料，学习革命先辈们艰苦奋斗、舍生取义的精神。是的，千千万万的共产党员在漫长的征途上前赴后继，用鲜血和生命使中国人民看到了民族复兴的曙光，让我们今天过上了幸福的生活。

铁血丹心邱家宅。一百多年来，竹林里131号邱家老宅历经了风风雨雨，最终成为琼崖革命史上的一座丰碑，它从一座普通的民宅成为海南人民乃至全国人民瞻仰和纪念的地方之一。如今，在海南全面深化改革、建设海南自由贸易港的伟大征程中，我们不能忘记琼崖革命先辈的光荣事迹。让我们继续弘扬琼崖革命精神，传承琼崖红色基因，担当起新时代赋予我们的使命！

# 有个地方叫"海田"

　　海口的市志里记载，宋开宝五年（972 年）在海田村建浦，由于当时的海田村位于南渡江的出海口处，故起名海口浦。后来不管是建都设所，还是建镇建市，无论行政区划如何变化，"海口"这两个字都深深地刻在了这块土地上。

　　海域文化是海口城市文化的重要组成部分之一，这在海口的地名里都有体现，如"白沙""盐灶""通津"等。许多海口本地人用海南话说起海甸岛时，从来不说"海甸"而是说"海田"。海田是南渡江赠送给海南人民的一份珍贵礼物，它像翡翠一样嵌在南渡江入海口处。海田也是海口最古老的地名，意思也最直接，就是海边的田。随着宋代海口港口业的兴起，海南的香料不断外运，作为远航船只的补给站，海田所在的海口浦渐渐繁华起来，从四面八方来定居的人也增多了，海田也越来越出名。

　　20 世纪 70 年代，海口开展了一场声势浩大的"拦海造田"运动。这场运动几乎没有工程机械的参与，完全靠人力，耗时三年，终于在海口造出了 1.3 万亩的海甸岛。那时候城区与郊区的大部分居民都参与了这场填海运动。老海口人戏谑地说，如此浩大的工程，几乎可以跟古代建造万里长城有得一拼了。

　　同是一个小岛，怎么有"海田"和"海甸"两种称呼呢？海田改为海甸，是有历史原因的。清光绪十二年（1886 年），两广总督张之洞临琼视察海口水师防务时就认为，海田雄踞海口门户，海疆辽阔，为历代边防要塞。当时放眼望去，碧海蓝天，海田岛上种着水稻、甘蔗等农作物，生机盎然，稻穗飘香，海上薄雾缭绕，尤似海市蜃楼。他看后说："此乃人间仙境，海上伊甸园也。"在这之前，明太祖洪武初年曾在《劳海南卫指挥敕》中把海南岛赐封为"南溟奇甸"，因为这两个历史原因，故将海田岛改为海甸岛，意思是南海之甸园。

海甸岛位于海口的北部，是海口的城中岛、岛中城，呈东西略宽的不规则卵形，是一个典型的三角洲岛屿，与紧邻的新埠岛一起形成南渡江三角洲的中心。岛上地势平坦，水系密布，沟渠和湖泊很多，这些沟渠、湖泊为海甸岛增添了水乡独有的景致。海甸岛的文物古迹主要是庙宇，影响力和知名度最高的寺庙当数仁心寺。仁心寺始建于宋嘉熙四年（1240年），当时慈公云游到此地发现其地势奇特，若从南岸远眺，就像莲花浮于水面。每逢南渡江水位猛涨或刮台风海潮侵袭时，邻近村庄皆成泽国，唯独此位置水绕其周围而不入，总是安然无恙，于是村民决定在此地募资建寺。

海甸岛有"一半海水一半庙"的说法。人们依溪而建一庙、二庙、三庙、四庙、五庙、六庙，庙宇多以数字来命名，统称"海口六庙"。庙宇供奉的神也很多，有天后、火雷、南海娘娘、泰和三仙、关圣、三师（张天师、沐师及灵符大法师）等，林林总总达数十位之多。据庙中碑文及居民张氏、詹氏族谱记载，岛上居民系宋代渡琼的江浙水军的后裔。到明朝中期至清初，有福建闽南、广东潮汕等地客商频繁来琼经商，落脚定居，以舟船航运、耕耘盐田为生。他们建造庙宇祈祷赐福，保佑平安。现在，此岛上还有众多有上百年历史的古老民宅，风格别致，有较高的历史保护价值。它们是海南文化不可或缺的一部分，也是海南发展史中最能显示当地人文精神的建筑。

如果说，南渡江就像一条奔腾入海的巨龙，那么海甸岛则是巨龙嘴中吐出的巨型宝珠。海口人民大桥与和平大桥飞架其南北，是海甸人出入海口的必经之路。从桥上往下看，海甸溪边还停泊着一些渔船，有渔民在岸边织网。古老的民居、清澈的溪水、停靠的渔船、村旁的椰树等组合成一幅奇美的风景画……

# 钟楼的钟声

每座城市都有自己的地标性建筑，它是城市的符号和名片，更是市民对一个城市的精神寄托。椰城海口的地标性建筑是什么呢？也许你会说是世纪大桥，是日月广场……但是在我的心目中，这些高大的建筑都不是。漫步海甸溪老街附近，你会看见一座并不显眼的建筑，它就是海口钟楼——我心目中海口的地标和象征。

钟楼历史悠久，最早是为对外通商而建造的。民国十二年（1923 年）的时候，海口海运发达，港口繁荣，商务活动鼎盛。据悉，当时海口总商会入会商号已超过四百家，但由于还没有一个统一的标准的计时设备，给交通、商务和人民生活带来很大的不便。基于此，民国十七年（1928 年），爱国商人周成梅先生倡议集资在海口建一座钟楼，以便统一全市时间，得到了人们的一致同意。

于是，近一个世纪的时间里，来往穿梭的人们仰望钟楼，不仅能获知准确的时间，同时也为生活找到了一处"航标"。外出游子对故乡的思念往往具化为港口岸边的那座钟楼，在他们的睡梦中，也许还隐约能听到钟楼的钟声呢。每每忆起海口，我脑海里总是那一番景象：海岸港口边停靠着数只渔船，椰林中那座高高的钟楼……是的，海口钟楼不仅是海南本岛人，还是众多海外侨胞公认的海口标志性建筑。它也是故乡的象征，成为海外游子思乡的精神寄托。多少留洋海外的游子在背井离乡去南洋闯荡时，都默默地向这座钟楼告别。当他们历尽沧桑回到故土时，最先出现在他们眼帘的，也是那座若隐若现的钟楼。

如今人们看到的通体砖红色的海口钟楼，是 1987 年依照旧钟楼原貌，在原址附近复建的。它坐落在长堤路，北临海甸河，占地面积为 25 平方米，楼高 28 米，分为 6 层。钟楼报时的大钟就设置在顶层，四面悬挂的钟面由直径 2 米的塑料块做成，时针长 0.53 米，分针长 1 米。傍晚时分，从人民桥上望去，夕阳中的钟楼更有韵味。来往的船、客轮靠在堤边，夕阳残照，波光粼粼，渔歌唱晚……钟楼无疑为海口增添了一道亮丽而独特的风景。

小时候，我家就住在钟楼附近，我上的幼儿园就在钟楼的南面，距离钟楼不足 100 米。可以这么说，我是听着钟楼的钟声长大的。那时候没有手机、笔记本电脑等数码产品，钟楼在周边一片低矮的建筑中无疑是高度的代表，整个老城区都可以清晰地听见它的钟声。我小时候经常仰着小小的脑袋，默默地看着钟楼，那时候在我心目中，它是多么高大啊，我认为它是这个世界上最高的建筑物，它承载着我童年的所有梦想和记忆。每天上学放学，我都抬头望它一眼，这已是我多年养成的习惯性动作。从清晨到黄昏，钟楼的钟声为当时海口简单而平静的生活平添了几分生机。

与钟楼隔一条马路的对面有成排的古旧斑驳的建筑，那就是著名的骑楼老街。骑楼老街实际上并非一条街，而是拥有此类建筑的街区总称，它主要分布在得胜沙路、新华南路、中山路、博爱路及解放路一带。作为一个标志性建筑，海口钟楼见证了海口百年风云，无声地诉说着历史的沧桑和荣耀，它见证了这座城市的时代变迁，记录着这座城市的崛起与繁荣。如今，每当我走在老街上，童年的记忆清晰在目，我有一种穿越时空的感觉，人流、车辆、街景，都在眼前晃动，我不禁感叹岁月易逝。钟楼的钟声，留给我的是一串串美好的回忆。

海口钟楼原为通商便利统一时间之用，但随着社会的发展，现在仅具象征意义了，变成了一处人文景观，供游人观赏。如今人们说起海口的标志性建筑，也许罗列一大通后，都轮不到海口钟楼了。确实，如今的钟楼就类似于一座塔的模样，如果说它也是海口的地标之一，那么也是"貌不惊人"的地标了。与新的地标建筑相比，钟楼本身并不高大，没人介绍的话，路过的游客或许都会将它忽略。有些游客看着照片，以为它是很高大的一栋建筑，慕名而来后，也许会有点儿失望。但是无论怎么说，海口钟楼有其独特的文化内涵和历史意义，我认为外来游客只有读懂了钟楼，才能进一步了解海口、认识椰城。

建省三十多年了，海口早就跃为一座省会大都市，如今的发展更是日新月异。摩天大楼拔地而起，钟楼也逐渐隐没在周围林立的商业大厦之中，在其他高大耸立的建筑的对比下，它显得那么矮小，甚至有人说它与周边环境格格不入，我为此感到遗憾和痛心。我常常在远处一座三十多层的高楼上，默默地寻找钟楼的方向，哪怕隔着很多很多的障碍物，凭着感觉我总是可以"看到"那座砖红色外表的六层钟楼，并"听到"它悠扬的声音……我知道它就在一个距离我不远的地方，不卑不亢地站立着，一如既往地准点报时，始终坚守自己的使命。

百年沧桑，钟声依旧。无论我生长的这片土地如何变迁，在我的心目中，古老的钟楼永远是伟岸的、高大挺拔的。是啊，除了钟楼，还有哪座建筑更容易让我们想起椰城海口的历史沧桑？还有哪座建筑可以让我们将其当成故乡的象征，寄托我们对故乡海南的思念呢？如果说海口像一艘船，那么矗立在海甸河岸边的钟楼，就是插在这艘船上的一根桅杆，它时时刻刻感知着这座城市的每一分欣喜、每一分收获。

"嗡……咚……"

"嗡……咚……"

"嗡……咚……"

钟楼的钟声，可以让我们回忆起那些逝去的岁月，那些与钟声相伴的日子。钟楼的钟声飘荡在闹市的上空，若有若无，不注意听的话，也许它很快就被车水马龙的声音所淹没，消失在熙熙攘攘的人群中。但是在我的心目中，它似天籁之音，永远悠扬悦耳。

# 走海口

　　如果留意，你会发现，在苏州、杭州，漫步大街小巷的游客流连在白墙灰瓦的江南韵致中的时候，他们是平视的。在北京，游客的目光一致停留在屋顶斜上方的那簇血红的枫叶上。而在海口，游客的目光一定是向上的。他们从未见过这样的天空，蓝得让人倒吸一口冷气，蓝得让天边的云都无处躲藏……是的，在海口，可以一边走路一边向上看，蓝天白云，椰风海韵……这一切，注定了这座城市不是一座让人绷紧神经、步履匆匆的城市，她是为了安抚众人的情绪而生的，是一片悠闲的沃土。

　　生于斯，长于斯，平时的我忙忙碌碌，深居简出。随着城市日新月异的发展，我总觉得需要对这座城市有一个重新的认识。怎么去感知这座我既熟悉又陌生的城市呢？曾经有一个段子这么形容海口：人生就像南大桥，跑到哪里都有出口；生活就像世纪大桥，上去就很难掉头；心情就像龙昆南大转盘，从来就没顺畅过；爱情就像滨海大道，顺时激情四射，堵时撕心裂肺；事业就像南海大道，总有红灯在你前面……

　　是的，海口的交通与其他城市一样，已经够拥堵的了。也许咱们可以开着小汽车或坐公交车去海口观光，可是我总觉得，这样的方式不足以表达我对这座城市的爱，我应该以一种崭新的方式好好感知这座城市。我想用眼睛好好地看每一处景观，用手轻轻地抚摸每一尊雕塑，用心认真地体会脚下这片热土……于是有一天，我脑海里闪过一个念头——走海口！

没错！对于我来说，用自己的脚步直接去丈量这座城市，是我对生我养我的这座城市最直接的情感表达，是我对脚下最挚爱的这片热土的拥抱，也是我和这座城市最直接、最亲密的接触。开车的目的地是明确的，过程却往往被忽略，但行走，最重要的是过程而不是目的地。生活是用脚步丈量出来的，汽车到达不了的地方，脚步可以。可是，怎么走海口呢？又该跟谁走？不是谁都有用脚步丈量这座城市的意愿。有心情的没时间，有时间的没心情，有心情又有时间的，不一定对这座城市有和我一样的感觉，也不会像我有着缜密的心思和细腻的情感。于是，在一个不经意的日子，我一个人上路了。

人之所以走得远，不是因为人长着两条腿，而是因为人有一颗要走的心。而走海口，对一个小女子来说，是一件既辛苦又浪漫的事情。今儿从西海岸走去长流，下回从滨江走去新埠岛。海口是悠闲的、阳光的、充满魅力的。空气是新鲜的。这个有江、有海、有河的海滨城市，高楼大厦矗立在城市中间，夜晚灯火通明。在行走中，我发现最适宜步行的地段有西海岸、万绿园、海口湾、海甸岛环岛路、南渡江西岸滨江地带，以及骑楼建筑历史文化街区等。最适宜步行的路线也有好几条：第一条是从万绿园至观海台，第二条是从新埠岛至绿色家园，第三条是环海甸岛外围路线，第四条是从国兴大润发到新埠岛。

海口的宜居举世皆知，不久前，这座美丽的城市又被挖掘出了新的特点——全国适宜步行城市排名第九，步行舒适性排名第三。其实，一座城市步行舒适与否，关系到城市的活力，城市要在"硬件"的便捷和"软件"的舒适方面下功夫，一座城市若是肯大力发展绿色出行，不仅能改善城市面貌，还能延伸这座城市的可持续发展之路，增加其核心竞争力，同时，还会在无形中描绘出这一地区的民生幸福地图。

走海口，我不仅仅是逛街区，还走到城市的外围边缘去，这次五公里，下次就十公里。走海口，每次的线路不同，但心情相似，最后都是有收获的。我进一步感受到了这座"宜居、宜业、宜学、宜游"和"养眼、养身、养心"的省会城市的发展。我每次都是边走边看，不疾不徐，歇歇停停，体力充足了又继续。这样，我可以邂逅很多美好的事物，近距离接触更多人，那是开车坐车无法实现的。也许一直走路会有点累，但是在一份全新的感觉面前，还是会有一种享受和满足。你会发现以前从电视中、别人口里得知的海口，跟你用脚步丈量出来的是有所不同的。你会发现情感沉淀下来了，时间也变慢了，每一栋建筑都被绿树包围，每一条街道都是一条绿色的飘带。这个亚热带风光浓郁的城市街道，满目葱郁、花果飘香……如此说来，走海口，何尝不是感知海口最好的一种方式呢？

海口聚百川之水，集八方之土，龙翔凤翥，人杰地灵。用脚步一寸寸丈量这个生我养我的城市，那种感觉非同一般：我不知终点在何处，只知继续前行；我亦不知走了多远，只知留下了脚印。我无法用太多的语言来描述我走在路上的心理变化。炎热的天气，体力透支，一个人的自由……每次徒步之前，我在头脑中都会描绘出一条理想之路，并且每一次都能在亲历之后体味其中的坎坷、艰辛与快乐、收获！原来我通过"走"的方式，寻找到了一个全新的自己，走过的路已经成了回味悠长的陈酿。其实在行走的过程中，我执迷的不是"走"本身的行为，而是在路上的心情。不管路有多长，我都是用心在丈量，即便身影很孤寂，我的心情却是激动的。熟悉的城市，陌生的人流，总能给我一种安然、一份欣喜。

走，别以为只是简单的下肢运动，其实是一种静中有动、动中有静的健身方式，可以缓解神经紧张。当烦躁、焦虑的情绪涌上心头时，以轻快的步伐走上一段路即可缓解。目前，已有许多研究证实，规律地行走可有效锻炼身体的各个部位。在户外步行，呼吸新鲜空气，大脑的思维活动会变得清晰灵活，可有效消除大脑疲劳，提高学习和工作效率。海口是国家"一带一路"支点城市，热带资源呈现多样性，富有海滨自然特色景观，自北宋开埠以来，已有近千年的历史。走海口，我征服的是距离的长短，感受的是心情的超然，收获的是信心满怀。我的人生阅历不断丰富，我的视野不断扩展。一步又一步，一段又一段，一条线路又一条线路，一次又一次，每次行走都有故事发生，也有奇迹出现，我的人生又多了一些经历。

生活需要放慢脚步，如果一味地匆匆前行，很多东西就来不及细细品味，很多美景就来不及欣赏。又一个周末到来了，迎着初升的太阳，看着脚下的光辉道路，我在心里默默地说：海口，走起！

# 从教卅年感赋

光阴荏苒，日月如梭，青春蹉跎，人生几何。初上讲坛之景历历如昨，然卅年教龄已满矣。呜呼！时间都去哪里了？

忆往昔，意气风发，踌躇满志，初为人师之喜尽在不言中。年轻气盛之躁动，不眠不休之焦虑，屡遭挫折之痛楚，浅尝成功之欣喜……或许曾迷茫，或许曾困惑，或许也曾徘徊……于是乎，迎初升朝阳，望辽阔天空，操场跑数圈，豁然开怀矣。半生心血李桃肥，栽培无处不芳菲，苦乐参半。流年中往返四季，时光里飞逝芳华，喜忧皆有。光阴如白驹过隙，回眸之处尽风景，如红烛，若春雨，似春蚕，甘为人梯，乐为园丁矣。三尺讲台天地大，万方气象胸豁达。优秀率，及格率，升学率，每每惊心；讲难点，划重点，背考点，点点揪心。平凡岗位淡淡，历史长河漫漫，披星戴月，不知冬夏，日出日落，雨雪风霜。

师道，上至夏商之前，传承至今三千载矣。至圣先师孔夫子，以其熠熠，使人昭昭。师之所存，道之所在。夫薪火之相传，修身并立德，拳拳以育人。卅年花开花落，卅载云卷云舒，辉煌始于平凡，坚守难能可贵。凭爱心昭示情感，以智慧浇灌心灵，用知识打开科学之门。一间教室跨时空，一块黑板绘蓝图。一日为师，终身努力，以校为家，不负好时光。爱岗、敬业、自省，脚步永不停歇。素心育人，早读晚修，中考高考，亦有法宝。好生差生，皆是学生。

卅年之岁月兮，栉风沐雨，寒来暑往忙如蜂；

卅年之时光兮，不懈追求，山高水远亦不怕；

卅年之韶华兮，砥砺奋进，春去秋来气如虹！

从教卅年累乎耶？累！万余日夜，身居斗室，新月如弓，微灯如豆，神游寰球古今，梦想与现实交织，辛苦与快乐同行。三尺书案连寒暑，万缕情思贯朝夕。拥师风而葱茏，平凡不甘平庸。怀仁慈之善心，驰骋天地人间。勤学精教，舌敝唇焦，引经据典，授人以渔。安身立命，鹰飞鱼跃，海阔天空。师道严明，潜移默化，情义深厚，润物无声。耿耿丹心辉日月，只为收获毕业季，一切为了孩子，为了孩子的一切！十年树木，百年树人。桃李夭夭兮，芬芳四溢，社会尊崇兮，妇孺崇敬。卅载风雨笑谈唇齿间，多年疲劳飞逝烟雨间。其乐如是也！

从教卅年悔之否？否！见贤思齐，闻过则喜，有教无类，不偏不倚。格物致知，教学相长，因材施教，人本为先。身体力行，开启学子心智，循循善诱，守护孩童心灵。送一句箴言，点亮一盏心灯，殚精竭虑。绽一个微笑，拯救一颗灵魂，鞠躬尽瘁。喜看杏坛雏燕飞，衣带渐宽终不悔。舌耕寒暑何折腰，雕琢从来境界高。教育兴则人才盛，人才盛则百业旺。苦心孤诣，诲人不倦，卅年身心献杏坛，卅年光阴磨一剑。嗟乎！师者，苦与乐，得与失，沐万家灯火，拥春种秋收，化日出东方满江红！

从教卅年幸之乎？幸！课间铃声，我每天必听之音乐，三尺讲台，我心永恒之坐标。无豪言壮语，未惊天动地。夫师者，志如磐，心如丹。向善之心，威严蕴宽宥，尊重之义，由表及里。校园欢歌，领赞师生情义，岁月静好，师生情长。百年松柏自青青，千古红烛照人间。万里不辞行路远，时光一去不复回。耕耘辛苦为心甜，桃李芬芳事业兴。当初懵懂之教坛新秀，如今从容之杏园师者，一路前行，甘于奉献。大雁高飞，不为炫耀翅膀，教书育人，不为掌声鲜花。强国之兴盛，盛在当今。中华之崛起，起在教育。师者之教，天赋之职，抑或曰"太阳底下最光辉之职业"也。

噫嘻！卅年弹指一挥间，风风雨雨，兢兢业业，平平凡凡，坎坎坷坷，尝不尽酸甜苦辣，品不够学生百味。此所谓"衣沾不足惜，但使愿无违"，幸哉！圣哉！荣哉！美哉！时间去哪里了？时间挥洒在课堂里，时间流逝在书本上，时间飘荡在风雨中……不忧发白青春少，且喜秋光硕果多。豪情尚在心如初，一腔壮志今尤甚。春华秋实路漫漫，轻舟已过万重山。嗟夫！躬身教坛，卅年太短，只争朝夕，却无奈，红了樱桃，绿了芭蕉。我愿向天再借五百年，再续佳篇，再谱华章，不为秋风追落叶，只为迈步从头越！

# 有趣的地名"三公里"

"你要去哪？"

"我去三公里。"

如果你在海口听到有人说"三公里"这个词儿，千万不要以为那是一段距离，其实，它是琼山区的一个地名。

为何把一个地方叫作三公里？这个有趣的地名是怎么来的呢？据说，三公里那个地方原本处在城区的远郊，早些时候，人们没有车马，赶路都靠两条腿，从市区走了大约三公里后，就会觉得累了渴了，于是，人们就选择在那个地方的石碾上歇歇脚、喝喝水。久而久之，那个地方就被众人叫作三公里了。年纪稍长的人也许还记得，很多年前三公里那儿有一座小山，叫麒麟岭，山脚那儿还有一条小河，叫响水河。后来那座小山变成了采石场，如今几十年过去，采石场早就没了，只留下荒弃的石壁、石坑和默默无闻的响水河，但是人们并没有忘记三公里的存在。

其实，三公里原先隶属于原琼山府城镇，它的范围大概东起其类村，西至牛路岭电站，北起海南电石厂路口，南至琼山肉联厂、女劳教所。之前那里甚至没有公共汽车通行，后来那片地区逐渐盖起了房子，居民多了后，还建起了六合果蔬批发市场。六合果蔬批发市场的地被征用后，临时的菜市场就建在滨江帝景的北面、琼山公安局宿舍前面，后来临时菜市场又被规划为合北路，菜市场又搬到滨江帝景的对面去了，还是叫"六合市场"。据说"六合"取自十二地支，子丑合、寅亥合、卯戌合、辰酉合、巳申合、午未合谓为"六合"，这是老板开发市场时请风水先生取的。

现在的三公里地区虽然没有被确定为墟镇，但是那里应有尽有，邮电所、超市、公交站、加油站，以及医院、茶店、酒楼、五金店、菜市场等都陆续建了起来，也相当于一个繁华的墟市了。妈祖文化在中国传播已有上千年历史，而海南比干妈祖文化园就坐落于三公里儒传村的村口附近，是一个具有海南特色的文化观光游览园，建有比干文化纪念馆、妈祖庙、九龙壁和文化长廊等。

再后来，"大隐于市"的海口三公里高尔夫球场建了起来，为三公里增添了一些"高大上"的元素。这个高尔夫球场很有特色，进入球场会所的大门，人们首先会被左边的壮丽瀑布所吸引，这条长长的瀑布是球场的著名景观之一。在会所小憩就能"凭栏听雨，把酒临风"，这样的体验在海南诸多高尔夫会所中可谓独具一格。所以，喜爱高尔夫运动的人们把这里作为冬季海南高尔夫度假生活的第一站。那种与巨石相伴的独特体验感，让人流连忘返。近年来，三公里高尔夫球场周边的花卉景观又增加了很多，高尔夫球场的球道也越来越精致了，有了高品质的城市球场，于是慕名而来看巨石、观瀑布、赏花卉的外地球友越来越多……

一个地名，就是一幅画卷；一个地名，就是一段历史记忆。三公里这个普普通通的地名，其实也是有历史、有故事的。如今的三公里热闹非凡，人气旺盛，早就不是古时人们赶路歇脚的那个偏僻的三公里了，而且三公里这个有趣的地名，也被越来越多的外地游客所熟知和喜爱。

# 我家住在解放路

我家住在海口市解放路，那是 20 世纪 70 年代的事儿了。那里有我童年的欢笑和足迹，也有我对这个城市、这个世界最早、最初的印象和记忆。

在中国，几乎每个城市都有一条路叫解放路。其实中华人民共和国成立之前，各大城市的道路并没有解放路这个名字，各省各市的解放路都是中华人民共和国成立后才出现的。据说，解放路的来历和解放军密不可分：解放军每解放一座城都受到当地百姓的热烈欢迎，当地百姓为了庆祝获得解放，就把当时最主要的道路或者桥梁命名为解放路或解放桥。这就是今天我们看到全国那么多的城市都有解放路的原因。

一条路的名字，有着一个时代的记忆。一条路的变迁，也诉说着一个城市的历史。海口解放路坐落在骑楼老街区，它也是一个时代的印记，在历史的风尘里展现出自己独特的风采，记录着椰城海口的沧桑巨变。也许大家不知道，海口解放路在清末民初的时候叫永乐街，中华人民共和国成立后，永乐街（现解放东路）继续向西伸展，池塘被填埋建成了街道，并分为解放东路、解放西路。也就是说，现在的解放西路是原来的永乐街（解放东路段）的加长版。

其实海口解放路这条东西走向的繁华街道总长度也就一千米左右，其中间路段与新华路垂直相交形成一个十字路口。解放路和新华路，还有附近的中山路、博爱路等，组成了海口的老街区，也是如今海南省会海口市的雏形。骑楼是老街区的一大特色。有些骑楼的屋顶和窗口的墙角或墙壁缝隙上，还冷不丁长出一棵好几米长的枝繁叶茂的榕树或别的什么植物。人们在惊叹它们生命力顽强的同时，也感慨海口老街景色的独特。由于解放路人流如织、商铺密集、消费旺盛，多年来它一直是商家趋之若鹜的黄金地段。作为海口曾经最繁华的商业圈，解放路的点点滴滴承载着几代人的记忆。

坐落在解放东路的和平电影院是在海南历史上的第一家戏院——永乐戏院的原址上建起来的。据说清光绪年间，这片地方还是一块空旷的荒草地，也是海口水师平时的练兵场所之一。由于地势较低，遇上暴雨就容易积水，所以他们也经常转到海口公园的大草地上练兵。后来清朝海南第一武官吴元猷的儿子吴世恩看中了这块荒草地，于清光绪二十年至二十三年（1894—1897 年）间，牵头组织几个琼剧大戏班班主及其他豪绅共同出资建成了永乐戏院。受限于当时的建筑水平，这家戏院全部用竹子搭建，后人又称之为"竹子世界"。永乐戏院吸引了不少海口城区居民和达官贵人来光顾。遗憾的是，几年后因为一场突如其来的台风，它就结束了自己短暂的"从艺生涯"。倒是因其得名的永乐街使用了这个名字好多好多年，直到 1950 年海南解放后才将其改名为"解放路"……这些有趣的故事，都是我小时候从老一辈那儿陆陆续续听来的。

很多年后，人们在永乐戏院的原址上修建了和平电影院。如今的和平电影院也历经风霜，很古老了，可是别看它古老，外观似乎也不咋的，但它能够与全国很多大影院同步上映最新大片呢。如今看起来并不是很"高大上"的和平电影院，它的前世今生像是历史这棵老树上的一条枝丫，承载着多少海口人的欢乐时光呀。曾几何时，人们在某个有风或无风的黄昏，悠然地骑着自行车，载着爱人和孩子一起来看《冰山上的来客》《上甘岭》《董存瑞》《南征北战》等影片。那个年代能去和平电影院看一场电影是一件不那么容易的事情，但也是一件很幸福的事情。有些孩子在影院门口尽量弓着腰，弯着腿，努力地不让自己的身高超过 1.2 米，这一切都是为了给父母省下一张电影票的钱。在很多老海口人的心目中，哪怕时间过去了百余年，永乐戏院的琼剧唱段似乎还在耳边，和平电影院的老片似乎还在上映，只是当年身高不足 1.2 米的那些孩子，如今都已经当爷爷奶奶了。

地名是历史，是文化的活化石，也是一座丰富的知识宝库，一部翔实的百科全书。和平电影院对面是一家有半个多世纪历史的老医院——海口市妇幼保健院。说得夸张一点，海口老街区有一半的人是在这里出生的。所以说这家医院对很多老海口人来说是一个不同寻常的地方。那一年的某个清晨，我随着初升的太阳也在这家医院呱呱坠地，发出了我人生的第一声啼哭。据我所知，海口一些人家祖孙三代，甚至全家人都是在这里出生的呢。现在，很多人从熙熙攘攘的医院门前走过，都会朝里面望一望，看看自己的出生地，他们的感慨一定很多很多吧……会不会也和我一样，感慨生命的奇迹，并对这个城市、这条街，甚至这家医院怀有一种独特的感情呢？

从妇幼保健院继续往西走几十米，有一家百年老店——春光摄影室。用"流水的顾客，铁打的摄影师"来形容这家摄影室是最恰当不过的了。摄影室老板如今已经是一位耄耋老人，他十来岁就开始在这家照相馆当学徒，学习摄影、铅墨、人像放大等技艺，后来他将照相馆盘下自己当起了掌柜。老海口人都知道这个著名的摄影室，它也伴随着很多海口人一起成长。我从刚出生的"幸福满月照"，到笑吟吟的"一百天纪念照"，再到上学时学生证、毕业证上面的"标准正经照"等，都是在这里拍摄的。据说，无论是老式婚纱照还是新式时装艺术照，咱爹咱妈等很多夫妻的结婚照，很多家庭的"全家福"都是在这里拍的呢。这个摄影室记录了太多太多海口人的生命轨迹和印记。如今，海口高档的婚纱摄影馆如雨后春笋般出现，但是这家老字号春光摄影室的业务还是很多。人们对它的记忆与情感非同一般，所以它的生意还是很好，它的故事仍然在继续。

"在解放东路和博爱路打通之前，解放东路的对面有一条小河，从长堤路海关旁边一直沿着新华路后面通往现在的海口青少年文化宫，当时周边都是农田呀。"记得我小时候，奶奶总是这么告诉我。光阴荏苒，如今无论是解放东路还是解放西路，车辆分流而行的街道代替了窄小、不平的旧马路，呈现出勃勃生机，百年老街更是焕发出不一样的色彩。而与解放东路风格截然不同的解放西路是在中华人民共和国成立后建成的。解放西路先后建起了百货大楼、邮电大楼、新华书店、工人文化宫、工人影剧院等，成为海口文化及商业中心，是海口的繁华街区之一。老一辈的人都说，解放西路留下了中华人民共和国成立初期特有的时代印记。

说到解放西路，不得不提起当年人们趋之若鹜的海口百货大楼，那是整个海南岛的人都向往的购物天堂。始建于20世纪60年代的海口百货大楼，曾是海口规模最大的商场，并带动形成了最早期的解放路商业圈。20世纪70年代，海口的建筑物还比较低矮，百货大楼这个四层建筑就显得有点儿"鹤立鸡群"。大楼两旁绿树成荫，大楼临街的道路边总是整整齐齐地停放着一排当时人们出行的主要坐骑——自行车，显示着这里的旺盛人气。当时还是计划经济时期，物资短缺，有些人为了买一根针，都要骑着自行车从老远的地方来百货大楼呢。当时对于海口周边或者其他市县的人来说，即使只是去解放路走一走，到百货大楼逛一逛，一饱眼福，也可以得到一种心理上的满足。

从百货大楼的原址继续往西走，就是新华书店了。书店是一个引领城市文化生活、展现人们生活方式的地方，也是国家文化影响力的一个展示平台。记得当年"新华书店"这块金字招牌在它的门面上熠熠生辉，书店里各种书籍的墨香味一直留在人们的心间。那里曾经是我上学和放学的必经之处，也是当时我喜欢逛的一个店铺。小小年纪的我也喜欢书香气息，在高高的书架面前，我感觉自己是多么渺小呀。人们对书店的青睐，实际上是对文化和生活方式的认同和追求，回望自己这么多年的阅读和写作生涯，我永远都忘不了童年时代在这家新华书店里对书籍的那种渴望。那时候，只要口袋里有零花钱，我就毫不犹豫地往新华书店跑，然后把钱全部从口袋里掏出来，大大方方地交给营业员："阿姨，我要那本公仔册！"

记得当时和我们一起住在解放路的邻居当中，有这么一对夫妻，他们刚认识的时候就经常相约在解放路的新华书店见面，一起买书、看书、交谈。那时候的工资比较低，他们虽然喜欢唐诗宋词，但只能买小开本的。"老婆，等咱们以后有了钱，再来买那本厚厚的《唐诗三百首》，好吗？"丈夫指着书架上的书对妻子说，妻子默许。他们结婚后，仍然经常约在新华书店见面，妻子先去百货大楼买一家人的生活用品，而丈夫在书店里看书、买书，妻子买好东西后再来书店和丈夫一起回家……很简单的一个故事，很平凡的一对夫妻，但仔细想想，生命中有一家书店能见证两个人的相识、相守和相知、相爱，确实很精彩、很浪漫呢！小小年纪的我对那样的情感生活充满了向往，所以我一直认定：新华书店是个特殊的地方，那里散发出来的浓郁书香，绝对是一种美好的开始！

在我的记忆中，当年位于解放西路上的工人文化宫也是大人们茶余饭后扎堆的地方。那里热闹非凡，让年幼的我不甚理解。

"阿灞（海口方言，意为阿公），文化宫里面到底有乜好玩的呀？整天那么多人。"我曾经用纯正的海口方言问一位老公公。

"哎哟，小姑娘，告诉你吧。那里面有用海南话主讲的'故事会'，有《三国演义》《水浒传》《东周列国志》《今古奇观》，还有'喻世''警世''醒世'三言小说，每天讲两个小时呢，座无虚席。小姑娘，你要不要也去听一听呢？"那位阿公低着头反过来问我。我依稀还记得他有点花白胡子的嘴角上扬起的微笑，这位"阿灞"从年轻到年老，一直都是文化宫里的常客吧。时过境迁，如今人们在金棕榈文化商业广场徜徉的时候，会不会想到，这里曾经是上世纪七八十年代海口人文化生活的中心呢？当时文化宫不但定期举办各种展览，还定期表演琼剧、粤剧、杂技等。文化宫里的溜冰场和篮球场及歌舞厅等娱乐场所，是多么吸引当时的年轻人呀。

很多年前，海口郊区和各市县的人们喜欢把居住在海口市区的人称为街上人，也就是城里人的意思。海口市解放路的家居生活，其实就是海口人生活的一个缩影。在外地人看来，街上人无疑是有优越感的。每当外地的亲戚来海口，有几件事一定少不了要做：首先是陪他们逛海口百货大楼，其次是去附近的新华书店看书，再就是去和平电影院看电影，去工人文化宫听歌或听戏。如果亲戚还带了小孩，那我们就带他们的小孩去文化宫后面的青少年宫玩碰碰车……解放路给人们留下了太多美好的记忆，使它散发出完全不同于其他街道的气质。

而今，当我再次漫无目的地走在解放西路上，每每听到海口九小的教室里传来琅琅的读书声，我总是驻足停留，默默倾听，那对我来说是多么的熟悉和亲切呀。70年代后期，天真无邪的我也背上小书包，并在九小开心愉快地度过了我的整个小学阶段。那时候家在同一条路上的同学都要按老师的要求排成一队一起回家。为了安全，后面的同学拉住前面那位同学背后的衣角，走到谁家附近，谁就说声"再见"，然后离开队伍，其余同学继续拉着前面同学背后的衣角一起回家，直到剩下最后那位，他连"再见"都不必说了。

那时海口九小就已经是全海南教学条件最好的小学了。我记得海南人普遍说普通话是在 1988 年建省后，由于外地人的大量流入才开始的。20 世纪 70 年代的海口，很多人连普通话都不说，或不会说，或不喜欢、不习惯说，那时人们工作生活中基本都用海南话交流，甚至很多学校还用海南话教学呢。可是你知道吗？海口九小的校园里不但说普通话，还率先在 70 年代中期就开始了英语教学。这是多么有远见的一所学校啊！记得当时一位漂亮的女教师走进教室，然后对我们说"Hello, everyone！Nice to meet you"（大家好，很高兴见到你们）的时候，天真无邪的我们笑得前俯后仰。"呀，呀，老师，这是什么鸟话呀，我们从来没有听过这样的话……"也就是说，在同龄人当中，我们很幸运，是最早接受英语教学的那批人，这为我后来选择英语专业，并终生从事英语教学工作奠定了坚实的基础。随着时代的发展，海口九小现在有多个分校，教学环境发生了很大变化，作为现代教育技术示范学校，每间教室都配备了多媒体等现代化教学设施，师资力量雄厚，教育资源优质，培育了一代又一代社会主义接班人。

20 世纪 80 年代的时候，我们家搬离了解放路，那个承载着我童年欢乐的地方，永远留在了我的记忆中。随着城市的发展，海口市区的内涵和外延不断扩大，市中心也不断改变，并且有多个"市中心"并存，比如海秀路的明珠广场、国兴大道的日月广场等，都是继解放路后兴起的新商业圈。每次我回到解放路老街区，就感觉往事历历如昨，仿佛隔世，眼前总浮现出很多"阿瀸""阿嬷"等老一辈人熟悉亲切的身影。远处似乎还传来"妚二""妚小"等小伙伴们一起蹦跳玩耍的欢笑声。曾经熟悉的人和物被时光改变了，或者消失了，它们是悄无声息的，未曾惊动我们，也未曾向我们告别。记得当年《酒干倘卖无》《夜来香》《一无所有》《迟到》《万水千山总是情》《黄土高坡》《心太软》等歌曲，很受解放路沿街店铺老板们的喜爱，它们曾经在这条街的上空飘荡了很久很久。如今解放路上连《相约九八》也听不到了。

若一条街或道路承载了人们的记忆和情愫，那么它注定会成为这座城市动人的音符。一条路的变迁，一座城的传奇，几代人的故事，幸福生活的源泉……我的童年时代与解放路之间那些难忘的故事，是我这辈子最珍贵的记忆。城市的现代化进程以迅雷不及掩耳之势改变了这条街道、这座城市，摩天大楼拔地而起，现在海口六车道、八车道、十车道的宽敞马路越来越多，解放路等老街区显得更古朴、更狭窄了。"虽然是一条古旧的老街，却充满着勃勃的生机。"这是很多外来游客对海口解放路的第一印象。如今那里仍然居住着一些老街坊，他们操着最纯正的海口方言，有些店铺还保留着传统的手工艺，一些在别处早已消失的物件，在这里依然能够以最实惠的价钱买到。

在我心目中，解放路就像一条河，它缓缓地流着，每一个阶段都有独特的风景，人流和车流就好像是哗啦啦的流水，让逝去的生活画面再次呈现在我眼前，多么值得珍惜和怀念啊！解放路也像一首歌，唱响了我的童年时代，化作我记忆里的音符，它见证了这座城市的时代变迁，折射出椰城海口的崛起与繁荣！解放路更像是一块磁石，不断吸引着人们来这里访古探奇、思幽怀旧。它无声地诉说着这座城市的前世今生，人们仿佛能穿越时空看到海口旧时的模样……

是的，解放路与海口这个美丽的海滨城市相依相伴，与别具特色的老街骑楼交相呼应，共融共生。我非常荣幸能够作为一名"老海口"人以解放路作为自己生命的起点，切身感知这座城市，感受这个世界。解放路也是我人生梦想萌芽的地方，我和它存在着千丝万缕的关系，无论我的生命之舟行驶到哪里，我都永远不会忘记：那些年，我家住在解放路！！！

# 第二辑
# 家在海南

# 多彩多情，万福万宁

　　见过不少城市的名片，也曾经参与过一些城市名片的设计，"多彩多情，万福万宁"给我的印象最深刻。它干脆利落、对仗工整、抑扬顿挫、朗朗上口，让人过目不忘。

　　其中，"多彩多情"生动形容了海南省万宁市的山海相接、峰连叠翠、雨林滨海等绚丽多姿的自然景观，而"万福万宁"则进一步突显了上述得天独厚的自然资源和深厚的人文积淀赋予这座城市"万福骈臻、万家康宁"的美好形象。我至今不知这句标语出自谁的笔端，但我相信作者一定是个对文字比较敏感、能信手拈来的人。当然，我认为万宁的城市名片也相对比海南其他市县的更容易构思，单单是"万宁"二字本身就具有很美好的含义，据说它源自《周易·乾·象》："首出庶物，万国咸宁。"

　　作为海南古代四大名州之一，万宁聚居着黎、苗等多个少数民族，并有三十多万华侨旅居世界二十多个国家和地区，是海南省著名的侨乡之一。万宁的红色文化、佛教文化、长寿文化、华侨文化、生态文化、海洋文化、美食文化、书法文化、体育文化等异彩纷呈，展现了万宁人民热情好客、重情尚义的鲜明性格特征。万宁是绿色的，她犹如一个天然氧吧翠绿青葱；万宁是蓝色的，一百多公里长的海岸线拥有大小港口八个；万宁又是红色的，"海南井冈山"铭记着曾经光辉的历史。风情万种的万宁是许多人既憧憬又不难到达的"诗和远方"，真可谓多彩多情。

万宁的很多村庄呈现出"一村一业、一村一韵、一村一景"的特色。在三角梅盛开的万城镇溪边村，溪边客厅、溪边书屋、溪边羊栏咖啡、书法课堂、骑行垂钓等，展示了耕读文化，常常勾起人们的乡愁。"宁可食无肉，不可居无竹。""虚怀若竹"是北大镇竹埇村独有的旅游文化特色。竹埇村有观竹园、竹亭、竹楼、竹编玩偶乐队等，竹元素渗透每一处风景。"椰林渔舍"的山根镇独具一格的木质雕刻随处可见，人们在这里可围绕村道骑行，感受别样的乡村景致。长丰镇边肚村是一个黎族村，村民在房前屋后种花、植草、栽树，村里的生态环境特别好。有朋自远方来，不亦乐乎？不管哪里来的客人，不管到哪个村庄，村民都会泡上鹧鸪茶，同人家聊家常，好似老朋友一般。

在这千年古城里，"海南第一山"——东山岭是琼崖著名的佛教圣地。相传唐天宝七载（748年），高僧鉴真法师从越州出发第五次东渡日本，途中受阻于风暴，辗转漂流至海南，途经万州时特上东山岭讲经弘法三天，之后返回扬州再次东渡日本获得成功。"山不在高，有仙则灵。"如今华封仙岩（华封寺）、潮音寺、东灵寺依然佛光普照，信客络绎不绝，香火炽盛。孔明灯又称"文灯"，作为一种祈福方式，放孔明灯是万宁的一种民俗。每逢节日庆典，万宁人都会在孔明灯罩面写上自己的美好愿望，然后冉冉放飞天穹，祈求幸福安康。孔明灯的历史可追溯到久远的年代，现在其规模越做越大，远近闻名，放飞时会有数万人到现场观看。

"海南美食甲天下，万州美食半琼崖。"海南四大名菜——文昌鸡、嘉积鸭、东山羊、和乐蟹，其中东山羊、和乐蟹为万宁所有。东山羊、和乐蟹、港北对虾和后安鲻鱼被称为"万宁四珍"。后安粉也是海南一种著名的小吃，它的发源地就是万宁。海南美食遍地，后安粉既不自卑也不气馁，虽然是"小家碧玉"，却呈现出"大家闺秀"的风范，在市场中渐渐地亮出了自己的旗帜，并在省会海口占了一席之地。大洲岛燕窝和兴隆咖啡是闻名海内外的珍品。"请世界喝一杯咖啡"，这句话浓缩了万宁市兴隆华侨们的热情和对家乡的自豪。兴隆华侨农场每年都会迎来世界各地尤其是东南亚华人华侨来此交流参观和投资兴业，兴隆也正像它的名字一样，越来越兴隆。

万宁市可谓文化底蕴深厚，人才辈出。在万宁市的许多村镇，人们都能看到白须老叟或是小小孩童挥毫泼墨的场景。在中国书法家协会中，万宁籍会员就有十多人，海南省书法家协会中万宁籍会员有三四十人，全万宁市的书法爱好者数以千计，真不愧是"中国书法之乡"。万宁书法文化源远流长，东山岭上历代文人墨客留下的墨宝，是海南最大的摩崖石刻书法群。无论是生活在这里的人们，还是到此一游的旅客，都能感受到这个有着悠久而深厚的书法传统的城市散发出来的艺术气息。

万宁之美，除了山水美，还有人文美。积极向上、与时俱进是万宁人积极的生活态度，但这并不影响他们有时也有安逸享福、知足常乐的心态。这里的人们普遍开朗乐观、勤劳能干、爽朗慷慨，这样的个性对延年益寿大有裨益，所以万宁也是著名的长寿之乡，无论走到哪里，都可以看到八九十岁的老人。悠久的历史文化，造就了万宁人百事孝为先、孝敬长辈的良好风尚。在这里，家庭和睦，邻里友善，社会安定，生活幸福指数比较高。

总之，"多彩多情，万福万宁"这张城市名片充分浓缩了当地自然、人文风情特色，高度概括了万宁自然资源、历史人文等方面的特色，对万宁的优势提炼精准，同时也送上了一份祝福：祝愿万宁这颗位于山海之间的璀璨明珠在新的历史时期绽放异彩！

# 自贸港·海南梦

　　每当我面对新一届学生的时候，我总是喜欢有意无意地考他们一道看似简单但很容易答错的题："同学们，你们知道中国面积最大的省是哪个省吗？"我得到的答案五花八门，可惜的是大多数都是错误的。这让我感到很遗憾，继而深思：作为一名教师，我们对海洋知识的普及，对"面积"概念的理解，抑或是对海洋意识的培养是不是存在不足呢？

　　当我告诉他们，这个问题的正确答案是"海南省"的时候，有些人似乎还觉得很意外。"不会吧，中国面积最大的省是海南省？"随即又点点头说，"哦，确实如此！"是的，海南省有这么大的海域，难道它不是中国面积最大的省吗？西沙群岛、中沙群岛、南沙群岛的岛礁及其海域面积共200多万平方公里的地方，都是海南的区域。广阔的海域上分布着数百个岛、礁、滩和沙洲。浩瀚无比的海洋，在太阳的照耀下，波光粼粼，分外美丽。海南的海是一种纯洁的蓝色，这种蓝并不是天空的蔚蓝映衬的，而是它本身所具有的。大海一望无际，一会儿风平浪静，一会儿波涛汹涌，神秘莫测，广袤无垠。

　　大海、蓝天、白云，伴着不可或缺、身姿曼妙的椰子树，这就是对海南怀有憧憬的大陆人眼中的椰岛。是的，按陆地面积来算，海南是中国面积最小的省，但是加上海域面积，海南就是中国面积最大的省，大大超过了新疆的166万平方公里。但当我们谈到面积的时候，怎么能不包括海域面积呢？在这片广阔的海洋上蕴藏着丰富的资源，如海盐、鱼类、珊瑚等，而在这些资源当中最重要的是石油资源，它可以称得上是"液态黄金"。海洋蕴藏着人类可持续发展的宝贵财富，是世界各国推动经济社会发展、参与国际竞争的战略要地。纵观人类发展史，走向海洋是民族振兴、国家富强的必由之路。"海洋强国"的建设也将助推实现中国梦、海南梦。

作为一个土生土长的海南人，我爱这片蓝色的天空，更爱天空下那广阔的蓝色海域，那片广袤的蓝色国土。湛蓝的海与天，让我感受到了大自然的美妙和神奇，它们也使我获得了生命的原始动力及内心的安宁感。坐在海边的大石头上，领略海天一色的美，那种"看庭前花开花落，望天上云卷云舒"的感觉，常常使我陶醉在这迷人的南国风情中。生活在这里的每一天，看看海水，再看看天上的白云，便觉得情感仿佛能沉淀下来，时间也慢了下来。碧海蓝天，椰风海韵，岁月静好。"东方夏威夷"——海南在很多的游客心目中，恰似一方恬静的避世港湾，犹如世外桃源。

"海"字由"水""人""母"字组成，水为人之母，生之，养之，长之，育之，海洋孕育了生命，哺育了人类。上古神话中的精卫填海、鲧禹治水等，均表现了中华民族为认识海洋、征服海洋付出的努力。黑格尔也曾写道："大海给了我们茫茫无定、浩浩无际和渺渺无限的观念，人类在大海的无限里感到他自己的有限的时候，他们就被激起了勇气，要去超越那有限的一切。"是的，只要有海，就有梦想。

2018 年，是海南建省三十周年。党中央支持海南全岛建设自由贸易试验区，支持海南逐步探索、稳步推进具有中国特色的自由贸易港建设，并且分步骤、分阶段建立自由贸易港政策和制度体系。这是国家给海南绘制的蓝图，也是党中央着眼于国际国内发展大局，深入研究、统筹考虑、科学谋划做出的重大决策。这一举措为海南全面深化改革提供了根本遵循，注入了强大动力。这一决定也为海南提供了前所未有的发展机遇。这个重磅消息刚一出炉，就引发了热议，当然也是众望所归。

潮声鼎沸之下，必是巨石回响。海南如今再次于全球视野之下，以开路先锋之姿态，犹如一曲烂漫春天之雄浑交响乐奏于历史的荣光里。于是人们欢欣鼓舞，摩拳擦掌，个个都表示要"撸起袖子加油干"，希望借海南自由贸易港的东风，快马加鞭，为琼岛的建设贡献一份力量，也让自己的事业更上一层楼。我们面临的是千载难逢的重大机遇，既然大海南全球自由贸易港的蓝图已经绘就，就举全国之力领跑新时代，让海南再次腾飞。

天空湛蓝如镜，大地绿草如茵。作为扼守南海的门户，四面环海的海南与越南、菲律宾、印尼、马来西亚、文莱等国隔海相望，是中国联结东盟和大洋洲的战略枢纽，也是海上丝绸之路上最关键的节点。海南拥有很多地缘优势和天然资源，从而可以营造国际旅游者自由往来的地理与人文环境。中央决定把海南打造成为自由贸易港，这是海南更大程度开放政策、开放模式的突破，将更有利于发挥海南在"一带一路"建设尤其是在泛南海经济合作中的枢纽作用。海洋梦，海南梦，中国梦……海南梦将作为中国梦的组成部分不断发挥文化优势，丰富和完善其价值体系，聚百川之水，集八方之土，龙翔凤翥，人杰地灵。椰岛海南之繁荣，如椰树花繁叶茂，生生不息。

中国正在由大国迈向强国，相信在不久的将来，来自陆地、海洋、天空的梦想，将汇聚成一个新的世界。中华民族从未像今天这样，坚定地走向海洋、拥抱海洋、维护海洋、发展海洋。未来的新时代里，海南自由贸易港就是中国与东盟、澳大利亚、南亚、非洲合作的一个枢纽之地。通过众多港口构成的珍珠链将成为中国与海上丝绸之路沿线国家的货物、资金、信息和人才的集散地。历史赋予我们好时机，我们也将见证海南自贸港的巨变和海南美好的明天。

南海风雷催征程，琼岛春色万物新。在这美丽的南国，一沙一石，都诉说着海南的历史，昭示着琼岛的未来。"面朝大海，春暖花开"，一直是我们最美的梦。自贸港的建立，让我们的海南梦更加美好、更加瑰丽。国际旅游岛整装待发，四海辐辏，自由贸易港前景广阔，世人瞩目。我们相信，随着自贸港的建设，海南将成为展示中国形象的亮丽名片。到那个时候，海南这颗镶嵌于中国南海上最璀璨的明珠将耀眼于全世界。到那个时候，人人都可以快速而正确地回答这个问题：

"中国面积最大的省是哪个省？"

"海南省！"

# 椰乡之椰

## 番客椰

椰子生南国，千百年来，椰树和海南各族人民结下了不解之缘，椰子几乎渗透到海南人生活的方方面面。

很多年前，山梅姝在"父母之命，媒妁之言"下，嫁到了西坡村。婚后第二天，在家公家婆的带领下，她和新婚夫君提着外皮贴着"囍"字、椰芽已经冒出一米长的两个椰子，来到自家的田边，按当地的风俗分别种下了两棵椰子树。当地人称这样的两棵椰树为"结婚椰"或"夫妻椰"。这样的淳风美俗给他们贫瘠的乡下生活增添了一抹亮丽的色彩。栽种椰子苗时，山梅姝默默地祈祷，希望夫妻俩似椰影双双，朝夕相伴，开花结籽，永不分离。

可是"结婚椰"种下不久，夫君就像椰乡文昌很多老一辈男人那样，打算到南洋去谋生。亲人们用八个椰子设椰子宴为他送行，暗喻八仙过海，一路平安，当然也有祝福他兴旺发达之意。山梅姝还拿着一坛椰子酒对即将出门的夫君说："你什么时候回来，我就什么时候开这坛酒。这椰子酒可是越放越醇香呢。""如果我十年后才回呢？"夫君说，随即又勉强地笑了一下。其实，他对自己的前途也没有把握，去南洋的路上会发生什么谁都说不准，自古以来客死他乡的人也有不少。"如果你十年后才回来，那我十年后再开！"山梅姝的态度很坚决，也很伤感和无奈。

当初郎君去番日，十八相送泪垂垂。

临行椰树相订约，树大结籽郎就回。

　　那两棵"结婚椰"后来也被叫作"盼夫椰"。见椰如夫，逢年过节的时候，山梅姅都会在那两棵椰树前摆起香案和供品，对之既拜又跪，十分虔诚，那是她对未来的一种寄托。这两棵椰树的历史，就是她的婚史、她的命运史。那坛椰子酒都已经挥发完了，那两棵"结婚椰"也开花结果了，但她还是孤苦一人，天天祈祷夫君早日归来。可是此去经年，相隔千万里，和椰乡很多守望的妇女一样，她从花样年华到耄耋老妪，都没等回自己的夫君。"结婚椰"见证了她的苦楚，还有她无期无望的等待。

　　其实，椰树是一种特殊的植物，它的果实可以在海中随风浪漂流上千公里后，到一个距离母树非常遥远的地方扎根。临近大海的很多椰子树，头都垂向大海，就是为了让果实更好地落入海水中。只要椰子在别处随着海浪被冲上沙滩和海岸，就会生根萌芽、开枝散叶，生生不息。椰乡文昌多少男人年纪轻轻就背上行囊，勇闯海外，只为争得一份荣光，只想为自己和家人创造更加美好的生活。去番的男人，漂流到了南洋，就像一棵在异乡土地上扎根的椰子，从此遥望故乡海南。"家里椰树壮，外出事业旺。"家里种的椰树已经茁壮成长，可是去南洋的男人有的旺，有的也不一定旺。苍劲的树干，晶莹的露珠，寄托着他们离开故土以后孤独惆怅的心情，也使他们承受了椰子一般的乡愁。

　　对于游子来说，去南洋之前种下的"结婚椰"，也是思念树。山梅姅家的"结婚椰"已经逐渐形成浓密的树荫，遮盖着他们家的屋子。这两棵椰树屹立在故乡的土地上，在岁月里共生，感受同样的季节和冷暖，感知同样的天空和大地。它们也非常渴望向对方靠拢，然而它们却无法挪动自己的脚步，因为土壤紧紧地包裹着它们的根须。一阵阵微风吹过，它们就互相致意，却没有人听懂它们的言语。那颤抖的声音，犹如呢喃的情话；那落了一地的椰子，仿佛是岁月无奈的惆怅；那掉下来的椰叶，就是岁月流逝中增添的皱纹。

　　在文昌方言中，表达速度很快，人们一般不用"快"，而是说"旋"，比如时光仿佛只是"旋"了一下。在山梅姎耄耋之年的时候，她等了半个多世纪的夫君终于回来了，却已是白发苍苍，同时回来的还有他在南洋娶的番婆和他的子女。同样是女人，番婆看着丈夫的结发妻子，想到她孤苦地守着两棵"结婚椰"，守着祖屋和老牛凄惨等待的一生，也不禁落下了同情之泪。那天夜里，番婆执意要自己独居一室，而让夫君和他的结发妻子同房。山梅姎却惊恐万分，她一个劲儿地说："不，不，不用……"

椰乡的历史上到底有过多少守望妇，我不得而知，虽然几十年的光阴也只是"旋"了一下，可是，谁能理解这些守望妇内心真正的苦楚呢？椰乡之椰，树影婆娑，仰望星空，沉默不语。山梅姎家的那两棵"结婚椰"，后来也被叫作"番客椰"。椰乡文昌的"番客椰"曾经不计其数，它们都见证了那些深沉的岁月，以及那段特殊的历史。

## 台风椰

海南是中国受台风影响最大的省份，素有"台风走廊"之称，而位于岛东的椰乡文昌，是台风登陆最频繁的地区，是"台风走廊"的"登陆口"。椰乡的土地上有青椰万顷，它们面朝大海，当然就难免遭受一次次台风的袭击，司空见惯地接受台风的一次次洗礼。

椰树树干笔直，无枝无蔓，被认为是世界上最高大的水果树。如果留意一下，你会发现，椰乡的椰树，有些高大挺拔，还有一些椰树的树干却是歪的、弯的、斜的，好像用手一推，或用脚一踩就要倒下去。但不管多么弯曲、多么倾斜，它们依然很结实，绝对不会倒下，就像比萨斜塔一样。比如东郊的么海爹家就有一棵这样颇有艺术造型的椰子树，它长长的树干几乎整体都倾斜到地面上了，可是，在接近树冠的那部分又奇迹般地向上挺直腰杆，面对天空舒枝展叶，巨大的羽毛状叶片从树梢伸出，撑起一片伞状绿冠。么海爹告诉我们，这棵颇有艺术造型的椰树，其实是"台风椰"，其果子与其他挺拔的椰树结得一样多，果汁似乎还比其他椰树的更甘甜。

大海、蓝天、白云，伴着不可或缺、身姿曼妙的椰树，这就是对海南怀有憧憬的大陆人眼中的椰岛。也许你看过海南的很多美丽独特的景观，但你是否知道，台风登陆时，在风雨中摇曳的椰子树才是海南最奇特的自然景观？那个时候，所有椰树上巨大的羽毛状的叶子顺着猛烈的风势起舞，它们不屈不挠，不管多么强劲的台风，最终只能从它们细细长长的椰叶间隙呼啸而过。每次台风过后，其他树木都倒了，唯独椰子树依然在风中昂首屹立！哪怕被吹得倾斜弯曲了，它们仍然是不倒翁！不需要环卫工人做更多的灾后整理，它们依然是游客眼中最亮丽的风景。

都说"树大招风"，可是，椰树却是个例外，这是"台风椰"给我们的启示。历史上的超强台风"威马逊"登陆海南的时候，最大风力达到18.4级，给海南带来了巨大的灾难。台风过后，许多大树被连根拔起，木麻黄、台湾相思树等全军覆灭，各类榕树也难逃厄运，就连坚硬的荔枝树、母生树等也被拦腰折断，砸坏了路灯，砸坏了车辆。为什么椰子树能在台风中岿然不动？为什么它们能面对超强台风呢？这跟它们自身的木质结构是有关系的。椰树的树干由无数条较粗的纤维组成，树根、树叶也是由纤维组成的，纤维类植物的延伸性和弹性比较大，所以相比其他树木要结实一些。台风可以把它们吹弯，但是不能把它们摧毁。

椰树能抗台风，还有一个重要的原因是它们根系发达，深入土壤。一棵四米高的小椰子树，根系就有五米长。是的，椰树有顽强的生命力，不用人们精心管理，也从不要求什么特别的养料。不论山头沙丘、海边河岸，无论烈日狂风、倾盆暴雨，椰树总是挺立着，顽强地生长着。它们在恶劣的大自然中的良好表现，是由椰树本身的特点决定的。所以说，椰树能在海南岛上大面积种植，是符合"物竞天择，适者生存"规律的。

如果你在椰乡文昌看到那些或歪、或斜、或弯的"台风椰"，千万不要嫌弃它们，更不要笑它们奇形怪状，因为它们都是有故事的，是跟台风交过战的。它们如今的"艺术造型"，就是曾经战斗的标志，也是胜利的标志，更是坚强的标志，因为它们本身就是"坚强椰"。同样，在台风中历练长大的椰乡人，性格坚忍、勇敢豁达，早已习惯了台风的频繁造访。文昌三面环海，每次台风都考验着椰乡人的生存智慧，也练就了他们面对灾难超乎寻常的应对能力。从一定程度上讲，"台风椰"也代表着靠海而居的所有海南人坚强的性格。

# 航天椰

如果说番客椰代表椰乡文昌的一个旧时代，台风椰表现椰乡人所拥有的一种精神内涵，那么航天椰就代表着椰乡发展史上一个崭新的时期。

时间真的过得很快，仿佛又只是"旋"了一下。2016 年 6 月 25 日，红日普照，椰林透碧，蓝天如洗。椰乡文昌航天城龙楼镇的椰子树油绿高大，刺破蓝天，葱翠茂盛，光影交错。它们伴着海风婆娑起舞，光影洒落一地。随着零号指挥员一声令下："……五、四、三、二、一，点火！"长征七号运载火箭在航天城的椰树林中腾空而起，那耀眼的金色长尾，在巨大的轰鸣声中向着遥远的苍穹进发，橘红色的火光随即消失在天际……于是，龙楼沸腾了，文昌沸腾了，海南沸腾了，中国也沸腾了！长征七号运载火箭的成功发射，得到了全世界的关注。那个时刻，航天城的椰树就像是一排排身着绿色军装的哨兵一样，肃然仰望，伫立昂首，它们都以相同的姿势、统一的仪表向着火箭行注目礼。椰乡的航天椰，它们真真实实地见证了中国航空发展史上那个重要的时刻。

从一片茂密的椰树林开始，一直往海边延伸过去，就是海南文昌卫星发射中心。2009 年 9 月，中国海南航天基地破土动工，椰乡文昌成为目前国内最大、发射条件最好的卫星发射基地。基地附近原生态的椰林郁郁葱葱，高高大大的椰树上挂满椰子。人来到这里，会感觉到一阵阵挡不住的椰风扑面而来。各建筑物之间，水塘、湿地星罗棋布，呈现出低纬度滨海航天发射场地特有的风光。徜徉在这青翠欲滴的椰林中，呼吸着清新的空气，使人感到神清气爽。而躺在两棵椰子树之间的吊床上，惬意地喝着椰汁，吹着海风，再抬头看着滚滚浓烟托着红红的火箭在自己的眼前冉冉升起，冲向天空……世界上还有比这更美妙、更惬意的事情吗？而这样的情景，在不久前的椰乡真实地发生过，那惊喜难忘的时刻，是很多椰乡人，也是很多从世界各地赶来椰乡观看火箭升空的人的最深刻的记忆。

近年来，一个个国际化项目在椰乡文昌落成，宣告这座城市正迎来新的机遇。因为航天城的建设，有些椰树随着民居而迁移了，更多的椰树在航天城周围被人们有规划地大面积种植起来。发射基地周边依然保持着南国椰风树影的风情。目前，海南正积极实施国际旅游岛和自由贸易港的建设，努力打造一个世界级的旅游休闲度假胜地。融科技交流、科普教育、航天旅游、商业开发为一体的海南文昌航天主题公园，将填补我国乃至亚洲地区航天旅游的空白。文昌这个崛起的发射中心，是继酒泉、太原和西昌之后，我国第四个卫星发射中心，也是我国首个滨海发射基地。白色的沙滩、茂密的椰林、清澈的海水、在海中参差矗立的岩石，共同构成了一幅美丽的图画。占地 1.6 万亩的文昌航天城掩映在绿色的椰树之下，规模宏达，气势非凡。

　　"长征七号运载火箭，其实就是从咱们航天椰的树尖上冲上天空的。"每次我来到龙楼镇，那里的父老乡亲总是这么自豪地对我说。是的，世上椰树何其多，唯独椰岛海南的椰树最奇特。椰岛海南的椰树种类何其繁多，唯有椰乡文昌龙楼镇的椰树最幸运，因为它们"近水楼台先得月"。从嫦娥奔月的神话传说到莫高窟的飞天壁画，从战国诗人屈原问天到明朝万户飞向空中的首次尝试，中国人的航天梦与中华民族的沧桑历史一样悠远。自从我国新一代运载火箭长征七号在海南椰乡文昌发射成功后，又有很多火箭相继升天，中华民族向实现航天强国的梦想又迈出了坚实的一步。龙楼镇的航天椰为发射中心增添了许多灵气，也见证了中国的航天梦在椰乡文昌的新征程，椰乡之椰的壮美也一同绘在了中国航天梦里。我们相信，椰乡文昌搭着火箭腾飞，必将成为国际航天名城、中国的"卡纳维拉尔角"。

　　海南岛上椰树最集中、最茂密的椰乡文昌，自古以来就是人才辈出的宝地，也是海南龙脉气势奔逐入海的地方。那一棵棵椰树在椰乡的土地上屹立着，连成一片。早在清光绪年间，椰树就作为海南各地的行道树种植，守护着这个椰岛，也体现了海南独特的生态文化和浓郁的岛屿风情。椰树已成为椰岛文化的一部分，在人们心中更是难以割舍。椰树无私奉献的性格，影响了一代又一代朴实善良的海南人。椰树庇佑下的海南岛，已经成了阳光岛、健康岛、生态岛、文明岛、休闲岛、国际旅游岛，还有正在火热建设中的自由贸易港。

　　椰乡之椰，如果单棵矗立着，那是一种亭亭玉立的秀美；倘若成片聚集在一起，那又是一种气势磅礴的壮丽。随着航天城在椰乡文昌的落户，随着国际旅游岛日新月异的发展，随着自贸港的建设，随着中国航天梦的进一步实现，椰乡之椰也会更加茂密、更加蓬勃。

# 青山上下猿鸟乐

　　清晨的第一缕霞光，照耀在霸王岭苍翠的热带雨林里，片片树叶上闪着细碎的金光。远处传来一阵阵悠扬的歌声，还伴随着"扑哧""扑哧"的欢叫，原来是一只雄性长臂猿在引吭高歌。他机灵的脑袋长得并不是很大，脸儿扁扁的，没有尾巴，毛发像炭一样黑，却又带着如同黑色玉石一般的光泽，煞是好看。

　　随着歌声的飘扬，这只长臂猿颈部的喉囊胀得很大，歌声也更加嘹亮。没多久，他的"妻子"，一只雌猿清脆的嗓音也附和进来了。雌猿的歌声调子比较高，她在欢唱时喜欢时不时用手遮住自己的嘴巴，简直像个淑女。这个"二重唱"结构稳定，不论在音调上还是音节上都没有任何重叠。

　　紧接着，他们的"女儿"，一只小猿也加入了这个家族的欢唱。小猿的声音十分清脆，伴着一点点稚气。于是，雄猿的"独唱"，雄雌默契配合的"二重唱"，还有小猿加入后的"大合唱"，歌声此起彼伏，短声在前，长音在后，越唱越高，绵长悠远。

　　再后来，附近群落其他的长臂猿也不断加入附和，前后呼应。于是，整个森林里充满了生命的欢歌，那气势压过了热带雨林里所有的虫鸣鸟叫，歌声飘荡数公里，即使是在山脚下的人也能听到。森林里的万物，似乎每一天的早晨都是被长臂猿的歌声唤醒的。

　　"爸爸，每天随着朝阳一起歌唱，是我们的祖先留下的传统，对吗？"有一天，小长臂猿向雄猿问道。她长得很像妈妈，毛色很亮丽，仿佛穿着一袭黄色的袍子。这一家子，无论是黑色毛发的雄猿，还是黄色毛发的雌猿和小猿，他们的头顶上都竖着一小撮黑色冠毛，因此被称为"黑冠长臂猿"。

"是的，这是我们种族的一种生活习惯。"雄猿说，"生命不息，歌唱不止，这是我爷爷的爷爷的爷爷说的。"

一天清晨，随着太阳的升起，他们照常引吭高歌。这既是家庭内部成员和各个长臂猿群体之间互相联系、表达情感的信号，也是对外显示自己家族的存在、防止领域被入侵的手段。歌声增强了远距离的传播能力，也是一种对生命的歌唱。这一天，唱着唱着，他们的歌声戛然而止，因为他们感觉到不远处出现了人的身影。

"快跑！"雄猿一声令下，随即嗖嗖嗖几下，数秒钟之内，他们就消失得无影无踪了。人们只在长臂猿攀爬过的大树下发现了一些野果，上面还有他们咬过的痕迹。

没错，长臂猿善"飞"，是森林里名副其实的"飞将军"。不只因为他们的胳膊长，更与他们的手掌构造相关，强有力的手臂赋予他们在雨林中独特的生活方式。他们的五指中大拇指短，而其他四指很长。他们在"飞行"时不用大拇指，只用其他四指紧握树木的枝条。但在爬树时，则离不开大拇指。常年在树林中"飞"来"飞"去，除了长臂猿特殊的身体结构起作用以外，还离不开他们发达的大脑和敏锐的观察力。

小猿在成长的过程中，经常会听爸爸妈妈说起那些过去的事情。每次说起爷爷的爷爷的爷爷，雄猿不禁伤感起来："那一年，我爷爷的爷爷的爷爷一家子在早晨歌唱时，遭到了潜伏已久的猎人的袭击，随着一声枪响，他倒下了。其他家族成员争相去抢救，于是整个家族都遭到了猎人的围攻。"

"为什么其他猿不乘机逃跑呢？"小猿问。

"我们长臂猿不是见死不救的物种。一方有难，八方援救。人类正是抓住我们这个特点，才让我们的种族遭受了毁灭性的打击。"雄猿的声调高了起来。

"哎哎哎，他爹，我们是不是要永远防范人类呢？"雌猿抚摸着自己隆起的肚皮说。又一个猿宝宝在孕育中了，怀着对新生命的期待和喜悦，她每天的歌声更嘹亮了，她希望孩子们都有更美好的生活。

"难道你忘了你奶奶的奶奶的奶奶那个故事了吗？"雄猿说。

雌猿叹了一口气，思绪回到了从前。她告诉小猿说："据说在我奶奶的奶奶的奶奶那个年代，我们家族的兄弟姐妹非常多，家族很庞大，大家每天唱歌嬉戏，抓飞鸟，摘野果，其乐融融。可是后来，密林变成了荒坡，我们祖辈居住的山脉上的树几乎都被砍伐光了。栖息地一下子没了，于是大家被迫转移到斧头岭，困守在山头上。由于没有了赖以生存的条件，家族里很多长臂猿都丧失了生命……"

小猿静静地听着，她若有所思。

雄猿接着说："是的，早在几百年前，我们的祖先曾经是广泛分布在海南岛山林里的'山大王'呢。20世纪早期和中期的时候，我们的种群数量曾经有两三千只，可是后来，我们的种族一度只剩下几只……"

"哎，什么爷爷的爷爷的爷爷，奶奶的奶奶的奶奶，那是多少年前的事情了呀？"小猿说，"现在我们居住的霸王岭，林海广袤无垠，伙伴们也越来越多，对岸山岭那边还新增了一片榕树林，我们的活动地盘也越来越广大啦，每天都有吃不完的果子。"

确实，雨林中榕树的果实营养最为丰富。这种果实俗称无花果，花朵隐藏在果实的表皮之内，成熟的无花果带着丝丝甜甜的花蜜，非常好吃，是黑冠长臂猿的至爱呢。

"其实我们长臂猿与世无争，生活在深山老林，从不毁坏庄稼，不会伤害人。在原始森林里，我们是没有什么天敌的，我们唯一的天敌就是人类。"雌猿又摸摸自己的肚皮，叹了一口气。

"唉，虽然说人类和猿类本来是近亲，但是人类曾经的盗猎行为，还有他们对热带雨林的破坏，是我们长臂猿家族渐趋灭绝的最大原因啊。"雄猿也对小猿说，"祖辈一直告诫我们，要自强不息，这样我们长臂猿才能在自然界生存下去。"

"可是，爸爸妈妈，你们看那边那个河谷，有人类在那里种植了很多很多的藤本植物，那里可好玩了。这是不是表明，人类对我们越来越友好了呢？"小猿问。

夫妻俩放眼望去，发现不远处河谷里的藤本植物，确实有很多很多的藤条一直蔓延到绳子上，形成了一个活动的走廊。那当然是人类的行为，似乎是专门为长臂猿而准备的呢。因为雨林的中间层空间较大，通风良好，对长臂猿来说，由树干和藤蔓构成的"公路"可使他们轻易地到达树冠层，那是他们最向往的栖息场所。

"孩子，你已经六岁了，还有一年你就得离开家独立生活。你喜欢那边的河谷，喜欢那些藤本植物，到时候你就到那儿去开辟新的生活领域吧。"雌猿对小猿说。

"不要！不要！人家还不想那么快离开爸爸妈妈嘛。"小猿说。确实，她还很眷恋这个家呢。长臂猿是树栖动物，以"家庭"为单位生活，一个"家庭"里有雄猿、雌猿和他们的孩子。一般孩子长到七岁就被"赶出"家门，开始独立生活。

"这也是规矩，是我们长臂猿家族的规矩。所有成年的孩子必须离开父母，独自去寻找合适的配偶组成新的家庭，再建立新的生活领地，继而生儿育女。"雄猿说。

"这是好事呀，说不定，你很快就可以找到自己的黑猿王子呢。"雌猿笑着说，说得小猿都有点儿不好意思了。

又一天的清晨，这一家三口照例迎着初升的太阳歌唱。雄猿的声音最洪亮，他望着天空，唱得很入情，因为他一直认为这是一种"对生命的歌唱"。唱着唱着，突然，小猿对雄猿说："爸爸，爸爸，你快看，妈妈……"

只见在另一根树枝上，刚刚还在唱歌的雌猿突然停了下来，她觉得自己的肚皮一阵阵疼痛，没多久，一只小小的婴猿就慢慢地从她的体内分娩了出来……这只刚出生的婴猿仅仅比成年人的拳头稍大，它浑身肉红色，尚未长毛，面部还是皱皱的。

长臂猿是从来不下地的，无论觅食、玩耍、休息，还是求偶、生殖、哺育幼崽等，他们的一生都在树上度过。这不，今天这只雌猿又在树上完成了一项伟大的使命。

"啊！弟弟！弟弟！我要弟弟！"小猿看到婴猿，高兴地向她妈妈扑过去。

"噢噢，宝贝出生了。"雄猿对新生命的到来也感到很欢欣。与其说一只雄性长臂猿是一个关心后代的父亲，不如说他也是配偶的看守者，同时还是一个勇敢的守卫者，担负着保护家庭的使命，还保卫着丛林中供他的家庭成员食用的嫩叶和成熟了的果实。

幼猿的诞生，给整个家庭增添了喜悦。于是这一家四口，在森林里继续他们的生活。他们尽情地玩耍、跳跃，一起在森林里绕树爬行、悬空飞奔、站立摘果……每天清晨，他们都照例迎着朝阳歌唱。为了与相邻群体区别开来，雄猿会积极地调节声音，以便提高其在当地群体中的声音特异性。长臂猿不但是"歌唱家"，也是动物中的高空"杂技演员"。虽然他们体形纤小，站立起来身高不足一米，但两臂伸开时可超过一米，接近两米。灵活的长臂和钩形的长手，使他们穿林攀树如履平地。

后来，年满七岁的小猿依依不舍地离开了家，到对岸独自生活了。这个家只剩下雄猿、雌猿和幼猿（婴猿长大一些变成了幼猿）。幼猿在两岁前从不离开雌猿的怀抱，雌猿也经常把幼猿挂在自己的胸前，带着他一起在森林的上空飞速行进。他们的动作灵活、自然、优美，如同飞鸟一般，使人惊叹。

现在的霸王岭今非昔比，生态系统非常完整，生态功能也很健全，巍巍群山，莽莽林海，风光无限，处处充满着神奇的色彩。热带雨林深处就是长臂猿的家，森林里种类繁多的植物的花、叶和嫩芽，还有各种野果都是他们美味的点心。每天清晨，他们的歌声响彻整个山林，穿透山地雨林的晨雾。

姐姐出嫁后，幼猿慢慢长大了，成了一只小小猿。一旦发现了心仪、可口的果实，他不怕树枝的脆弱，凭借自己轻盈的身躯，能够轻松地攀附到树枝的末梢，然后用一只脚将缀满果实的树枝勾过来，再用另一只手臂小心地摘下果实，塞进嘴里。

热带雨林丰富的植物为黑冠长臂猿提供了充足的食物。他们是雨林中标准的"吃货"，摄取的食物种类超过八十种，尤其喜爱肉厚汁多的果实。他们吞食果实之后，虽然经过消化吸收系统，但是并不会破坏种子。植物种子会随着粪便一起排泄出来，然后扎根生长。如此说来，长臂猿还扮演着森林植物种子传播者的角色呢。没有了他们，森林里的果树的数量就很可能会下降，生物多样性也会随之受影响。

长臂猿也非常珍爱自己的这个家园，因为这里是他们唯一的"后花园"。雌猿总是对小小猿说："孩子，你要记住哦，果子嘛，要熟的才可以摘，把生的留到熟了以后再吃。"

"妈妈放心吧！我不但要做森林的主人，还要做一个优秀的植物种子传播者。"小小猿说。

看到现在的生态环境这么好，女儿已经离家独自生活，这只小小猿也快乐成长，雄猿和雌猿开心地笑了。他们已经感受到来自人类的友好和关爱，感受到自由而美好的生活，不再担心会有猎人的追击，不再担心有人砍伐森林，更不用担心没有野果吃。大山就是他们的家，人类就是他们的亲人，但是他们并没有放松警惕。

有一天，雌猿从树洞里掏水喝的时候，发现那棵高大的树的树枝上挂着一个黑乎乎的东西，上面还有一只大大的"眼睛"，但它既不是鸟窝，更不像果子。总之，在森林里从来没见过那样的"玩意"。

"他爹，不好了，不好了，那个玩意会不会是……炸弹？"雌猿吓得赶紧拉着小小猿飞跑。

雄猿跳上来仔细看了好一会儿，也弄不清那到底是啥玩意，但他相信不会是炸弹，绝对不是会伤害他们长臂猿的东西。

当小小猿发现了树枝上挂着的那个"黑乎乎的玩意"后，他一点儿也不害怕，反倒很兴奋。面对着那个玩意，他时而扮鬼脸，时而搔头摸脚，时而翻跟头……他还突发奇想展示了自己刚刚学会的"臂行法"：用单臂把自己的身子悬挂在树枝上，双腿蜷曲来回摇摆，像荡秋千一样腾空荡越出好几米，然后他在新栖的树枝上肆无忌惮地撒了一泡尿。当他再次从那棵树荡到另一棵树上时，突然"唰"的一声，他从高高的树枝上坠了下去，可是就在即将摔到地上的那一瞬间，他伸出长长的手臂一下子勾住了树枝，奇迹般地再次腾空而起，随即发出呵呵呵的调皮笑声……原来他是故意的。

这一切景象都通过挂在树枝上的那个黑乎乎的"玩意"传到了山脚下的一个科研所里。人们从显示屏里看到一黄一黑两只长臂猿坐在树上优哉游哉地吃果子，还有那只活泼好动的幼崽调皮可爱的模样，无不欢欣鼓舞。因为人们追踪这一家子很久了，但一直"只闻其声，不见其影"，所以采取了摄像头追踪的方法。现在，这只小小猿已经健康成长，意味着濒危的黑冠长臂猿家族，又增添了新的希望。这正是人们所盼望的，也是无数科研人员努力的结果。

山岳连绵、群峰叠翠、林海浩渺、古木参天的霸王岭上，快乐的"歌者"——长臂猿每天都尽情地歌唱。特别是气势磅礴的"大合唱"，照例由雄猿首先引唱，然后雌猿伴以高调颤音。歌声传到其他群落后，远处的长臂猿也附和起来。

"呜喂，呜喂，呜喂，咿呀呀，哟哈哈……"不久前离开父母到河谷那边生活的小猿和她的"黑猿王子"听到对岸传来的歌声后，他们的呼应变得更加热烈、悠扬和绵长。音调由低到高，清澈，婉转，优美，不带一丝杂质，如山泉之淙淙，似天籁之缭绕，回荡在山谷。那一个个可爱的小精灵，他们高高昂起小脑袋，似乎在虔诚地吟唱，又像在诉说着一个个神秘而古老的传说。

一千多年来，"两岸猿声啼不住，轻舟已过万重山"的意境曾让无数人充满遐想和好奇。而如今，"柏家渡西日欲落，青山上下猿鸟乐"的画面再次呈现于海南霸王岭，同样让人感动和欣喜。

# 作品要上去，作家要下去

## ——2020 年海南省作协"文化下乡"活动记

七月的海南赤日炎炎，高温难耐。一天清晨，省作协文化下乡暨"讴歌自贸港，共享新未来"的主题采访活动正式启动了。参加此次活动的作家朋友有四五十人，我们的第一站是五指山。

自 2006 年起，省作协就开始组织作家、诗人开展文化下乡活动，对基层单位进行帮扶，宗旨是让文化渗入乡村建设的每一个角落。文化下乡活动已持续多年，充分体现了作协对基层单位的关怀，而作家们的积极参与，也体现了我们文化为大众服务的职能。

"到了，到了！"经过三个多小时的行程，采访团一行首先来到五指山革命根据地纪念园。该纪念园以原琼崖纵队司令部旧址为依托，是全国一百个重点红色旅游经典景区之一。在这里我们一起缅怀先烈，重温烽火燃烧的岁月，然后深入探访海南自贸港建设下的美丽新农村，参观共享农庄、农村电商、精准扶贫等项目。在五指山水满乡牙排村的农家书屋，我们举行了赠书仪式，赠送了中外经典名著、种植养殖、医学健康等图书。基层单位对此次活动交口称赞，说我们送来的不仅仅是丰富的精神食粮，更是宝贵的知识财富和浓浓的爱心。随后我们顶着烈日，继续走访毛阳镇唐干生态文明村、三道镇什进村，见到了原始古朴的制胶工具和长在酸豆树干上的野生灵芝，以及具有黎族风情的船形屋顶的小楼房等。黎村苗寨的自然风光，淳朴的乡情民风，都给我们留下了深刻的印象。

从五指山出来，我们直接去了保亭县毛感乡南春村农村文化室，同样是赠送书籍，我们到达之后受到了当地村民的热烈欢迎。在保亭县的活动期间，采访团一行先后参观了保亭生态有机茶场，毛感乡南春村、仙安石林，新政镇合口村、合口书苑等地方。南春村是保亭黎族苗族自治县毛感乡下辖的社区，是近年来打造的美丽乡村，被趣称为"一天可以经历四季"的乡村。而合口村始终坚持整村推进与美丽乡村建设相结合，着力打造贫困村脱贫奔小康的新样板。合口书苑是由海南合口农业发展有限公司打造的一处康养胜地，2018 年正式营业。书苑内有学堂、书吧、民宿、餐厅、会议室等。合口书苑，将带动文化旅游发展，带动附近村庄的乡村游，是合口村、响水镇也是保亭县的一张文化旅游名片。

我们此次行程的最后一站是三亚。夏季不是海南三亚的旅游旺季，但在三亚市吉阳区博后村，各具特色的乡村民宿生意依然红火。"小康不小康，关键看老乡。"2013 年 4 月 9 日，习近平总书记来到博后村，与当地人民聊发展、话增收，留下温暖亿万农民心窝的深情嘱托，也为博后村脱贫致富奔小康注入了强大动力。在三亚，我们了解了当地农村的发展情况，采访了富有浓郁地方特色的民宿酒店，如农家庄、忆乡人、海纳捷、远方有个村、椰林缘民宿等。后来，我们还参观了亚龙湾国际玫瑰谷、崖州湾科技城等。每到一地，作家们都认真听取负责人的介绍并深入体验，积极搜集资料，还就一些问题进行热烈的讨论。当天晚上，我们一行与三亚市作协联合举办了"讴歌自贸港，共享新未来"诗歌朗诵会。作家、诗人纷纷上台朗诵诗歌，分享他们的创作经历与感受，会场气氛欢快热烈，每个人都感受到了诗歌的魅力和文学的力量。

这次"文化下乡"活动，是在海南自贸港建设的大背景之下进行的，意义非凡。通过"文化下乡"和采风走访，作家们对海南的自然风光、生态文明、人文景观和历史文化有了进一步的了解，对大自然和生命也有了更深切的感悟。是的，繁荣文化也许有很多有效的路径，其中之一就是让文化下乡。所谓文化下乡，就是让文化在乡村、在基层"香"起来。文化下乡的同时，乡村文化的挖掘、发现、整理、培养和传承也得到了重视，尤其是历史悠久的传统品牌文化。文化下乡，采风调研，开展结对帮扶，把精神食粮送到基层是践行科学发展观、文化惠民的重要举措。它搭起了一座座连心桥，用文化来温暖基层老百姓的心，丰富了群众的文化生活，也拉近了作家和老百姓之间的距离。

我们正生活在一个新世纪。党中央决定支持海南全岛建设自由贸易试验区，支持海南逐步探索、稳步推进中国特色自由贸易港建设，分步骤、分阶段建立自由贸易港政策和制度体系。这是国家给海南绘制的蓝图，也是党中央着眼于国际国内发展大局，深入研究、统筹考虑、科学谋划后做出的重大决策。这一举措为海南全面深化改革提供了根本遵循，注入了强大动力。这一决定声势浩大，也为海南提供了前所未有的发展机遇。所以，自贸港背景下的海南文化传播显得更加重要。

常言道："作品要上去，作家要下去。""作品要上去"是什么呢？那就是作品的质量要提升，要求我们多出精品，出好作品。何谓精品？精品之所以"精"，就在于其思想精深、艺术精湛、制作精良，也就是说在思想上要提炼、艺术上要锤炼、制作上要精炼才能够启迪思想、温润心灵，获得人民群众的认可。好的作品既能够表达国家和民族的时代需求，又能够凝聚民族精神和力量，这也是作家的职责与使命。而"作家要下去"，就是说作家不能只是"坐在家里"，要融入群众，体验世间百态人生，丰富自己的阅历和生活经验才能写出好文章。当然，并不仅仅是"文化下乡"这几天就够了，平时我们也要积极主动地深入民间，贴近生活，通过深入基层采香酿蜜，汲取民间文化艺术的丰厚营养，向生活学习，向社会学习，向群众学习，这才是我们最好的创作途径。也只有这样，写出的作品才能"有血肉"，才能真正"接地气"。

讴歌自贸港，共享新未来。2020年省作协历时四天的"文化下乡"暨"讴歌自贸港，共享新未来"的主题采访活动丰富而充实，既有声势，又有实效，我们也受益匪浅。作家们纷纷表示，此次活动感触深、收获大，回去以后将把海南的自然风光、人文历史、民俗风情，还有乡村精准脱贫、产业转型发展等素材融入今后的创作当中，以文学的形式展现给世人，用艺术的眼光捕捉创作之美，写出更多反映时代精神、引领时代前行的好作品。当然，更重要的是，我们一定要深入了解、参与海南自贸港的建设实践，凝聚起建设海南自贸港的磅礴力量。

作品要上去，作家要下去！

# 你说的是哪个龙塘？

　　也许因为龙塘这个名字太好听，寓意深刻又吉祥，所以全国叫龙塘的地方不计其数，海南叫龙塘的地方也不少呢，除了最出名的琼山的龙塘镇以外，其次就是定安县的龙塘。

　　定安县在西汉时属珠崖郡地，唐初为琼山县地，元代设置定安县。元天历二年（1329 年）定安县升制，改为南建州。明代知州王官的儿子王廷金叛变作乱，后来被平息。"定安"之名，取其平定叛乱，获得安定之意。

　　定安的龙塘，据说古时因有井涌水量大，人称龙滚井，井边有池，此地就被称为龙塘。清代的《定安县志》记载：在新寨三里龙塘市，世传神昔征黎有功，民不忘德，特立庙祀之，甚有灵验。明天启四年（1624 年），在龙塘村附近形成了龙塘圩，民国时期设立龙塘乡，中华人民共和国成立后设龙塘乡人民政府。后来，由于行政区划沿革历史的演变，撤乡成立龙塘人民公社，1983 年又改为龙塘区公所。1987 年撤区公所建乡镇，成立了龙塘镇人民政府。由于各方面的原因，也许是为了避免与琼山的龙塘镇重名吧，2002 年，定安县龙塘镇人民政府改为龙河镇人民政府。

　　定安的龙塘镇虽然改成了龙河镇，但是这个沿用了几百年的名字，在人们的心中早已根深蒂固，所以直到现在，附近老百姓还是把那个地方叫龙塘。龙河镇内依然有龙塘社区、龙塘中学和龙塘中心小学等，这些名字没有改，与琼山龙塘镇的中学和小学也重名呢。总之，在龙河镇，到处都可以听到带有龙塘的名字，还有许许多多和龙塘有关的事物。每年的农历二月廿二，这里会举办非常隆重的龙塘峒主军坡节，南建鹤桥峒主、南坤峒主、南吕境主、南引峒主、坡寮峒主、来统峒主等都前来助阵，热闹非凡。这一独特的民俗也吸引了省内外很多人前来观看。

地名与人名一样，既是一种称谓，也是一种符号，更是一个地方历史的活化石。随着时代的发展，地名及其背后的地名文化越来越受到人们的重视。当然，地名与人名一样，数量多了难免会有撞名的情况。其实，全海南各市、县、乡、镇、村庄地名相同的现象也不少见。有些人认为好听的名字不怕撞，只是，当你在海南听到老百姓说起龙塘的时候，为了避免张冠李戴，不妨多问一句："你说的是哪个龙塘？"

# 南海诸岛礁的昵称

碧波万顷的南海，是中国四大海区中最大、最深、自然资源最为丰富的海区。在广袤的海域中散布着众多的岛礁，它们仿佛是形态各异的珠宝散落在蓝色的大海里，熠熠生辉。

我曾经在电视里、报纸杂志上或地图册里了解到的南海诸岛礁的名字，大多是它们的学名，有些还是音译名。直到有一天，我在海南省琼海市潭门镇几位老船长那里看到了《更路簿》，才知道南海很多岛礁还有原汁原味的乳名和昵称，不禁感慨世代渔民对南海的辛勤耕耘和守护，感慨他们向海而生的无畏精神和生存智慧，以及他们与南海这片蓝色国土最为深切的鱼水之情。

早在距今七千年的新石器时代，居住在我国南方沿海的先民就凭借船只向南海索取生存资源。三千年前的商周时代，南海沿岸的土著——越族就与中原地区开始往来。从那时起，我国渔民就常年在南海航行，并进行捕捞作业。世代渔民把他们先后发现的一个个岛礁都进行了标注，并将这些有了名字的岛礁串联成一条条线路，开辟了南海航道，并记载在《更路簿》上，被后人沿用至今。

从先秦开始，南海在中国的史籍中就有了记载。《更路簿》里把南海叫作"涨海"，把南沙岛礁叫作"磁石""盘石"。猫兴是东岛，三峙是南岛，三脚岛即今天的琛航岛，南乙是鸿庥岛，秤钩为景宏岛，丑未即渚碧礁。大家熟悉的永兴岛，又名"林岛"，它是中国西沙群岛的主岛，也是西沙群岛及南海诸岛中最大的岛屿。在潭门渔民的《更路簿》中，永兴岛被称为"猫注""吧注""猫岛"，多么亲切的称呼呀！老船长告诉我们，这是因为最早到永兴岛的渔民发现岛上海鸟很多，老鼠又大，渔民先后带来很多只猫在岛上繁殖，这些猫因没人看管，后来都成了野猫，所以永兴岛才有了"猫注""猫岛"这样有趣的名字。还有另一种说法，"猫注"是海南话"妈祖"的谐音，永兴岛上的妈祖娘娘庙又称"猫注娘娘庙"，渔民间千百年来传颂的一首诗中还有"猫注娘娘，伏波爷爷"这样的句子。

有海就有鱼，有鱼就有渔民。海上打鱼没有固定的居所，鱼往哪儿跑，船就往哪儿追。自古行船半条命，海南的渔民将向大海讨生活称为"做海"。一个"做"字把他们"耕海牧渔"的艰辛和悲壮体现得淋漓尽致。驰骋南海的每一位老船长对水文情况都了如指掌，对南海诸岛礁如数家珍。在茫茫大海里航行总感觉时间过得比陆地上慢得多，除了天上悠悠的白云、水面上自由的海鸟，映入渔民们眼帘的还有不远处的某个岛礁，那是他们航行的方向和动力，也是稍作歇息的临时落脚点、心灵的港湾。如果说南海是渔民的后花园，那么诸岛礁就是他们的兄弟。它们一次次欣喜地迎接渔民们的到来。渔民来时都默默地对它们说声："你好，兄弟！"走时也说声："老兄，后会有期！"有时遭遇风暴，渔船会在岛礁附近停留多日。还有部分渔民因为某些原因常年留居在某些小岛上拾贝捉龟、挖井汲水、垦荒种植、盖房建庙、饲养禽畜等。

在《更路簿》中，还能看到南海诸岛更多生动形象的名字，比如九乳螺洲、圆峙、铁峙、岛仔峙、猪母头、长腰马、地盘仔、眼睛铲、石龙、双门、老粗峙、铜锅、铁链、双挑（双担）、双帆、铜钟、锅盖……似乎每个名字都充满了渔民对它们的深情。西沙群岛的华光礁，渔民称其为"大圈"；比华光礁小一点儿的玉琢礁，被称为"二圈"；而再小一点儿的浪花礁被叫作"三圈"。只需听到名字，人们就能想象出岛礁的形态大小。渔民说起这些地名的时候，感觉他们说的好像是自己的大哥、二哥和三弟一样。难怪那一个个写在《更路簿》上的名字，从老船长们口里说出来的时候，显得那么亲切。

在潭门渔民的家族里，世代流传的、被誉为"南海天书"的《更路簿》其实是一种以文字形式记载的航海图，其中包含了数百年间潭门渔民的经验和智慧。从以船桨和风帆为动力的古代航海，发展到以发动机为动力的近代航海，每个岛礁都见证了潭门渔民的勇敢和坚强。对诸岛礁的命名，表现了世代渔民丰富的想象力和创造力。"仔"是海南人对"小"的特有称谓，那些小岛和小沙洲，渔民索性就称其为"峙仔"，这包含着他们对幼小事物的喜爱和关心。有"小"就有"大"。与"光星仔"相对的是"大光星"，与"弄鼻仔"相对的是"大弄鼻"，与"铜铳仔"相对的是"大铜铳"，与"小三脚峙"相对的是"大三脚峙"，等等。此外，还有如"千里长沙""千里长堤""千里石塘""万里石塘""万里长沙"等更有气势的名称，这些是对西沙群岛和南沙群岛最早的称呼。

《更路簿》的"更"为距离单位，"路"为航向，"簿"指册子，是渔民以文字或口头形式相传，在南海海域开展航行和捕鱼活动的航海指南，是中国渔民用生命换来的航海经。《更路簿》里的南海诸岛礁名字大多是朴实的，但个别的也很有诗意。如郑和群礁中的安达礁被白沙覆盖，渔民给它起了一个漂亮的名字叫"银饼"，原因是在阳光的照耀下安达礁经常银光闪闪，煞是醒目。渔民们还把仙宾礁称为"鱼鳞"，只因为片片礁石出水似鱼鳞状。还有神仙暗沙、仙石暗沙、碎浪暗沙、红石暗沙、金银岛等昵称也很有意境。《更路簿》里"由银饼下黄山马用卯酉二更收，对正西""由黄山马东去九章用己亥二更收，对东南"这些话语可谓简洁明了。可"黄山马"是什么呢？原来它是太平岛的昵称。太平岛岛形如梭，林木茂密，是南沙群岛最大的自然岛屿，沙滩上堆积的细砂白里透红，也许是因为黄昏的时候从某个角度望过去，它有点儿像一匹黄色的马吧。"黄山马"这名字真是太好听了。

《更路簿》里大多数南海诸岛礁的昵称都很通俗直白。比如鸭公岛，据说是因为俯瞰此岛形状像一只鸭子，而且岛上男人居多，可谓"名副其实"。距鸭公岛约三海里的全富岛是一处无人居住的小岛，因岛内水产丰富而得名。甘泉岛因其形如圆盘，故称为"圆峙"。三角礁因为环礁极似三角形状故而被称为"三角线"。仁爱礁因为礁环南半部断成互不相连的数节，被称为"断节"。再如南沙的牛车轮礁，渔民们称其为"牛车英"。"英"在海南话中指"轮子"。在低潮时该礁盘露出水面呈浑圆形，是不是渔民看到了不禁就想起故乡潭门那些木制牛车的轮子呢？

　　琼礁、琼台礁、潭门礁、万安滩、息波礁、涛静暗沙、普宁暗沙、安渡滩、南安礁、海宁礁、安塘岛、安波沙洲……从这些地名中，我们不难看出渔民们内心的期盼和祈祷，还有他们追求安康生活的美好心愿。南海是天然的渔场，但是其地理环境和气候条件十分恶劣，海域辽阔，暗流汹涌，礁石密布。渔民在航行和捕捞时经常会遭遇不测，危及生命和财产安全。"水能载舟亦能覆舟""父子不同船"的古训，潭门镇一些人家后院里的衣冠冢，还有永远留存于海底的千余条沉船就是最好的证明。为了生计不得不冒险深入南海的渔民有一家老小牵挂着，无不希望他们平安顺利、满载而归，所以当他们发现南海诸岛以后，就把自己对逢凶化吉的企望及期盼合家团聚的美好愿望逐渐投射到一些岛礁的命名中。

　　潭门渔民的《更路簿》基本是用汉字形式记录海南方言的，经过一代又一代的补充和传抄，虽然民间版本众多，但其关于南海诸岛的昵称大多是一致的。海南方言中"罗"为"两"的谐音，"罗孔"意为"两岛"。海南人把求神用的杯夹称为"梅九"，也许"梅九礁"就是因为该礁盘恰似梅九。由两个小礁组成的形似裤裆的礁盘被称为"裤归礁"。赤瓜礁更明了了，潭门人把海参称为"瓜"，因此就有了这样的昵称。而火艾礁是因为该礁盘呈长环形状，与椰丝卷成的点火绳火艾相似。双黄沙洲是因为低潮时该海面有一对蛋黄状的珊瑚礁露出海面。环礁南端有一扇内宽外窄的门，渔船如果不对风向就难以进入，渔民们称之为"恶落门"。"恶"是海南方言"难"，"恶落门"就是难以进入的门，这样的命名可谓形象而贴切。

　　在潭门听老船长讲故事，三天三夜也听不完。老船长陈胜元阿公说，南海诸岛中一些岛礁的命名也与渔民遇到的一些突发性重大事件相关，其背后还有一些动人的故事和传说。如南沙的南屏礁被称为"棍猪线"，"棍"在海南话中就是"骗人"的意思。据说渔民们在一次航行中遇到了静风，船只漂到该处，捞到了许多海产，于是他们便杀猪庆贺。不料突然风暴来了，船只随风而起，猪也落入大海里消失了，让大家空欢喜一场，感觉被骗了，故起此名。双子群岛中的北子岛和南子岛上树木参天，花草丛生，海鸟蛋遍地，当年的渔民登岛一望，便连声赞道："好也！"用海南琼海话喊出来就是："奈罗！"众口相传，所以双子群岛也分别叫作

"奈罗上峙"和"奈罗下峙"。

老船长陈阿公还告诉我们,南沙的皇路礁被称为"五百二线",是因为有渔民在此拾到过五百二十块锡锭。西沙的北礁也有人曾经捡到沉船遗留下来的干蚕豆,于是起名叫"干豆"。还有一个比较特殊的地方,礁石上的海水是棕色的,礁上没有一只海螺、一条海参,水里也没有一条鱼、一只虾。渔民满怀希望地投下无数次渔网之后仍然一无所获,只得垂头丧气而归,当同伴问起时就答曰"无乜",海南话意思是"啥都没"。这礁也就被人伤心地称为"无乜礁"。当然,最为形象的莫过于大现礁和鬼喊礁。当我们听到劳牛劳这样有意象思维的名字时,仿佛可以听到渔船通过该礁石时发出的"呼呼"的湍急声音。据说此环礁没有缺口,表面海水似"流不流",谐音即"劳牛劳"了。有些版本的《更路簿》也写成谐音"刘牛刘",其实就是大现礁的昵称。称鬼喊礁是因为此处多礁滩,浪涛汹涌,浪啸声不绝有如"鬼"喊。还有一个地方三面高一面低,呈扁平的马蹄形,像极了海南人用的簸箕,于是"簸箕礁"就成了它的昵称。

从南海诸岛这些充满海南地方特色和浓重乡土气息的命名中,人们看到的不只是海南特有的方言,还有渔民们淳朴善良、勤劳勇敢的品性。《更路簿》上南海每个露出水面的岛、礁、沙、洲都有自己的名字,这已经让我们很惊讶了,最让我们惊讶的是,有些岛礁是低矮的珊瑚礁,甚至还有一些岛礁从来没有冒出过海面,它们竟然也有自己的名字。《更路簿》中那些地名中带有"线排""沙排""郎"的岛礁,还有现在标准地名中以"礁"结尾的岛礁,大多数都是这种不露出水面,至少是高潮时不露出水面的岛屿。

"为什么淹没在水下几十米的岛礁,竟然也会有自己的名字呢?"我问驰骋了南海几十年的苏承芬老船长。

"哦。你要知道,有些海域的海水透明度很高,这些水下岛屿一目了然,这也成了我们潜水作业的重要场所,当然要为它们命名啦。尽管有的珊瑚礁埋在水下,可它上面的海参、贝类可能更多些。我们怎么能忽略它们的存在呢?"这位虽已耄耋之年但仍然精神矍铄的老人告诉我们。当我们来到他家的时候,他毫不吝啬地把珍藏了一辈子的传家宝拿出来给我们看,除了我们慕名已久的《更路簿》,还有非常古老的不同版本的海航图和罗盘等。苏承芬老船长还告诉我们，《更路簿》记载了用罗盘指引航向、用燃香记载时间的方法和一条条在西沙还有南沙作业的路线，"按照它们的指引，我们就可以从潭门镇出发，航行到南海各个岛礁"。

是的，勤劳勇敢的南海渔民，他们一代又一代乘风破浪，以拓荒者的气概绕过暗礁，战胜激流，扬帆万里海域。"再大的浪，也要让它从我们的船底下过！"他们遇礁"行盘"，遇岛驻岛，巧用智慧制造各种各样的远海捕捞工具，练就潜入三四十米深的海水捕获海产品的本领。那一个个地名、一个个昵称、一条条航线，饱含着渔民们对这片大海的深情，不仅直接证明了南海自古以来就是我们的传统渔场，是我们的祖宗海，更是向世界亮出我国对南海拥有主权的铁证。海是家，海更是国。从古至今潭门人对南海的探索从未停止过，这是对家的传承，更是对国的守护。

"我们潭门渔民的血脉是在南海一代代传下来的，别人是无法改变的，不管是捕捞技术还是《更路簿》，我们都想让下一代知道并且继承下去。"苏承芬老船长坚定地说。

没错，无论是世代渔民给南海诸岛礁起的昵称，还是政府后来规范化了的学名，即便再小的岛、礁或滩、沙，哪怕从来没有露出海面，只要把它们稍做分类就可以看到其背后断不开的文化与情怀。因为它们都有一个相同的坐标——南海，而且它们还有一个共同的名字——中国！

# 舞动的海南

## 舞龙

　　龙是传说中的一种灵异神物，乃万兽之首，集力量、美丽、智慧于一体。在中国，龙简直无所不在。那么舞龙的起源是什么呢？据说在很早以前，东海龙王得了病，腰酸心痛，浑身还发痒，特别难受。请遍了龙宫里的龙医，结果谁也没有给他把病治好。这怎么办呢？他疼得吃不下，睡不着，来回打滚儿。这时候龙母给他出了个主意，叫他去民间找个大夫看看。

　　龙王觉得在理，就摇身一变，变成一个白发老头，钻出海面。他来到一个村庄，看见前头有个药铺，就进去了。药铺里有个先生。他向先生问了声安，对先生说明病情。先生请他伸出手来诊脉，可是一摸他的手，先生大吃一惊，他的脉搏跟人的脉搏不一样。于是，先生就知道他不是人类，便对他说："你叫我给你治病可以，但你得说实话，我一摸你的脉就知道你不是个凡人，你要想把病治好，只有说实话我才能下药。"

　　龙王一听，暗想：这医生还挺高明，一摸脉就知道我不是凡人。他觉得先生很朴实，就对他说了实话。先生听后，就说："想把病治好，得变回原形，那样我才能给你医治。"龙王没办法，只好变回一条大龙。但药铺里地方狭小，不方便。他就对先生说："我把你带到海边吧，那里更方便。"

　　到了海边，先生轻摸龙王的鳞片，摸到中间时，发现有一片鳞片和其他的不一样。他掰开一看，里面藏着一只大蜈蚣。

先生取出蜈蚣，在被蜈蚣咬破的地方上了点药，说："好了，回去养几天吧。"

龙王回到龙宫里，没几天病就好了。他想着应该感谢那个民间大夫，于是就带了些龙宫里的稀奇宝贝送给了先生，还对他说："感谢你给我治好了病，你有什么要求就说吧，我都满足你。"先生说："我没有别的要求，听说你是管水的，俺们这儿年年发大水，求你以后少发大水就行了。"龙王连声答应："这个没问题。往后每逢过年，你就照我的模样做一条大龙，拿到街上叫人们耍一耍，我就不发大水了，让你们过上好日子。"先生一听，高兴地答应下来。

就这样，每逢过年，人们都要做些大龙，敲着锣，打着鼓，高高兴兴地到街上去舞龙。龙一舞起来就热闹非凡，仿佛那条龙真能气吞山河、夹风带雨。所以，舞龙就这样世世代代流传了下来。曾几何时，中国人舞龙，舞着舞着，就舞到了中国的最南端——海南岛。

海南人是什么时候开始舞龙的，已经没有资料可以准确地考证了，但是有一点是肯定的：海南人舞龙和公期有很大的关系，无论在什么地方，每到公期必定会舞龙。公期时人潮如海，舞龙表演活动的场面十分壮观，这项活动在海南已有上千年的历史。

"公期"是海南的一种地方习俗，是一种区域性的祭神活动，时间一般在农历正月上旬至三月中旬。不过全年都可能有公期，每个地方的公期日子不一样，但是每个地方一年一次的日期是确定的。也有很多地方称海南的"吃公期"为"闹军坡"。公期是海南人心目中的大事，有些地方的公期甚至比春节还要隆重热闹。海南公期的时候，无论你跟主人有无关系，只要上门，主人都会笑脸相迎，热情招待。"来的就是亲戚"，这就是海南公期文化的精髓。公期时香烟缭绕，锣鼓声声，有专人抬着公祖游村，挨家挨户敬香祈福，有些则伴着舞龙舞狮的表演。

舞龙表演更能烘托这种气氛。除了公期、婆期和过年过节等大型的传统节日，海南舞龙也常常出现在新闻发布会、产品推介会、开业仪式、剪彩仪式、大型晚会、奠基典礼、开幕式、年会、招商、路演和展览展示会上，所以舞龙有商业化、多元化和大众化的特点。海口的楼盘开盘、开业店庆，一般都会有舞龙表演。舞龙助兴，寓意生意兴旺，财源广进。在鼓号齐鸣中龙飞狮舞，吸引了大量的游客和市民追随观看。舞龙活动作为一种独特的民俗，在海南经过历代艺人的不断传承和创新，如今日臻完美而充满魅力。

龙文坊是海口历史最悠久的街坊之一，两条小巷分别向东西方向拐弯，因其状似两条龙须，被认为是龙的家乡。清代，龙文坊的龙队组织逐渐形成，龙文坊的舞龙活动得到了民众的认可。每年春节前后，当年的庙会首家会邀请村中有名望的、热心乡村公益事业的乡绅、父老，商议舞龙相关事宜。舞龙队伍由几名舞龙头的骨干和村中二十多位中青年组成，重大活动或庆典时如果人手不够，就到邻村请求支援。

正月十一是龙文坊的公期，这也是村里最隆重的节日。亲戚朋友们都回村里聚餐、祭拜庙堂，而神奇的行符仪式也在这一天举行。行符就是人们舞着龙，抬着公祖到家家户户去，把美好和祝福带到家家户户，这是海口很隆重的民俗。每当舞龙队伍到达或公祖被抬到各家门口时，这家人早就在门口摆好了香烛、祭品等。亲戚们列队祭拜，并排着队从龙身或公祖底下穿过，海南方言叫这为"穿屁股"。据说"穿屁股"能驱灾辟邪，保佑平安，送福送禄，添丁添财。海南人也乐此不疲，这也是小孩子的最爱。

举行行符仪式的那天早上，舞龙队先把龙从庙里请出来，然后装龙，即给龙做一些清洗，然后穿上龙服。如果是新龙，还要给它开眼，就是我们常说的画龙点睛。开眼需要"三爹公"来主持，"三爹公"类似于道士，他们把龙引到大海里祭拜海龙王，然后才上岸开始舞动。只有经过画龙点睛和祭拜后，这龙才是具有灵性的，有了生命力的。当长者做完一系列的祭祀仪式后，把装好的龙正式交给舞龙队的人，神奇的行符仪式就正式开始了。

舞龙队一路舞着龙，高高兴兴地一家一户挨个舞过去，从早到晚，一般要舞到晚上十点才能把龙文坊所有的居民一户户舞完。因为体力消耗大，舞龙头的人要更换好几个，舞龙身和龙尾的人，也要不断地轮换。各位公祖和婆祖坐在鸾轿上，被推到各家各户的时候，人们逐个拜祭。舞龙舞到户主家，就会送去平安，送去福禄，也送去长寿。到达户主门口的时候，龙先叩三个头，然后接受户主的祭拜。户主拜完后，龙再叩三个头才离去。有时户主会事先准备好香烟、红包、青菜，从二楼垂挂下来，让龙去"采青"。有时还会逗龙，故意不让其那么容易采到，逗来逗去，最后才让它如愿以偿。这一环节增添了舞龙的趣味性和观赏性。有时舞龙头的人采来采去也采不到，就干脆用龙口接着，把手从龙嘴伸出去拉东西，或用剪刀剪掉，最终采到"青"了，现场便响起一片喝彩声。

舞龙活动海南各地都有，而海口舞龙最活跃的地区要数龙文坊。舞龙技艺的两位非遗传承人也居住在龙文坊。舞龙技艺在海口龙文坊能传承下来，主要是因为本村民众对它十分热爱和喜欢。这些年海口的城区改造，很多地方都拆迁了，可是据该村的村民说，哪怕有一天龙文坊也被拆迁了，他们的舞龙技艺也会传承下去的，因为他们的庙一定会再建起来的，只要关张庙在，人心就在。

舞龙活动由于具有民间性、自发性、娱乐性的特点，形成了鲜明的地域特色，经过很多年的发展和完善，呈现出风格和流派多样的形态。我们相信，随着海南大发展、大繁荣时期的到来，海南的舞龙也会更加美好！

## 舞虎

据说，海南的历史上没有关于老虎的记录，但是，海南有一个非常盛大的民间活动——舞虎。据明《古氏南迁》记载："祖上自中原南迁，越南海而入，历尽艰辛，难险谁知？千里奔波，粮尽物耗，独有传世盛物虎头，雨淋日晒，随众翻山越岭，虎舞觅食，斗虎擂台，谁能分真假焉！"如此说来，舞虎自明朝由中原传入海南，至今已有几百年了。

在海南省海口市美兰区三江镇，为了纪念民族英雄冼夫人"闹军坡"而组建的民间舞虎队，犹如藏于民间的一朵奇葩。三江镇位于海口市东部，因其境内有三条河流而得名。在四百多年前的琼中大地震中，海南有七十二个村庄塌陷到海底，三江部分地区也难以幸免，然而，有一支叫"七只虎"的舞虎队所在区域的群众却全部幸存。他们觉得是冼夫人在保佑他们，是舞虎队的老虎显灵了，所以"七只虎"舞虎队一直发展至今。舞虎因具有浓厚的传统文化色彩和浓郁的乡土气息而深受当地人民群众的喜爱，是当地人逢年过节必不可少的娱乐活动。

三江舞虎活动的高峰期是每年的"冼夫人文化节"期间，从农历二月初六至二月十二，舞虎队环村游演，以舞虎表演纪念冼太夫人，同时也为各家各户祈祷五谷丰收、人畜平安、生意兴隆、顺心顺意。舞虎队伍所到之处，锣鼓喧天，鞭炮齐鸣，好不热闹。

海南人常说："三江鼓，罗梧虎。"这是对罗梧村舞虎队的充分肯定。以前三江有专门的鼓队，闹军坡的时候，就和罗梧村的舞虎队一起表演。现在由于各方面的原因，三江没有专门的鼓队了，而罗梧村有三千多村民，不仅有自己的舞虎队，还有鼓队、乐队和武术队。舞虎作为罗梧村的一种传统习俗代代相传，但在"文化大革命"的时候，它被当作"牛鬼蛇神"遭到封杀，许多虎皮、虎头等道具被烧毁。但村民在田间地头劳作之余，即使手中没有道具，也要舞动练习一番，就这样，舞虎技艺得以传承至今。

一支舞虎队有两只"老虎"，包括锣鼓手、吹号手在内共有二十多人。每年农历二月初六至二月十二，整个罗梧村鞭炮齐鸣，锣鼓喧天，七天的舞虎表演每天都能吸引邻村邻镇上万人来观看，场面甚是壮观。罗梧村的舞虎表演还吸引了相邻村庄的人来观摩学习。对村里上至老者下到年轻人来说，看舞虎表演已经融入了他们的生活，如果很久没有看舞虎，总感觉生活少了点儿什么。因此，对每一个舞虎队员来说，舞虎不仅是一种荣耀，更是一种责任。

随着罗梧村"虎名"远播，海口市区及周边乡镇一些机关搞庆典、企业剪彩等，都来请舞虎队表演，这既增加了村民的收入，又推动了舞虎文化的进一步传播。三江的军坡节活动，算是海口地区较为独特的一个民俗了，三江这里很重视民俗，很多民俗都颇有"古风"。公期庙会，也是舞虎队大显身手的时候。这一天，三江冼夫人纪念馆举办冼夫人庙会。各村村民抬着冼夫人的像到庙内祭拜，为冼夫人换新装。舞虎队在出行前会先杀鸡，将鸡血点抹在吉祥的图腾上或者庙门两旁，这叫"点红"。然后，他们去祭拜舞虎队的祖先"虎光会"以保佑舞虎队出行平安。道士念唱，八音队奏乐。人们过火山，跳神舞，以纪念冼夫人，保佑子孙快乐安康。舞虎队在出游前一定要完成这套固定的祭拜仪式。

其实，舞虎队出行前的这种仪式原本被用来增加武士们出征必胜的信心。每支舞虎队中都有土地公和土地婆，这也是三江舞虎的特色。各村土地公和土地婆的扮相都不同，但有一点是相似的，他们都代表一方土地，象征地方父母官的冼夫人，成为保护当地百姓平安快乐的一方神灵。

"装军出游"是"冼夫人文化节"最具特色的活动之一，而三江"七只虎"队的出游在"冼夫人文化节"中是独特的。村民模仿冼夫人当年舞虎的出军顺序和阅兵仪式，一方面让冼夫人检阅军队，另一方面让军士们保家卫国的锐气不减。在装军出游队伍中，拿着令旗和冼夫人印章盒的人走在最前面，意思是一令传下，百事兴顺。在为期七天的节庆中，装军队伍每天都到各街道和各村子巡游。每逢"冼夫人文化节"，家家户户会杀鸡、鸭、牛、羊来奉拜冼夫人。当地村民摆酒席，准备丰盛的菜肴迎接客人，但猪肉是不上酒席的，据说因为冼夫人是百越人，不吃猪肉。

在此期间，舞虎队每天走街串村，一方面把平安快乐送给乡民，另一方面为冼夫人"检席"。两只"老虎"走在装军的队伍里为冼夫人开路，检查酒席桌上有没有摆猪肉，以示虎的威严和正义。据说冼夫人身边的这两只老虎，是被驯服的，它们能除妖降鬼，为冼夫人服务。

三江舞虎也是美敏婆祖庙特有的演出项目，历史悠久。现在人们舞虎是借当年那两只老虎的威风，为冼夫人金躯巡行踏吉赐福。冼夫人在点将台视察，龙虎狮起舞踏吉。虎舞展示虎的威猛和灵活，具有驱邪迎祥的作用，祈求来年万象更新、国泰民安。舞虎结束后，男女老少拥上前去，争着抚摸虎身，希望能沾点虎气，保佑人畜兴旺。

"咚咚锵……"锣鼓喧天，号角齐鸣。海南舞虎贴着农耕文明的标签，从明代中期扎根于三江的灵秀水土，在民间默默前行了几百年。

## 舞狮

史料记载，我国舞狮源于三国时期，盛行于南北朝时期，至今已有一千多年的历史了。舞狮在我国历史悠久，从北方到南方，从城市到乡村，逢年过节及庆典盛事都可以见到舞狮活动。关于狮舞的起源，民间还有一个传说。

相传明朝初年，曾出现一只独角怪兽，常在春节前后出来伤害人畜，但人总认为这是神物，不愿伤害它。于是，人们想出一个办法：用竹篾扎成一个狮兽模型，带着锣鼓和兵器，在独角怪兽出没的地方守候。当怪兽出现时，人们一拥而出，顿时锣鼓大作，喊声四起，怪兽便被吓跑了。从此它再也不敢出来了，于是当年五谷丰登，人畜兴旺。此后，人们每年春节期间都以这种舞狮的活动来祈求吉祥。

在长期的实践过程中，民间艺人对其不断进行改造，不同地区的舞狮形成了不同的风格与特色。后来，舞狮这项民俗活动随着移民迁入海南岛并在这里扎根，代代传承了下来。海南的舞狮在明代已有史书记载。海南岛有来自我国各地的移民，海南狮舞将传入的北狮和南狮的风格有机地融为一体，形成了自己的地方特色。其文武兼备，有舔毛、搔痒、抖毛等斯文表演，也有跳跃、翻腾、爬高、跌扑等勇猛动作，更显得多彩多姿。面积不大的海南岛，同时出现了南北两种舞狮流派，为海南的文化注入了新的内容。

清代，海南舞狮最盛行。清代的《崖州志》记载，节庆时"昼打秋千，夜放天灯或扮狮子、麒麟为戏"。民国后，凡盛庆或商铺开张，常请狮队表演助兴。日本侵略海南期间，舞狮活动基本停止，抗战胜利后才得以恢复。以前舞狮受到很多人的追捧，每当狮子舞动起来，观者如潮，蔚为壮观，舞狮是那个缺少文化活动的年代的一大亮点。但是近年来，因为受时尚文化冲击，狮舞活动已逐渐少了。

海南每年的正月十三到正月十六，正是舞狮的时候。百狮吼春，气势恢宏壮观，表演精彩绝伦，被誉为"雄狮威慑，誉满琼岛"。狮子，这种芸芸众生喜闻乐见的形象，遍及城乡，极大地丰富了海南民俗的内容。从过去到现在，人们都坚持每逢春节舞狮庆祝，附近的人们也成群结队地赶来看舞狮。这些"狮子"给人们带来了希望，带来了欢乐，也带来了幸福。

千里不同风，百里不同俗。即便是闹军坡，海南各市县的习俗也不尽相同。很多地方，过军坡节除了上香祈福，还邀请亲戚朋友来家里吃喝庆祝。狮舞是很多地方闹军坡不可或缺的一项活动。精彩的舞狮表演，人狮共舞的演绎方式，却让现场观众惊叹不已。很多人通过军坡节的狮舞对海南的传统民俗有了进一步的了解。

每年初二，澄迈县金江镇大街上热闹非凡，群众都会来观看舞狮队采青。有着百年历史的金江镇装军巡游活动也在这里举行。巡游活动有装军、舞狮表演等，吸引过往群众前来观看。舞狮在人们心目中是可以驱鬼辟邪的，澄迈县金江镇旧时但凡有喜事必放爆竹舞狮子，尤其是春节贺岁，大年初一清晨就有狮子拜屋。他们认为，狮子在门前张口伸舌摇头摆脑一番，那些躲在屋角旮旯中的恶鬼邪魔就会被一扫而光。因而视此有"旺屋"作用，户主均恭敬地给舞狮者奉送红包。

刚建好新屋的人家，也会特意邀请舞狮者进入屋中，逐层舞拜。新婚夫妇如果想早生男孩，还会请狮子进入卧房，让它在自己的床上翻滚一番。因为海南话中"狮子"与"是子"谐音，所以"狮子上床"也就暗喻"是子（男孩）上床"的好兆头。

除了闹军坡，海南人在一年中还有什么时候会舞狮呢？其实，海南人舞狮的时候很多。在各类开业典礼、周年庆典、房产奠基、会场布置、客户答谢会等场合，都会看到舞狮的热闹场面，舞狮通常用来庆祝喜庆吉祥的事情。

从地域上来说，海南是一座因琼州海峡而与内地分隔的岛屿，但在文化传承上，海南却与内地有着千丝万缕的联系。历史上以汉族为主体的移民不断迁徙到海南，并在这里生活繁衍，不断与当地居民融合同化。舞狮这一起源于三国时期的民间的习俗，正是随着移民的到来而落地琼州，并被海南人代代传承下来的。

常言道："有狮则兴，有鼓则盛。"海南舞狮承载着人们的美好愿望，人们的生活也因为有狮子的舞动而更加丰富多彩。

## 舞麒麟

麒麟，是中国古代神话传说中的祥兽，性情温和，传说寿命有两千余岁，也是神的一种坐骑。据说，麒麟由岁星散开而生成，其现身人世，象征祥瑞太平。

相传很久以前，有一年正逢大旱，瘟疫流行，颗粒无收，民不聊生。土地公看在眼里，急在心头，他当即求助如来佛辟邪消灾，拯救生灵。可是如来佛也无奈，他只知道千里之外有一座麒麟山，山里有一个麒麟洞，洞中有一神兽麒麟，只有这只麒麟才有这般法力。土地公不辞劳苦，终于找到了麒麟。他把来意一说，麒麟立即答应随他下山。土地公带着麒麟来到人间，麒麟立即施法，喷火献瑞，顿时人畜安康，五谷丰登。此后人们便把麒麟奉为吉祥之物，并把麒麟出山驱灾辟邪的故事编成舞蹈，谓之《麒麟出洞》，每逢年节便进行表演。

麒麟文化发展了几百年，更突出地表现为麒麟舞。麒麟舞是一种模仿麒麟的形态欢腾跳跃，以展示其勇猛、威风，烘托气氛、渲染情境的庆典舞蹈。据史料记载，"舞麒麟以娱乐"始于中原地区，其舞格调高雅，早先只在达官贵人、富商显宦的范围内流行。老人们介绍说，明朝灭亡之后，一位宫廷艺术家将他的麒麟舞绝技带回家乡，代代相承，这才得以流传。后来，中原战乱，难民南逃，这种舞蹈便随着迁琼始祖于清朝乾隆年间传入海南岛，并在海口市羊山地区的古村山寨落地生根，成为一枝独秀的地方性喜庆吉祥的传统舞蹈。

清《宣统琼山县志》记载："乾隆五年（1740年），令郡县选乐舞生一百二十名，延师教习麒麟舞，以备合乐之用。"由此可见，清乾隆年间的海口市羊山地区已有舞麒麟的习惯。羊山地区是海南的人文圣地，麒麟舞在羊山地区的古村山寨的流传、演变中加入了本土文化特色，成了当地春节、元宵、公期、婆期等盛大庆典，以及宗祠祭祀时的一项文化演出活动，成为村民祈盼财丁兴旺、人寿年丰、子孙贤能的一项祭祀庆典的活动。

如今，羊山地区大村小寨的古庙照壁上，随处可见麒麟的塑像和彩绘。漫步羊山地区，人们会看到这里很多的庙或祠堂里，都刻着麒麟。羊山地区有些人家的孩子出生后，哥哥起名"麒"，弟弟就起名"麟"。羊山地区是块风水宝地，有多处麒麟穴，也有不少的书香门第，涌现出了一批文人。在羊山地区的一个祠堂里，斑驳的墙上写着一副对联：

门迎狮子庆丰收
庭舞麒麟欢盛世

对联的横批是："天官赐福。"文字记载，清乾隆年间，海口永兴镇的王之藩高中进士荣归故里时，有麒麟舞队进其家中舞蹈，以表示祝贺。

后来，每逢节日、娶妻生子、新宅落成等喜庆活动，麒麟队常常受邀表演，深受当地人喜爱。麒麟舞是古人借"瑞兽吉兆"展现威严、祈求祥和的民间舞蹈，是人们对风调雨顺、丰衣足食、福禄长寿、国泰民安的美好期盼。

在麒麟舞盛行的时期，海南各地都有麒麟舞队，仅永兴镇的昌儒村就有三支。作为海南的人文圣地，如今海口羊山地区永兴镇的昌儒、吴洽、儒东等村仍然有人会跳麒麟舞。麒麟舞的精髓在于表现动物逼真的形态，要展现麒麟的威武之姿、灵巧之态。它艺术内涵丰富，再加上八音锣鼓，使麒麟舞更具有观赏性。这种舞蹈的表演形式、曲调旋律、造型装扮与琼剧有着类似之处，但多了一些神秘的色彩。它对场地要求不高，一般由土地公引路，两只麒麟同场献艺，齐舞共欢，有时相互挑逗和亲昵，有时又分列两边，相互对峙，各显身手，似乎要一决高低。

麒麟舞讲究灵活生动，麒麟舞每场出演的人有七个，有时为了烘托气氛，往往是两场同时出演，一场是大人演的，另一场是小孩演的，同样配备元帅、土地公等主角，还有家院、天兵等配角。锣鼓声响起，两场的演员一起舞动，大人小孩步调一致。别看小演员年纪不大，表演起来却个个虎虎生威、有板有眼，可爱的形象和表情特别惹人喜爱，展现了传统与现代相结合的麒麟艺术风采。舞到精彩处，场下就会响起阵阵热烈的掌声，观众叫好声不绝于耳。

从前每逢庙会，麒麟舞是表演的必备项目，遇有重大集会，也多请麒麟舞队演出。因为人们一直期望麒麟来驱赶一切邪恶与灾难，所以麒麟舞被视为民间舞蹈的上乘艺术。麒麟舞的最大特点是以情感人，在观看的过程中感知快乐，接受美的体验、情感的熏陶。麒麟舞出神入化，动感十足，音乐是舞蹈的灵魂，是点睛之笔。麒麟舞气韵十足，生动完美地表现自然，它来自生活，实践于生活，在汲取祖先流传的艺术营养的同时，强调以身、心、灵三者的结合来展示人的生命力，略显夸张地展示了艺人眼中所认知的生活。

在麒麟舞表演的过程中，艺人把自己想象成剧中的角色，根据不同的节日和庆贺内容即兴发挥。生活气息浓郁，雅俗共赏，并且具有很强的娱乐性和观赏性，这是海南麒麟舞的特点。

# 黎族文身，写在身上的图腾

      黎族文身，在黎语中叫"打登"或"模欧"，是海南黎族的传统习俗，也是世界民族中一种罕见的原创性文化。

      黎族是海南岛原著民族，在海南的历史至少已有三千多年，至今仍保留着其特有的原生态文化。关于黎族文身的传说有很多，在黎族民间流传着这样的故事：远古的时候，有一年洪水泛滥，族人都被洪水淹没了，一对兄妹幸运地躲进大南瓜，大南瓜漂呀漂，好不容易漂到了海南岛。兄妹俩在岛上分头去寻找人烟，但始终都没有找到。为了种族的繁衍，妹妹偷偷文身文脸，再见哥哥时连哥哥都认不出她，于是两人结成夫妻，种族最终得到延续。

      这个故事与黎族关于创世纪的歌很相似。其实有关黎族文身的传说版本很多，更多的专家学者认为其起源于图腾崇拜，是原始氏族部落图腾在人身上刻烙的符号，也是人体上的"敦煌壁画"，是写在黎族人身上的历史。

      与一般古代图腾崇拜不同的是，黎族普遍为女性文身，所文的几何形图案看上去好像很简单，细究起来却十分复杂。文身是黎族女子人生中的大事，充满庄重、神秘的色彩。当然，文身也是氏族的标志，是成年的象征，其中包含着女性对美的追求，也包含着祈福、避邪的愿望。

      黎族源于中国古代的骆越人，早期典籍所记载的骆越人的习俗涵盖了黎族的习俗，而在骆越人的后裔中，至今还留有文身这一历史印痕的，目前也只有黎族了。可惜的是，这种古老而独特的习俗正在逐渐消失，现在年轻女子几乎不再文身了，文身手艺也已慢慢失传。据说目前在海南黎族妇女中，身上还保留着这种历史印痕的也只有两三千人，而她们大部分已经是耄耋老者，年龄最小的也已进入古稀之年。人们担心再过若干年，随着这些老婆婆的逐渐离世，黎族文身这种古老的习俗会永远消失。

　　黎族人的文身，是刻在身上的图腾。这些用血肉之躯绘出的斑斓图画，展现出的神秘色彩，包含着黎族先民对生命的敬畏、对幸福的盼望和面对灾难的斗志，是黎族历史文化的鲜活见证，也是一种需要保护的文化遗产。

# 皇坡村，红颜薄命叹梅娘

在海南定安县母瑞山麓革命老区，有一个普通的村庄——皇坡村，这个村庄有两棵古榕树。民间传说，当年元代皇子图帖睦尔流放海南在黎首王官处避难时，与侍女青梅相爱。两人为见证他们的忠贞爱情，特在此种下两棵榕树，没想到两棵榕树长大后竟变成相互缠绕的鸳鸯体。村民就将这两棵树称为"爱情树"。距爱情树不远的地方也有一棵古榕树，此树被当地村民称为"元帝树"。该树是当地黎首王官所栽。村中老人说，皇坡村乃黎寨峒主王家故土。

封建王朝的皇帝自称天子，认为天下都是自己的，自己是至高无上的。因而历代人对皇位的争夺也是残酷的，元朝也不例外。从铁木真起到元朝灭亡，不乏剑拔弩张、刀光剑影、你死我活的斗争。有弑父杀兄者，有衅隙谋位者，阵阵腥风血雨，步步惊心动魄。元朝武宗和仁宗关于皇位继承有这样不成文的约定：兄终弟及，叔侄相传。即兄传弟，弟传兄之子。孛儿只斤·海山（元武宗）与孛儿只斤·爱育黎拔力八达（元仁宗）是亲兄弟，是忽必烈的曾孙、答剌麻八剌之子。武宗把皇位传给仁宗后，仁宗惑于奸佞，不守诚信，竟传位给其子英宗。至治元年（1321 年），武宗之长子明宗出走云南，次子图帖睦尔（文宗）客居海南，兄弟俩避免了一场杀身之祸。

图帖睦尔皇子初到海南，寄居琼州府，失意的他整日借酒消愁。有一次他借酒兴戏弄府中侍女青梅，不料青梅不领情，反而诟责他的不是。图帖睦尔皇子被青梅的美貌吸引，更佩服青梅的人品与胆识，他十分羞愧，自嘲自叹地写下："自笑当年志气豪，手攀银杏弄金桃。溟南地僻无佳果，问着青梅价也高。"

"窈窕淑女，君子好逑。"一个是年方二十、血气方刚、风度翩翩的皇子，一个是出身低微却聪明伶俐的侍女。自府中邂逅青梅，图帖睦尔对其一见钟情，十分痴迷。然而，天有不测风云。皇叔仁宗驾崩，其子英宗袭位仅三年，公元1324年御史大夫铁失杀英宗，也孙铁木儿（忽必烈嫡孙）自立为皇帝，年号泰定。同年，图帖睦尔被召进京，封为怀王。1328年，泰定帝崩，阿速吉八于1328年九月即位，后被杀。同年九月，图帖睦尔称帝，改元天历。图帖睦尔称帝后，虽然有三宫六院，美人如云，但他念念不忘远在天涯的梅娘，急召其进宫。青梅与他虽是"野婚"，但毕竟是原配，按惯例可封为正宫娘娘，可惜红颜薄命，青梅在海南赴京途中因思郎君心切、长途跋涉、水土不服等，行至浙江时客死他乡。文宗虽然在海南只待了三年，但他不忘海南恩情，梅娘死后次年，即天历二年十月，他降旨改琼州军民安抚司为乾宁军民安抚司。

因文宗在海南期间得到定安县黎寨峒主王官的关照，于是他登基后把定安县升为南建州，隶属海北道元帅府，封王官为世袭知州，佩金符，领军民，子孙受禄。其州府建于离此不远的九锡山村，此村便被称为皇坡村。南建州随元朝的灭亡也烟消云散，仅存六十七年。梅娘也罢，南建州也罢，正如明探花郎、礼部尚书王弘诲感叹："千年往事空啼鸟，一代遗踪却尽灰。"但是这个古代版灰姑娘的故事让这个村庄变得浪漫旖旎。

皇坡村，这个静谧之乡，没有城市的霓虹灯和喧嚣，眠在世世代代勤劳耕作的村人身旁。如今，人们走进皇坡村，槟榔花香阵阵，古树参天，层林叠翠。这里有讲不完的故事、看不完的美景，其丰富的人文气息、原生态的景观让人流连忘返。2014年，皇坡村获得"2014海南十大最美乡村"的称号。

"漠漠水田飞白鹭，阴阴夏木啭黄鹂。"爱情树前是一片绿色的稻田。几百年过去了，两棵老榕树愈见苍翠，周围的野草荒藤也茂盛得自在坦然，唯有树下香案上一支点燃的香冒着一缕青烟。"皇坡王气南建州，并树投怀远画楼。白鹭不知鸳鸯意，香魂一缕峰峦幽。"皇坡村，红颜薄命叹梅娘。在皇子爱情乡村公园，今天的人们转一转情缘路，抚一抚百年爱情树，赏一赏千只爱情鸟，听一听那六七百年前的古老爱情故事，寄一缕情思在皇坡村清新的田园间。

# "华光礁 1 号"沉船的浮沉

　　在中国（海南）南海博物馆（简称南海博物馆）一个很大的展厅里，一艘大船屹立在参观者的面前。那是一艘宋元时期远洋的福船，此船上平如衡，下侧如刀，底尖上阔，首尖尾宽两头翘，煞是好看，吸引了众多目光。

　　福船是中国"四大古船"之一，也是福建、浙江沿海一带尖底古海船的统称。南海博物馆里的这艘福船叫作"华光礁 1 号"，确切地说，它是"华光礁 1 号"沉船的复原版，据说是按 1:0.9 的比例进行复原的。"华光礁 1 号"是一艘南宋古沉船，于 1996 年在海南省西沙华光礁被潜水捕鱼的渔民发现。历经艰难，考古专家终于把它打捞出水面，并通过古船建造技法奇迹般让它"复活"了。于是，这艘古代海上丝绸之路上航行的船，终于再次呈现在世人面前。

　　八百多年前的一个秋冬之交，这艘满载着南宋的瓷器、香料、丝绸、黄金和铁器等货物的商船，本来是打算经由海上丝绸之路前往东南亚甚至更远的地方，没想到行至西沙群岛附近时，不幸沉入海底。经过八百多年漫长的等待，如今它终于浮出水面，终于看到了太阳，呼吸到了地面上的空气。"华光礁 1 号"沉船出水的真正价值并不是其船上的宝藏，而是让海上丝绸之路得到了更完整的呈现，是古代经贸研究中不可多得的财富。

　　华光礁属我国海南省西沙群岛，位于永乐群岛南部。渔民认为它是西沙群岛中的最大环礁，故称其为"大筐""大塘""大圈"，有些外文图书也称其为"Discovery Reef"。海水退潮后，华光礁整个礁盘露出海面，而该沉船的遗址就位于华光礁环礁内侧。八百多年后的今天，我面对这艘高度复原版沉船，一直在想：

它从哪里来，要到哪里去？

它沉没时是白天，还是晚上？

船上的人是带着什么样的梦想上的船？

当时有多少人，都是些什么人，有没有女人和孩子？

当时船上是否有救生衣、救生圈之类的东西？有人跳海逃生了吗？

为什么该船会沉没？是偶然的海上风暴还是船老大操作不当，抑或是出现了掠夺财宝的海盗？

思念和等待他们的亲人呢？在信息闭塞的南宋时期，他们没有等到出海远航的人归来，是什么心情？当得知他们永远不会回来了，又是如何痛心？

轮船也许不是一下子就沉入海底的，这么大的一艘船，它的沉没一定有一个过程。在它慢慢倾斜下沉的过程中，船上的人经历了怎样的恐惧，该是多么绝望？

……

遗憾的是，所有的这一切都已经难以去考证了。可以肯定的是，当时甲板上、船舱里的人全被抛入了冰冷的海水，都成了这条著名沉船的随葬品。如今，满船的宝藏被打捞出来，部分船体也被拉出海面，船被复原了，而当初的那些人呢？也许，他们早就化成海底的鱼儿，依然漂游在海底深处……

据说，"华光礁1号"沉船发掘出的文物近万件，陶瓷占绝大部分，绝大多数都还保持着当初温润的光泽。陶瓷的产地主要为福建和江西，按照釉色分类，主要有青白釉、青釉、褐釉和黑釉几种，瓷器器型主要为碗、盘、碟、盒、壶、盏、瓶、罐、瓮等。在一些器物的底足内，发现有墨书题记，个别器底还有模印铭文、纹样等。出水沉船也反映出南宋早期中国的航海技术处于世界领先地位，国家综合实力较为强盛。

俗话说："行船走马三分险。"在古代，每次出海都是一次冒险。相比陆路来说，水路的风险更高一些。在气象、洋流都难以预测，甚至连海上地图都没有的古代，海风强劲，海浪凶险，船在海水里泡着，要承受水的侵蚀、冲击，如果遇上惊涛骇浪，瞬间就可能被摧毁。乘船出海，所有人的命运仿佛都掌握在老天爷手里。据说，在广袤的南海水域中，遭遇风浪沉没的大大小小的船只很多很多。大海里曾经出现过多少惊涛骇浪、多少悲壮惨烈的场面，我们只能去哀叹，去想象了。

福船"华光礁1号"的沉没，说明了自然界的力量是巨大的。在茫茫的大海面前，人和船是多么渺小呀，水能载舟，亦能覆舟。庆幸的是，历经八百多年的洋流冲击，如今这艘沉睡已久的古商船终于露出海面，出现在人们的面前。"华光礁1号"沉船具有重要的科学与历史价值，是我国在水下文化遗产保护领域迈出的重要一步。

其实，中国的古船在世界上最优秀的古船中也占有一席之地。古代中国是世界上的海上强国，造船技术和航海技术都处于世界领先水平，其中福船更是中国船只的杰出代表。这艘沉船的再现，也是历史的一次再现，人们有机会多看它一眼，读懂它，也能让那些激荡于历史洄流当中的海上丝绸之路遗痕再次在心中蜿蜒一番。对沉船的发现、挖掘，以及对船体、船质等信息的全面释读，使人们发现了古代舟楫船舶远航对推动南海周边国家文明交流的重要作用。其见证了古代海上丝绸之路帆樯鳞集、梯航万国的恢宏历史，突显了南海在海上丝绸之路中重要的历史地位。

虽然发掘沉船耗资、耗时、耗力，但是这艘沉没在历史汪洋中的福船作为在我国西沙群岛的远海地区发现的第一艘古船，它的出水和复原意义重大。每个来到南海博物馆、看到复原船的游客，一定能感受到咱们国家古代海上丝绸之路的繁荣。据说，南海海底发现的外国沉船并不多，中国古沉船则很多，这就说明了最早经营、开发南海的国家就是中国。沉船遗址记载着古代中国与周边国家友好往来的历史，可以说，是中国人最早开创了"全球经济一体化"的先河，促进了世界文明的交流和发展。

而南海，当然就是我们的祖宗海。

# 后安粉的味道

　　据说，很多海南人一天的工作和生活，都是从早上的那一碗粉开始的，我也不例外。海南的粉各有其特点：抱罗粉的爽口，陵水酸粉的清香，都让人食指大动。我对后安粉的味道，更是念念不忘。

　　"后安"其实是一个小镇的名字，它位于万宁的东北部，东濒小海，与大茂镇、北大镇及和乐镇相邻，距离万城有十多公里。后安粉就是发源于此地的一种小吃，也是海南一种很著名的美食。

　　相传后安镇地灵水秀，物产丰富，人才荟萃，美人辈出。宋代时有一伙闯荡江湖的恶徒经常到后安逞凶作恶，欺凌百姓。后来，后安镇上一名武功超群的青年挺身而出，带领大伙儿把这群恶徒赶跑了。这位勇士因而博得了一位姑娘的好感，她精心挑选了特产海鲜，配好料，熬制成了粉条汤，多次答谢这位青年。汤和粉味道鲜美，佐料独特，人们随口将其命名为"后安粉"。后来，越来越多的后安人走出了乡镇，走向了更为广阔的天地，并将后安粉传遍了整个海南岛。

　　后安粉的特色是韧而不硬，软而不糊，晶莹洁白，煮炒皆宜，开胃可口。后安粉汤干均可，但大多数人还是喜欢吃带汤的。而制作后安粉的万宁人，他们麻利的动作、爽朗的性格，似乎已经融在滚烫清香的粉肉汤料里。坚韧不拔、开拓创新的万宁人，正像后安粉一样十分有柔韧性。所以，在海南很多名粉的盛名面前，后安粉既不自卑也不气馁，默默地在竞争市场中亮出了足以与任何名粉分庭抗礼的旗帜。其在海南其他市县已经占有一席之地，在省会海口更是算得上家喻户晓。

后安粉从宋代至今已经拥有几百年的历史。据我所知，后安粉条是取当地的优质灿米用手工石磨磨成米粉，调成粉糊后用蒸盘烫成白嫩晶莹的粉皮。制作后安粉的汤底，是用猪骨、粉肠、大肠、猪内脏等熬制而成，配料有小虾、海螺等。将粉条和葱花加上鸡蛋，配以猪肚、大肠、小肠等，注入滚烫浓香的汤汁，一碗飘香的后安粉就制作好了。配方看似简单，其实制作工艺颇为讲究，很多细节和材料比例都是家传秘方，店主一般不轻易告诉别人，所以各家有各家独特的味道呢。

要想尝尝正宗的后安粉，当然要到后安镇了。从万城出发，驱车十余分钟，我们就看见后安镇上熙熙攘攘，市场上有很多叫不上名的鱼儿。"早餐一条街"热闹非凡，而且很有特色，各种纯手工制作的糯米粑香甜酥软，还有椰子饭团、绿豆粥、姜汤薯粉、豆腐花等。最有特色的，当然是原汁原味的后安粉了。整个后安镇几乎到处都是粉店，空气中似乎也弥漫着后安粉的香味。

当然，不是谁都有机会到后安镇那么远的地方去吃碗粉的，没关系，海南其他市县，特别是省会海口都有万宁人开的粉店，也相当正宗。在我家附近，就有一家已经经营多年的后安粉店。那是一家夫妻店，老家的大姑小姨都来帮忙，生意一直不错。我吃了这么多年，完全是被其鲜美的味道所吸引的。这家店的汤粉瘦肉多而新鲜，粉条很细，有一种清香，吃起来让人回味无穷。粉里面加的鸡蛋，也是让人口有余香的土鸡蛋。老板很有本土美食情怀，食品坚持手工做法。这家店店面很大，装修比较素雅，店里营造了一种老海南味道的氛围。食客还可以依据口味放入黄灯笼辣椒或者白胡椒粉，可以让粉的味道更鲜辣。

每次去那家粉店，我除了仔细品尝后安粉的味道，还会认真听那一家子讲非常纯正的万宁方言。万宁方言是海南话体系的一个分支，也是万宁人的传统文化精髓。作为一种地方的俚语，万宁方言有其鲜明的特色。我经常听到店主大约十岁和八岁的两个孩子"阿娘""阿娘"地喊，我喜欢听这个词用万宁方言喊出来。"娘"字他们读的是去音，四声。后来我才知道，"娘"在万宁方言中，不仅仅指母亲，还指年轻的女子，就像海口人说的"阿姐""阿妹"，文昌人叫的"阿麦"等。这家后安粉店有好几个阿娘在打理呢。这里的后安粉大碗、小碗都有，每次我都点小碗，每次吃完一小碗，我都很想说："阿娘，再来一碗！"可是为了保持好身材，为了不让别人说我是吃货，每次我都不好意思开口再来一碗。

后安粉的汤熬得很浓，肉和肠的分量很足，浓汤将猪肉煮得极为入味，松软的肉片、切段的粉肠只需轻轻咀嚼就碎了，粉条的米香浓郁，经过热汤浸泡有了肉的滋味，吃起来暖心又暖胃。粉条吃完了，肉片吃完了，肉汤也要全部喝掉，这才是吃一碗后安粉的正确程序。一般的食客都会将汤底和汤汁全部"吸收"，因为实在是太好吃了，否则挑剔的食客又怎么会将一碗粉吃得连汤都不剩呢？

过去，后安粉和海南大多数粉一样，只出现在早餐时段，而现在则拓展到全天都有。人们吃大餐觉得索然无味时，就格外惦念后安粉的美妙滋味。很多时候，我也是把它当午饭吃的。在海口，很多人似乎已经将后安粉视为自己生命中不可或缺的一部分。早餐是它，午餐可能还是它。无论是大街上招牌敞亮的大店，还是深藏于幽静巷子的小店，生意都相当火爆，后安粉无疑已经成了颇受欢迎的小吃之一。这种发源于小镇的美食，虽然"出身寒门"，但其独特的美味让人过口难忘。你可以让自己完全沉醉于那浓香的汤水之间，忘却凡事的纷扰，做一个与世无争的人；你也可以让一碗后安粉，补充你身体的能量，开始一天的奔波和忙碌。

粉质细薄，味道鲜美、爽口独特……这就是后安粉的味道，也是让食客流连忘返的味道。

一碗后安粉，浓香留舌尖。

# 海南人的做年

谁都知道，海南方言是比较难学的，若不是土生土长的海南人，很难体会其"博大精深"。在海南方言中，"做"是一个很有意思的字。比如，人们把麻将等某些娱乐设施摆起了阵势后就会说"做起"，怂恿别人打架就说"做他"。在人们的观念中，有些民俗也是可以按人的意志愿望"做"出来的。海南人办喜事，一般男方要"做酒"，就是办酒席宴请亲朋好友；女方一般要"做粉"，就是腌海南粉宴请娘家姐妹。而最能表现海南本土特色和民间风俗的，应该是"做年"。

俗话说："年怕中秋，月怕十五。"一过中秋节，一年的时光就已经过了多半。在海南乡下，中秋节后家家户户就开始下意识地蓄养家禽，拉开了做年的序幕——阉公鸡、填肥鸭、圈家猪等。因为这些家畜"阉"了、"填"了、"圈"了以后，等它们长到春节，就刚好可以宰杀。漫长的耕耘与付出终究会有回报的，既然做得这么用心，年也被赋予了更多的期待。

做年的气氛真正变得浓烈是从腊月开始的，特别是进入腊月后，无论城市还是乡村，就明显感觉出年味来了。做年的第一个环节是腊月二十四送灶公。传说中，灶公是玉帝派来人间监督善恶之神，每年的这一天他都要上天向玉帝汇报。为此，家家户户都会用竹把或竹枝将屋前屋后、屋内屋外全面打扫干净，这叫采屋，香炉也要洗净并换上新炉灰。夜间则备酒、果设祭，为灶公送行。采屋除尘的同时，家里的被服、衣物、窗帘也要统统清洗一遍，接下来门、窗、桌、椅、床、柜和地板都要清洗。家里有院子的，还要拔除庭院的杂草，让屋内外干净明亮，使人感到焕然一新。

　　腊月里的发市，也是做年的一个重要环节。乡村的集市上，挑担子的、提篮子的、推车子的、抱小孩的都在采购；城市的超市里，也同样人头攒动，年老的、年少的，男的、女的都在买东西。很多商铺在这个时候"日进斗金"，人们似乎想把辛苦一年的积蓄都掏出来买东西，消费欲在这几天内都集中迸发了。除夕那天的下午，家家户户满怀做年的喜悦，开始贴春联和门神，张灯结彩，大燃鞭炮，祭拜祖先。春联饱含着人们对来年的祈祷。贴春联的同时，家里柴米油盐酱醋之类的物品和水缸、炉、灶，以及犁、耙等农具等还得贴上"利是钱"。"利是钱"是一种红纸制成的、满是小圆洞的纸。这不仅是一种美好的祝愿，还是一种企盼。

　　海南有句歇后语："三十晚上的刀砧——不得闲。"是的，年夜饭是海南人做年的重头戏。海口人把除夕的年夜饭称为吃围炉，近年来有些家庭选择在饭店酒楼吃团圆饭，但更多的家庭还是选择在家里自己做，不然就不是做年了。大年初一的禁忌也很多，比如：不能挑水，除夕前得把水缸挑满；不能扫地，即使果壳纸屑到处都是也不能扫；更不能吵架、打架，哪怕有深仇大恨，双方也要自觉地等到做年完后才吵、才打；不能说不吉利的话，更不能说"死"字。曾经有一个三四岁的孩子平时跟小朋友玩的时候就喜欢把"气死我了"等口头禅挂在嘴边，结果在年三十吃围炉的时候，看着满桌子的美味佳肴，他又开心地说"好吃得要死"。于是家里人特意把他拉到跟前对他说："宝宝，你要听话，明天就是大年初一了，切不可以说'死'，知道不？"孩子眨眨眼睛并点点头，答应了。第二天这个孩子睡醒后，躺在床上第一句话就是："妈妈，今天是大年初一，我知道，今天是不可以说'死'的，对不？"家里人气得差点掉了下巴，而打他也不是，骂他也不得，因为今天是做年啊！

　　做年的时候，每家每户那个掌勺的，最起码要先"做"个好厨师，备足搞好佳节的酒菜。海南人做年必备的美食有很多，比如：文昌鸡，海南第一名菜，是做年不可缺少的一道佳肴；马鲛鱼是海南最好吃的鱼，也不能缺，它代表年年有余；水芹，因为与"勤"谐音，提倡做人要勤劳；刺粉，是粉丝的一种，寓意细水长流，持家兴业；茄子，海南话寓意"强过别人""一年比一年好";豆腐干要做成元宝状的,而且要炸得焦黄,寓意招财进宝;红糖年糕色泽发亮、香甜可口,与"年年高"谐音;甜竹,腐竹的一种,寓意百尺竿头,更进一步……诸多舌尖上的美食组合在一起,烘托出海南吉庆祥瑞的做年气氛。

大年初二,出嫁的女儿回娘家是不成文的规矩,也是姐妹们做年要做的一件大事。在有些地方,全村的外嫁女几乎同时回来,村里村外热闹非凡,三姑四姨五婶六婆激动的心情都溢于言表。人们在尽情地享受着过去一年里辛勤劳动所换来的丰硕成果的同时,也期盼着来年更上一层楼,所以相互见面都会说"恭喜发财",熟悉一点的就会多聊一些:"伯姩呀,今年鸡阉肥不?""伯爹啊,你仔回屋做年不?"在整个做年期间,人们卸下所有的心理包袱,放松身心,欢聚一堂,互相勉励和祝福,呈现出一片喜气洋洋的景象。

行袍也是海南人做年的一个重要环节。所谓行袍,就是把附近庙宇里的菩萨或神灵请下神案,敲锣打鼓地由四个男人抬着到村里的各家各户放灯驱邪。各地方的行袍时间并不完全一致,行袍的时候,各家各户都要准备一些糕点祭拜,这个时候,老人们都叫孩子们去钻公祖(菩萨)的屁股,认为这样会给来年带来好运。做年进行各种喜庆活动时,人们最喜欢放的鞭炮是"万三三"响的。"万三三"在海南话中是很多的意思。燃放爆竹不仅是肯定过去一年的成绩,表达自己对生活充满了信心,还有对未来的祈祷与祝福。海南人的做年,一年年,一代代,就在这样温馨的传递中延续着。

其实,做就是造的意思。纯朴善良的海南人知道,美好的生活要靠自己的双手去创造,只有做了才能得。无论做年做了什么、怎么做,都包含着勤劳致富的美好愿望。虽然各市县做年的风俗也有一些差异,但是无论岛东岛西、岛南岛北,其乐趣就是做,而年似乎已经不是很重要了。一个"做"字,把人们辞旧迎新的喜悦淋漓尽致地展现了出来。当成串的大红灯笼被挂起来,当琳琅满目的年货被摆起来,当万三三的鞭炮声响起来,"做年啰,做年啰,做年啰……"爆竹声中,孩子们欢乐的叫声响彻琼岛的上空。

# 佛在心中，如香在树中

沉香，又名"沉水香""水沉香"，古语写作"沈香"。沉香香品高雅，而且得之不易，所以自古以来就被列为众香之首。当一棵沉香树（风树）成长十年后，它就要接受"结香引导"，主要方式是虫蚁蚀咬、刀斧砍伤。在伤口愈合期内，风树的自我免疫系统开始发挥作用，为防止木头病变溃烂，风树会分泌出一种膏状的油脂。这种油脂会沿着风树的木质导管不断扩散，并在长时间的醇化反应后形成一种油与木的混合物，这就是沉香。

香可谓凡界与圣者间的信使，也被用来代表高尚的德行、修证的境界与佛因的庄严。据《圣经》记载，沉香是上帝栽种的植物，是基督降世以前三位先知带到世间的三件宝物（沉香、没药、乳香）之一。沉香与佛教的关系更是如影随形，佛教的各种经论中对沉香的记载随处可见。沉香在佛教仪式中经常被使用，是"浴佛"的主要香料之一。用沉香制作的熏香不仅用于礼佛，还是参禅打坐的上等香品。沉香相属纯阳，味能通三界。达摩认为沉香如佛性，虽长久沉埋，但腐朽尽脱其香便可普熏十方世界，使人心生欢喜，让人念佛陀的慈悲、智慧等种种巍巍功德，并祈愿成就与佛陀同等圆满的生命境界。

因沉香物理属性非常特殊，即凝结油脂部位很硬，腐朽部位很脆，故在雕佛时，用刀非常考究，稍有差池整块香木即告报废。所以说用沉香制成的念珠、佛像，均是非常珍贵难得的佛具，且感应愈是殊胜。沉香佛珠戴在手腕上，就会有一缕清香缓缓袭来，翕鼻，闭目，手腕贴在脸上，心里便有一种奇异的感觉，仿佛冥冥之中有一种庇佑降临，让人的身心沉浸在前所未有的舒坦中。

沉香结香后，风树倒下伏埋于土中，经朽烂再结晶才能升华出醇厚内敛的香气，具有从朽败中取香的深意，如同修行者历经艰辛与磨难终成正果。沉香香味变幻莫测的独特魅力、与世无争的姿态，也暗合了佛法轮回之道。沉香是其"本体"遭受了侵袭之后孕育而出的，而佛家也有轮回转世之说。风树的苦难造就了沉香的诞生，新一轮的重生代表着新一番的命运。风树受尽苦难，重生为沉香后散播福香造福大众，并不计较之前的苦痛。风树有多高，根就有多深。种植风树不需喷农药，它有驱虫但不会杀虫的特性，是最慈悲的树种。种植风树的地方也是修行最好的环境，风树林环境优美，极适合游憩、灵修，再加上它对其他树种不排斥，祥和洁净的环境，使人心沉静，心明性悟。这一切都体现出佛家的智慧，也让人们看到了佛家的宽容和无私。

佛曰：苦非苦，乐非乐，只是一时的执念而已。执于一念，将受困于一念；一念放下，会自在于心间。物随心转，境由心造，烦恼皆由心生。既然这样，人生在世，我们就应该拥有一颗安闲自在的心，随时保持豁达。佛亦曰：坐亦禅，行亦禅，一花一世界，一叶一如来，春来花自青，秋至叶飘零……命由己造，相由心生，世间万物皆是化相，所以我们要学会以不变应万变。心不动，万物皆不动；心不变，万物皆不变。其实，幸福和梦想就像沉香，其本身不香，而是经历沧桑变故、雨雪风霜等一系列的磨炼后才成为名香之首。当我们惊讶于沉香的怡人芬芳时也顿悟：正是风树一生的痛苦造就了这种芬芳的味道。真性不易，直至菩提；识自本心，达诸佛理！

人生如沉香。朽腐若尽，香从树出；烦恼若尽，佛从心出。心拥沉香，便有静看庭前花开花落、宠辱不惊的恬淡；心拥沉香，与人为善，与物为春，何惧浮世和滚滚红尘之纷扰。寻一处幽静，焚一块沉香，佛在心中，如香在树中……

# 沉香赋

南国古邑，"香岛"海南，因沉香而名兮。瑞香科植物，其积年老木外皮俱朽，而木心与枝节不坏，坚黑沉水者，即沉香也。暴于风吹日晒之下，沉于淤泥沼泽之中，其香在，其木不腐，虫蚁亦不食。任十年、百年甚至上千年，结出上品之沉香。是故曰：天地造化、妙木生辉，儋崖异产，超然不群，冠绝天下，一片万钱。

产于广东、广西、海南、福建，喜低海拔山地、丘陵及路边阳处，为"沉檀龙麝"之首也，亦为五大宗教公认之稀世珍宝，达官贵人信奉之养生圣品。按其形成分熟结、生结、脱落和虫漏四种。入水则沉者，乃沉香；半浮半沉者，笺香也；稍入水即浮者，曰"黄熟香"。奇楠沉香乃上品矣，故有书曰：积三辈子德，闻得奇楠香；修八辈子福，饮得奇楠香。

盖其味神秘而奇异，美好而灵动，或馥郁，或幽婉，或温醇，或清新。因其形古朴而浑厚，深沉而润泽，不喧哗，不张扬，不炫耀，不媚俗。香气无边熏欲醉，灵芬一点静还通。集天地之灵气，汇日月之精华，蒙岁月之积淀，"沉"得惊世，"香"得骇俗。或曰：随心，随性，随意，随缘。金坚玉润，鹤骨龙筋，膏液内足，品质无可比拟。普熏十方，能通三界，镇邪化煞，特性无法超越。

海南沉香享有"众香之首""香中之王"等美誉。闻之，熏之，嗅之，使人定魄安魂，镇静身心，气脉畅通。观之，赏之，品之，让人定力增强，雅致恬然，提神醒脑。放于庭院，能接收宇宙天地之灵气，舒心畅怀。置于职场，能远小人生权贵名禄，聚气生财。摆于客厅，能促进家庭和谐融洽，增福添寿。沉香入药有妙用，行气又温中，暖胃温脾，祛疫降脂，恩泽五脏。沉香雕刻有天价，稀少又珍贵，制成摆件珠串，供人观赏把玩，乃收藏佳品。于是乎，各路大咖出巨资、倾所有，与香结缘，闻香识人，慧眼独具。缘者持之，福者享之。

香哉，净土常见之庄严，身心舒畅之世界。一呼一吸间，心灵净化兮，一颦一笑时，情感升华兮。故文人雅士，以香载道，静心契道，品评审美，以香明德，励志翰文，调和身心。轻抚素琴，静阅金经，品一处宁静，叹一世浮华。香气缭绕，上达天庭。一块沉香，香气袅袅，禅意云水间。一盏清茗，茶香酽酽，心波起荡漾。一位知己，倾情悠悠，谈笑自若中……

海南沉香又名"植物中的钻石"，与黄花梨、黎锦、砗磲并称"海南四宝"也。国际"香岛"，岁月静好，前景广阔，世人瞩目。沉香文化，备受青睐兮，投资热品，势如破竹兮。叹曰："疯狂的木头。"神木之神，走出深闺，享其天然，散其醇香，放其光彩！

# 国庆赋

　　金秋十月，艳阳高照，龙吟九天，凤凰云翔。放目神州，锦绣万里，秋菊竞秀。五星旗飘，张灯结彩，喜气洋洋。光辉岁月，弹指一挥间。蓦然回首，共和国已七十华诞。中华福地，国之上下，万民皆欢；赤县神州，百姓同乐，普天同庆。民安国泰颂升平，庆典来临高举觞。

　　忆往昔，开国盛典，央首齐聚，锣鼓响震，阅兵列阵，天地齐鸣……

　　于斯时，中华民族开创新纪元；其始起，红星闪亮照耀全中国。中华人民共和国成立之初，百业待兴，中国人民勇往直前，自强不息。时至今日，翻天覆地，努力复兴，与时俱进，直奔小康。五十六个民族共创美好家园，五十六朵金花迎接崭新时代。光阴如水，岁月如梭。看今朝，都市繁华胜似天堂，田野溢彩美如仙境。仓廪实而黎民福，衣食足而众生祉。大江南北，一派欣欣之状；长城内外，江山多娇如画。蓝天白云，秋风送爽，丹桂飘香。中华大地，欣喜迎来又一欢腾之国庆。

　　美哉，我中国！泱泱古国，地大物博，文明浩瀚，幅员辽阔。东西南北中，高山无语展现巍峨，奔腾着火光；上下五千年，大地无言呈现广博，燃烧着激情。巍巍岱宗，峨峨太行，繁花似锦，欣欣向荣。于滔滔长江之岸边可感受"轻舟已过万重山"的迅疾，在滚滚黄河的脊梁亦可体味"黄河之水天上来"之磅礴。钟灵毓秀，纵横十万里；卓立苍茫，星月皆入怀乎。大海烟波浩渺，长城蜿蜒盘旋。山川雄伟，河溪逸秀。千年积雪之珠穆朗玛，莽苍广袤之黄土高坡，草树蒙密之西双版纳，一望无际之华北平原……呜呼，巍峨之高山，辽阔之田野，浩瀚之海洋，奔腾之骏马——万里江山锦绣如画也！

壮哉，我中华！夫社会发展，冲破重重阻力，迎难而上，顽强拼搏，一步一脚印。经济蒸蒸日上，人民生活如芝麻开花节节高。九天揽月，华夏英豪驰宇宙。神舟飞天，嫦娥奔月，火箭运载，扬国家声威；蛟龙入海，深渊科考，探究海洋，长民族志气……可谓上天入地矣。一带一路，延伸"丝绸之路"，令世界刮目相看。南水北调，高原铁路，南极考察，硕果累累。科技强军，步伐加快，钢铁长城，越来越棒。一九九七，香港回归，紫荆花怒放波澜壮阔；一九九九，澳门收复，白莲花飘香震撼全球。国强能防御敌侵，民富亦安居乐业。国之崛起乃吾民之福，国之太平使万民共觞。纵观国之初建至屹立于世界东方，犹如历史荣光里一曲雄浑的交响乐，乃国人不懈追求，力促中华民族之伟大复兴的中国梦也。

乐哉，我祖国！神州大地繁花似锦，祖国长空乐曲如潮。国强而民欢欣，如众星之慕天罡。临风红旗招展，城乡节日盛装。花团锦簇拥金秋，万里河山迎国庆，礼炮缤纷展盛世，载歌载舞享和谐。国者，家也，国富则家富；家者，民也，家富则国强。国者，母也，本是同根生；民者，子也，血脉亦相连。江山万古而常青，神州千载而呈祥。艳阳普照，鸟鸣婉转。北疆原野牛羊壮，处处风和日丽；南海鱼肥稻米绵，时时鸟语花香。吾国吾民，丰衣足食，生活美满，和谐安康。嗟乎，盛世太平，歌舞升平，好一幅优美和谐画卷！

时光荏苒，七十春秋风云激荡；国庆佳节，中华儿女书写新篇。人民千万携手共济，共筑中国梦，大业无疆。继承与创新，勤劳与勇敢，故曰："中国梦"必圆！千言万语，道不尽春夏秋冬岁月静好；五颜六色，绘不完沧海桑田人间巨变。牡丹花开，灼灼其华，中华未来，如诗如画！祝曰：祖国母亲如太阳之红兮，盈盈生机！华夏民族如日月之梭兮，生生不息！

# 百仞滩

百仞滩距临高县城约四公里，古为临高八景之一。其地处文澜江下游，滩中多奇岩乱石，千姿百态，远望像人头聚集，在明朝，就被称为"百人头滩"。

昔时滔滔的文澜江水自南往北流经此滩，由于河床弯曲，水流湍急，又遇到岩石的阻拦，便形成急泻而下的百仞瀑布。其浪花泛白，涛声震天，远在近十里外的临高县城都可以听到轰轰作响的浪声。历代文人墨客常结伴来到此地，吟诗作对，留下了不少脍炙人口的诗句。

"溟蒙有迹飞空去，浩荡无边激石来。浪拂千花圆似玉，瀑流群壑吼如雷。"这是明朝曾选授直隶州判的临高县波莲镇美鳌村人王锦尚笔下的百仞滩。清代著名诗人钟元铺饱览气势恢宏的百仞滩后，触景生情，留下了咏吟百仞滩的千古佳句："疑是天河此泻奔，九天落处见云根。"老一辈著名的剧作家、国歌的作词者田汉领略百仞滩的秀美景色后，亦留下了不朽的名句："百仞滩头一驻鞭，层岩飞瀑万雷喧。"

有人说它是"百人头滩"，奇岩乱石像人头聚集，石浸水中，千姿百态，或方或圆，兀立、酣睡，或直或弯，沉思、跳跃，形态或龙虎相搏，或水牛沐洗，或老翁对弈，或渔翁垂钓……文澜江一路低吟浅唱，谁知流经此滩却急泻而下，高亢的音调，轰轰作响的滩声，响彻十里外。有人说：走向你的路，百仞千仞，你在何处？只听涛声不见真颜。草木葱茏，原来你深藏不露，在荒野里沉默悠悠千年。吟咏你的诗篇却从未减少。你是一个古朴、粗犷的艺术群体，浪花泛白，水流湍急，涛声不绝，岩石如垒，无仙也名，无龙也灵。

# 海 南 粉

　　中国人的日常食物，以南北为界限，分为以米饭为主食和以面食为主食，即所谓的水稻文化和小麦文化。米粉，弄碎米成也。所以，有人说米粉是水稻文化的结晶。南方各地都有以米粉为原料的小吃，海南粉就是其中之一。

　　其实海南粉有两种：一种是粗粉，另一种是细粉。粗粉的配料比较简单，只在粗粉中加进滚热的酸菜牛肉汤，撒少许虾酱、嫩椒、葱花、爆花生米等即成，叫作"粗粉汤"。而细粉则比较讲究，要用多种配料、味料和芡汁加以搅拌腌着吃，叫作"腌粉"。海南粉通常指的就是腌粉，"腌"在海南方言中是"拌"的意思。

　　海口目前较大规模制作海南粉的作坊有好几家，主要集中在美兰老城区的三亚老街附近。经营海南粉生意的摊档则在海口星罗棋布，散布于海口的街头巷尾。也许大酒店的就餐环境更舒适幽雅，但是和海南其他风味小吃一样，海南粉的正宗手艺一直在民间流传着，所以还是老街小巷里，如东门、西门、解放路、新华北、得胜沙、义龙街、大同里和龙舌坡以及月朗新村等地，或者是菜市场旁那些装修得并不豪华的小店的海南粉口味更地道、更正宗。其实在海口，那些看上去不起眼但能做出好滋味、卖出好价钱的海南粉店还真不少。海南粉不光是本地人的最爱，也颇受外地游客的喜爱。因为一种美食而记住一个地方，这样的感觉许多游客都曾经有过。海南粉还是很多外出游子的牵挂，很多外出的游子回到海南，吃一碗浇上浓浓卤汁的海南粉，多少乡愁都被慰藉了。

　　海口市经过多年的发展，在不同历史时期的文化熏陶下和社会环境变迁中，逐渐形成了一些民风习俗。独特的地理位置，再加上海南自古以来与广东、广西、福建南部沿海地区的历史渊源，形成了海口地区与两广、闽南饮食文化相近的特点，同时也为海南粉这道独具特色的传统美食在海口地区生存和发展提供了地理和人文环境，使其得以传承至今。海南粉独特的发酵制粉工艺和独到的腌制手法，使其具有鲜明的地方特色和与众不同的口感，是中华民族传统饮食文化百花园中的一朵奇葩。现在的海南粉在继承传统制作方法的基础上，吸收了更多其他食物的制作工艺，其味道比原来的要鲜美得多。20世纪六七十年代柬埔寨国诺罗敦·西哈努克亲王每次来琼访问，都指定要吃海南粉，吃后赞不绝口。

　　关于海南粉的起源，历史上曾经有个故事。相传明正德年间，有位姓陈的闽南工匠携母迁居海南澄迈老城。其母体弱多病，胃口不好，这位年轻人见当地稻香水好，孝顺的他把米发酵、压碎、弄成粉、打成条，然后每天不停变换多种调料，做出来的粉每天都不一样。母亲吃后胃口顿开，身体康复。他开的粉店生意兴隆，孝心也流传千里，慕名前来拜师学艺者众多。从此这种白若凝脂、柔润爽滑的米粉就传遍了全岛各市县，被冠名为"海南粉"。《正德琼台志》记载，当时全岛共有一百二十一个较大的墟市，都设有海南粉加工作坊和小摊。

　　传说中的陈姓工匠最初制作的海南粉是否与现在的海南粉相似，我们不得而知。岁月悠悠，时光流逝，岛上的人们根据各地的口味需要不断丰富和改良海南粉，或是在粗细上有所改变，或是在形状上有所改变，渐渐形成海南各地不同的粉制品。如今，遍布各地不同风味的海南粉也换上了当地市县的名字，海南粉的起源地澄迈县也将当地所产米粉称为"澄迈粉"了。唯独海口人沿袭并保留了它的原始称谓——海南粉。

　　已经有五百多年历史的海南粉，多味浓香，柔润爽滑，故多吃而不腻。论美味、论文化，海南粉可跟桂林米粉、过桥米线相媲美。海口人自古以来每逢喜事和当地民俗节日，宴席上总有海南粉这一佳肴。如今，漫步海口的大街小巷，海南粉店随处可见，"有街就有海南粉"之说毫不夸张，它是节日喜庆必备的、象征吉祥长寿的珍品。海南粉不仅味道爽口，卖相也相当好。第一眼看上去就感觉它大方、得体、美味。品尝第一口，就会觉得那味道确实是不错的。其卤汁口感偏甜，但甜而不腻，里面的酸笋起到了画龙点睛的妙用，调配不可谓不用心。加过酱油的细粉伴着各种佐料，更显出一碗海南粉的诱人。细细白白的米粉，配上香脆的花生、芝麻，再加上鲜嫩的豆芽、肉丝、香菜……一碗红、白、黄、绿，色、香、味俱全的美食立刻呈现在眼前，各种配料的搭配成就了这一绝妙的民间艺术品。

海口的人们是这样吃海南粉的：早上吃、中午吃、晚上吃，自己吃、待客也吃，大人爱吃、小孩爱吃。"公期"是海南的特色节日，也是"军坡"的一种文雅叫法。公期的时候，许多人家会准备很多美食招待客人，杀鸡宰羊，海南粉当然也是少不了的。海口民间办婚事，通常都是"男方做酒，女方做粉"。"做粉"，就是由女方家长操办的。女方亲戚朋友在结婚当天中午的时候，先在女方家里吃海南粉，下午新娘被新郎接走，到婆家举行一系列仪式后，一对新人才到酒店"做酒"，迎接来参加婚礼晚宴的人们。从中人们可以发现，海南粉作为海南的一种象征性食物已融入人们日常生活的方方面面。就像广州人请朋友去家里做客时常说"有空到我家饮汤"一样，海口人之间经常说的一句话是："闲去我屋吃粉！"

很多海南人的一天无论是忙碌还是悠闲，都是从一碗海南粉开始的。歌手唐强先生的一曲《海南粉》道出了海南人对粉的喜爱。其歌词是用海口方言写的：

海南粉细越食汝越幼
一碗毋顶瘾就拍包带回室
……

海南粉真是好食
见着伊都欲流唾
欲是汝讲伊无乜好食
肉丝芳油酸菜芳菜炸落生油麻豆芽
最后欲加汤就一定是海白
妚啊姐腌粉手快到瞬目瞎暝
……

　　这是一首方言与旋律完美结合、深受大众喜爱的海南歌，唱出了海南民间非常受欢迎的一种经典食物——海南粉的风味，充满海南地道的乡土文化气息，曲风欢快幽默，也是海南话歌曲发展历史上的一朵小奇葩。海口民间还流传一首打油诗《人生就像吃一碗海南粉》，诗词诙谐有趣。没错，人生就像吃一碗海南粉，个中滋味，美妙无比，自行体会！

　　海南粉制作讲究，依序有烫、泡、磨、压、煮、绞、滤等环节。实际上，完整的海南粉制粉流程是非常复杂的，要经过"三煮四洗"，每个环节稍有不慎就会影响米粉最后的品质，甚至会出现废品。过去加工海南粉都是手工操作，先将发酵好的米浆灌入竹筒，然后用圆木将米浆向下挤压，使米浆从竹筒底部的多个细孔中挤出成为米粉。手工操作费时费力，效率很低，后来"海南粉王"吴坤佩先生不断摸索，自行研制出了专门制作海南粉的搅拌机、过滤机和制粉机，生产效率得到很大提升。

　　海南粉除了特定的制作方法，还有特定的食法。也许有人会问，不是放到嘴里就吃了吗？还有什么食法？其实没那么简单，如果人们掌握了海南粉的正确食法，那么一碗海南粉会让人一整天都嘴有余香。有些人食用海南粉的画面感十足，使得旁人也不禁馋涎欲滴，急欲享受一番。有些人喜欢一根一根地吃，特别是小孩，找到粉的"头"以后，一下吸进嘴里，顺滑爽口。吃肉丝、花生、笋丝时，人们会先用舌头舔一舔它们的"粗"味道，再细细地咀嚼品尝它们的"细"味道，然后感叹一番："味道好极了！"

　　吃海南粉的时候，爱吃辣的加一点辣椒酱则更起味。凉凉的粉拌着热热的酱汁，有温度但不烫口，也许人们立刻就会被眼前这碗红、白、黄、绿相间的海南粉抢占了整个眼球，迫不及待地就想吃个精光。但如果囫囵吞枣地把整碗粉吃光的话未免太可惜了，因为海南粉区别于其他各地粉面的吃法，那就是吃到剩余大约三分之一时，要加入一些热腾腾的海蚌汤。人们会发现这样的吃法更令人回味无穷，口留余香，于是发誓明天再来！

　　海南粉就地取材，能够突出反映当地的物质特点及社会生活风貌，外地游客还可以借此了解海南的风情。海南粉是很多海南人从小到大喜欢的食物之一。据人们多年吃粉的经验来看，吃海南粉不用担心会吃坏肚子，也不会出现皮肤过敏或消化不良等症状。有些细心的人在品尝海南粉的时候还发现这道佳肴的粉是那么黏稠，汤是那么清淡！其实海南粉的这个特点还暗含着一种对立统一的哲学思想呢。明明是对立的却又和谐地调和在一起，这跟某些哲理还有着异曲同工之妙。在中国古代，《易经》用阴阳两种力量的相互作用解释事物的发展变化，没想到，一碗普通的海南粉也暗含着这样的哲理。

在海口西门古玩街里，隐藏着一家远近闻名的无名海南粉店。这家店日卖几百斤海南粉，食客也是身份各异，老人、小孩，学生、上班族都有，连老华侨回海口都会专程来走几遭，吃不够还要打包带走。大家都用老板娘潘亚妹的名字称呼这个小店，叫"亚妹粉店"或"阿妹粉店"。在粉店的料理架上，摆满了秘制酱汁、蒜泥末、油炸花生仁、煮熟的黄豆芽、牛肉丝、葱、酸菜、酱油、脆炸面片及碎香菜。很多老海口人都熟记这一流程：每天一大早来到店里，只见潘亚妹手脚麻利，一起一落地给一碗碗海南粉依次添加十多种配料，再浇上一勺香浓的芡汁，便交给店员送餐。整个过程干脆利落，快得能用秒来计算。

据说，在海南粉的配料里加入炸面角（也叫炸酥）正是老板娘潘亚妹发明的。原来，20世纪80年代中期时，潘亚妹在实践中觉得炸面角香脆独特，与海南粉拌在一起吃口感很好，便试着在店里推广，没想到食客吃了大赞，所以便一传十、十传百地流传开了。如今，海口市面上的海南粉店都普遍使用了炸面角这一配料。当年的"亚妹"，现已成了八十多岁的阿婆了，店面主要由她儿子管理，但是她经常会一大早就端坐于粉、汤和料堆中，按客人需求准确无误地配料、盛粉。她说，她的粉店已经开张三十多年了，她对海南粉的感情是别人理解不了的，趁现在身体还硬朗，她每天都会过来帮忙，街坊们吃了几十年，质量、口感他们都信得过。

在海口，像亚妹粉店这样朴实的海南粉店还有很多很多，每天早上不到六点，很多路上的早餐店就陆续开门了，开始了一天的营生。很多海南粉店还是无名无招牌的，虽然没有名字，但不代表没有名气。很多无名粉店每天要卖掉几百份海南粉，高峰期要排十几人的队伍才能一睹其"芳容"，而且其粉常常在上午十点左右就售罄了。

海甸岛人民西里140号的宋记海南粉是海南粉的传承人之一——宋亚

琼开了二十多年的老店。自从她 2010 年被评为传承人之后，这家老店的生意更加兴隆了。宋亚琼自小就跟父亲学习如何制作海南腌粉的酱料及拌料，一家人靠着经营海南粉摊维持生计。父亲过世后，在当时经济萧条的背景下，她决定继承父业，开铺子卖海南粉。宋亚琼对于海南粉的制作不仅沿袭了其父的手艺，还创新了许多酱料和材料的做法。为了保证粉的新鲜口感，她在选择腌粉的时候，对于腌粉的颜色和柔软度这些方面都严格把关，白的、软的、粗细适中的粉条才能入她的眼。选好上乘的粉，其他配料也不容忽视，特别是瘦猪肉和牛肉干。挑选时专挑上乘猪肉：颜色均匀有光泽的，微干或微湿，用手指压在瘦肉上凹陷能立即恢复。牛肉干亦是选自老字号店。

宋记海南粉的佐料芝麻不黏稠还带嚼劲，有赖于宋亚琼炒芝麻时不停地翻炒，力度足够且均匀。宋记的花生，一直保持每天换新，花生衣轻薄易落，花生肉脆嫩爽口。而宋记的汤汁是传统的做法，由新鲜海螺熬制而成，烧开了后倒入新鲜的海螺，把螺的香味煮出来，煮得时间越久汤的味道越浓，汤里还藏着不少营养精华。至于卤汁，那可是整碗海南粉的精华所在。其用肉丝、笋丝、虾仁、生粉等材料再加上其他调味料熬制成一锅黏糊糊的热卤汁，这卤把所有配料和粉完美地融合在一起。只有浇上卤汁，海南粉才有了灵魂。作为正宗海南粉的代表，宋记海南粉老店的每一碗粉简单而不随便，一口下去，客人就能感到店家的用心。正是宋记几十年坚持的经营理念，使该店伴随悠长的岁月，把老海南粉弥足珍贵的味道一直传承下来。

如果说美酒佳肴是大家闺秀的话，那么风味小吃就是饮食家族里的小家碧玉了。其实走南闯北的人都知道，美酒佳肴在天南地北吃起来的区别应该不会很大，而风味小吃才可以真正代表一个地方的特色。据说在海南，每天卖出的海南粉可以绕地球三圈，无论是外地游客，还是本土岛民，都对海南粉有着难以割舍的情怀……但是如此迷人的风味小吃，目前还主要分布在城市巷弄里，以家庭、小摊档等方式自由分散经营为主。也就是说，由于各种原因，小家碧玉般的海南粉犹如山野的小花，静悄悄地在岛内开放，没有为岛外更多的人所知，至今也还没有形成海南旅游的消费热点。

其实，海南粉不仅是海南的一张名片，展示着海南的历史和文化，也是当地民俗的体现，传承着一种信念，更是百姓难舍的情愫，延续着乡情。我们相信在海南建设国际旅游岛、自由贸易港的大背景下，总有一天，"小家碧玉"的海南粉能实现华丽转身，成为名副其实的"大家闺秀"，海南粉的传统美味，也能千里飘香、万里飘香、世代飘香，飘向全国、飘向世界、飘向未来……

# 白马井的渔婆

　　白马井西临洋浦湾，与洋浦港仅一水之隔，其名由来已有两千多年。该井所在镇建镇已有一百年，是儋州市中北部的经济文化中心，也是海南省的西部重镇之一。2014年4月，全长3.3公里的洋浦跨海大桥建成通车，白马井镇和洋浦经济开发区连为一体，千百年来洋浦港和白马井渔港以渡船连接的历史被彻底改写。

　　白马井镇海洋资源丰富，盛产红鱼、石斑鱼、马鲛鱼、鲳鱼、鱿鱼、墨鱼、海参等。海鲜产量在海南同类乡镇中位居前列，占全省十分之一以上，渔货远销韩国、日本以及我国的广西、港澳台等地，是海南省较为发达的一个渔业城镇。

　　白马井地区还有"十六不完年不完，不完十六不完年"的习俗。正月十六是中华民族人文始祖伏羲的生日，伏羲用绳结网，教会人们用网渔猎，而白马井居民以捕鱼为业，渔民为了感谢伏羲，就在正月十六那天进行巡街活动，庆祝伏羲生日。久而久之，白马井镇就有了十六拜年和闹元宵的习俗。

　　白马井名声在外，但是说起白马井，不得不提一提白马井的渔婆。不论年龄大小，这些在白马井与鱼相关生意的女人一律被称为"渔婆"。渔婆们脸庞刚毅，轮廓分明，嗓门粗大，声如洪钟。从凌晨开始，她们就戴着斗笠，拿着电筒，挑着扁担，穿着水靴，将一批批海鲜从船上卸下。抢货、订货、杀价、搬运、拓客、交易、打包、装车……她们干脆利落地穿梭于白马井码头的岸边。祖祖辈辈的女人都这么过，她们也不知道自己是第几代渔婆。

　　风风火火是白马井渔婆们生活的常规状态，坚韧豁达是她们骨子里原本就有的，精明能干是她们与海南其他市县女人的根本区别。她们无一例外地以"勤劳"和"泼辣"统治着这个千年码头，生活历练了她们的情商和智慧。也许，她们的皮肤被岁月留下粗糙的痕迹，但是内心却栖息着如同瑰宝一般的灵魂。

　　白马井的渔婆，她们是出海男人心中的灯塔，也是渔船返航靠岸的方向，更是海南西环线上最独特的那道美景。

# 八门湾

文昌境内河流众多，绚丽多彩的热带水乡孕育了琼东独特的红树林生态景观，使文昌的河流网络充满了热带水系的神秘色彩。作为重要旅游观光待开发景观与航运资源的文昌河，发源于鸡姑岭，长 42.4 公里，在八门湾与文教河汇合后，浩浩荡荡地流入大海。八门湾是文昌市文昌河、文教河和横山河等八条大小河流流入清澜港北侧的汇合地。

八门湾红树林风光旖旎，千姿百态，可让观光旅游者大饱眼福。那片不可多得的热带水上红树林天堂，被誉为世界上最美丽的生态河流景观，正等待着人们揭开她神秘的面纱。以该湾四面滩涂为中心，辐射文昌河、文教河等河流上游数公里，其范围包括文城、清澜、头苑、东阁、东郊、文教六个镇，接连八门湾之区域，面积达三万亩。人们从地图上看八门湾就可以感觉到它的美，当进入绿影婆娑的红树林，漫步在林间由木板铺成的弯弯曲曲的崭新的栈道上，欣赏着这南国特有的海边景致时，工作和生活的烦恼已忘得干干净净。

八门湾是在海南省建设国际旅游岛及文昌建设航天卫星发射中心的背景下，依托文昌海、河、港、湾、林的自然资源和以侨乡风情为主体的人文资源打造而成的，是一个开放性的新型旅游区。八门湾红树林现有十八个科三十余类，占目前全世界红树品种八十一种的四成，是我国红树品种最多的地方。

在八门湾，每隔一段距离就有伸向海湾的服务区和休息区。木栈道穿行于郁郁葱葱的红树林中，海风拂面，凉意顿生。游客们不禁大口呼吸，放声歌唱。人们在享受清凉世界的同时，还能认识不少植物。八门湾可谓郊游的首选之地，也是周末徒步、骑行的好去处。

# 海洋女神——妈祖

海口骑楼老街是一个具有本土风情的地方。在中山路、义兴街的商铺与居民楼间有一个充满仙气的场所，本地居民一直按祖辈的习惯称它为"大庙"。它就是建于元代，距今有七百多年历史的天后宫。

天后宫内供奉的正是"海上保护神"——妈祖。因为它坐落在中山路老街里，所以无论从地面还是空中，人们均看不到其全貌，只有小巷外头的指示牌提醒路人小巷深处有这一处古庙。

海南四面环海，海洋文化渗透在岛民日常的生活中。在海口，海神崇拜也很普遍，无论过去或现在，海边村庄都有庙供奉着本地或外来的海神。伴随着敬拜海神传统风俗流传的，是在民间不断衍生的神话故事。中山路的天后宫为海南规模最大的妈祖庙，它最早名为天妃庙，后称天后庙，最后又由政府改名为天后宫。庙内两块分别刻有"天妃庙"和"大庙"的不同年代的古石碑，昭示着它的历史变迁。20世纪80年代，联合国有关机构授予妈祖"和平女神"称号，2009年9月，妈祖信俗被联合国教科文组织正式列入《人类非物质文化遗产代表作名录》，成为中国首个信俗类世界非物质文化遗产。

妈祖是何许人也？她原名林默，宋建隆元年（960年）出生在福建莆田湄洲岛。相传，她出生时雷声轰隆，大地变紫，有祥光异香。与一般孩子不同的是，她直至满月也不啼不哭，故取名为"默"。"妈祖"是闽南方言中的尊称，"妈"表示对女性长者或德高望重女性的最高尊称，妈祖林默未婚而被加封为妃，是基于古代天神信仰，即同嫁于天，故为天妃。妈祖还有"默娘""神女""灵女"等许多称谓。妈祖生于海，长于海，行善于海，她拥有大海般的胸怀。由于航海与贸易的发展，妈祖从一个民间小女，日渐成为亿万民众信仰的天仙，后被尊为"海神"。历经元、明、清等朝代对妈祖的多次褒封，其从"夫人""天妃""天后"到"天上圣母"，妈祖最终被列为道教的神祇，祭妈祖也成为古代的国家祭典。

妈祖是一位不同寻常的女子，她五岁能诵经文，七岁通圣贤经典，九岁习佛典《金刚经》，十二岁得玄妙秘术。据说她十五岁时，与群女闲游，照妆于井中，忽见神人捧铜符一双，拥井而上，后有仙班簇拥着把铜符授给她，姐妹们都吓得跑开了，妈祖则受之不疑，不一会儿便灵通变化。此后，她虽身在室中，却能时常神游方外，谈吉凶祸福，无不奇中。她从小善泳，习水性，识潮音，能乘席渡海，化木附舟，能驾云飞渡大海，拯救海难中的渔民。她还会看星象，预知休咎事，善解除病瘟，经常为人治病消灾。她救民于水之中火，除暴安良，降伏恶魔，收服恶怪，等等。远近的人都很感激她。

在一次救助海难中，妈祖还高举火把，点燃自家屋舍，为迷途商船导航。但不幸的是，她在二十八岁时染重病去世，人们为了纪念这位好姑娘，就在她家乡附近的海岛上建了祀庙。相传她死后仍魂系海天，或为红衣女伫立云头，或化作彩鸟彩蝶指路，让商旅舟楫逢凶化吉。很多史书都记载了妈祖的生平事迹，而更多的书籍详记了她羽化成仙的过程，无数版本的传说从她降生至今从未间断。

如今位于海口市中山路上的天后宫，虽然有着因为岁月的流逝而遭受伤损的痕迹，但其整体格局没有变。墙角与横梁的飞檐间依然可见当年建筑的恢宏气势，其中主梁上的涂金木雕仍金光闪耀，那些草枝形纹饰、神兽和海洋生物雕塑多数完好，生动活泼。修缮后的天后宫，分前庭、正殿和两侧厢房，是典型的中国传统抬梁式结构，雕工精美。但是那几块嵌入墙体和铺埋地上的文字残缺的古碑，让人们不禁为神庙历经的劫难而唏嘘，也为妈祖文化在海南源远流长而慨叹。

对海口人而言，妈祖是重要的海神信仰。海神便是天后，天后就是妈祖。如今，现代化城市的高楼大厦代替了低矮渔村，原本以打鱼为生的海口人也成了都市居民，但朴素的妈祖信仰一直渗透在海口人的文化、风俗里。是的，信仰的力量胜过说教，妈祖的精神、魅力奠定了她不可动摇的神圣地位，使其庙宇香火兴盛不衰。如今，一说到"大庙"，上了年纪的老海口人顿时眉飞色舞。没错，天后宫是老海口人心中永远的"大庙"，传承千年的妈祖文化令人震撼，而妈祖作为海上的和平女神对海南的古今影响更让人折服。

每到农历三月二十三妈祖诞辰日和九月初九妈祖升天日，信众们都会举行一系列活动纪念妈祖。百余人的巡游队十分隆重，整个骑楼老街人声鼎沸，巡游队员们盛装打扮，簇拥着妈祖神像，从水巷口出发，沿着老街巡街，为市民和游人祈福。人们向心中的偶像妈祖祈求消灾赐福，心灵在信奉中得到净化。这一活动也是在传递勤劳、勇敢的精神，弘扬妈祖本身的和善文化，传承中华民族的忠、孝、义。信众们有时还请来琼剧团大唱琼剧多日，民众可一饱耳福。除此之外，人们还会在正月、七月，举行多次大型祈福活动，集中展现海口特色的民间祭祀习俗和妈祖文化。妈祖的信俗在游神、演戏中扎根、传播，很多海外归来的华侨年年都参加，天后宫在海口不可动摇的神圣地位由此可见一斑。妈祖之于海口人，可以说是非同寻常的。这座被誉为老海口保护神的宫殿——天后宫，承载着海口老城区不可割断的文脉，更是这座全国历史文化名城的重要文化载体。

海南岛四面环海，岛上移民渡海而来，以海为生。海南与海洋的深深情谊注定了妈祖文化会在这里生根发芽。对于外来的闽粤移民来说，他们相信自己是在妈祖的保佑下才安全抵达海南的；对于靠海维持生计的人们而言，妈祖就是他们的海上保护神。海口作为一个港口城市，曾几何时，海口的先民们日出拿起渔网驾船而出，期盼一天的丰收；日落载着全家的希望凯旋，收获沉甸甸的喜悦与海腥味。海神信仰便在这日复一日的日出日落中深深铭刻进了海口人的心中。自从天后宫出现，海口的渔民、商人来敬香祈福的便络绎不绝，香火之旺冠于全岛。明嘉靖《琼州府志》写道："今渡海往来者，官必告庙行礼，而民必祭卜方行。"天后宫因其地理位置优越，本身就是个防潮避风的福地，故信徒之广无与伦比。

天后宫对面是海口钟楼，那是1929年春香港琼籍商人周文治为了还愿报答妈祖而筹建的，它曾经是海口的一个地标性建筑。在近百年的时间里，来往穿梭的人们仰望钟楼，不仅能获知准确的时间，同时也为生活找到了一处"航标"。外出游子对故乡的思念往往具化为港口岸边的那座钟楼，在他们的睡梦中，也许还隐约能听到钟楼的钟声。妈祖是海洋文化内涵中精神方面的典型代表，天后宫就是"有海水的地方就有海南人，有海南人的地方就有妈祖"的真实写照。

妈祖一生在大海中奔驰，救急扶危，在惊涛骇浪中拯救过许多渔舟商船，她慈悲为怀，专以行善济世为己任。历经千百年，妈祖文化渗入政治、经济、侨务、贸易、文化等诸多领域，已经成为中华民族一种独特的文化，是华夏文明的重要组成部分。妈祖信仰是沿海族群的精神家园和依托，是联结当今"海上丝绸之路"沿线国家的情感纽带。妈祖从一位普通女性晋升为女神，乃至于全球海外华人的精神支柱，其实正是中华民族从内陆走向海洋、走向世界的体现。

"河海不择细流，故能就其深。"大海以其宽广的胸怀孕育着世间万物。妈祖以大爱为怀，提倡众生平等、宽容大度。一个城市的民俗信仰，沉淀了太多岁月痕迹。在海口这样一个有着多元文化的城市中，妈祖庙延续着自己的香火，接受着乡里千年的祭拜。一杯清茶，一炷清香，它们的味道相互交织，供桌上的四时供品与早晚饭共存……不经意间人们发现这"海洋女神"林默，一直就在我们身边，和沿海地区人民的生活融合在一起。

与其说妈祖一直护佑着出海谋生的人们，不如说妈祖守望着每一个扬帆远行的人，她见证了她身后那块土地千百年来的沧桑巨变。"立德、行善、大爱"的妈祖精神，也是海南人走出海洋、走向世界的原动力。在当前海南建设自贸港的时代背景下，妈祖文化对海南人来说，又多了一层更加深刻的意义。

# 椰林深处有人家

## ——陈德雄田园风景油画赏析

　　一个偶然的机会，我有幸欣赏了陈德雄的海南田园风景油画。他的画给我最初的感觉便是：好碧绿的色彩，好温馨的画面，带着春天的气息，含着家乡的味道，故乡海南的风情尽在其中……尤其是弥漫于整幅画面的无比浓郁的碧绿色彩，像滚滚的绿浪，让我久久难忘。比如《追春》《七仙岭晨韵》《村边那条小河》《村外那片田园》《故乡的小河》《椰乡的早晨》，还有近期的新作《黎寨石桥》和《我住过的小山村》等画作，都是一片片碧绿扑面而来，让人欣喜不已。这些画作让人不禁想起唐朝孟浩然《过故人庄》中的诗句："绿树村边合，青山郭外斜。"还让人想起很多其他古诗，诸如"客路青山外，行舟绿水前""日出江花红胜火，春来江水绿如蓝""绿树阴浓夏日长，楼台倒影入池塘"等。

　　海南本来就是一个绿岛，那厚实的绿是海南的本色。千百年来，椰树和海南各民族人民结下了不解之缘，几乎渗透到人们生活的方方面面。陈德雄画面中的那些碧绿大多是椰树的身影，还有其他一些树木和田野。画面中的椰树除了高大挺拔的，还有一些或直，或斜，或弯，或高，或矮，这些颇有艺术造型的椰树更具美观、真实的特点。早在清光绪年间，椰树就作为海南各地的行道树被种植，美化、绿化着这座椰岛，也体现了海南独特的生态景观和浓郁的岛屿风情。椰树已成为椰岛文化的一部分，在人们心中更是难以割舍的，在陈德雄的油画中也有着最深切的体现。

绿草蔓如丝，绿树红英发。陈德雄的油画作品几乎都对故土不厌其烦地描绘，对椰树情有独钟地刻画，除了满眼的碧绿，还有蔚蓝的天空、洁白的云朵，以及一些红的、黄的野花和灰黑的小鸟等。如《椰林日出》：满天的红霞，画面充满了美感。还有《收获的季节》：那片金黄色的稻谷在整个构图中占据了一大部分。但无论怎么说，这些蓝、白、红、黄、黑和灰等色调也仅仅是一种陪衬，只有绿，只有那排山倒海的碧绿，才是他田园风景画的主打色彩。绿浪袭来，枝叶舞动，佳禾吐翠。

除了主色调的碧绿，还有其他各种辅色调的点缀，大家如果细心观赏，还会发现其画面中更有特色的是人，那才是陈德雄田园风景画的灵魂。你看《龙江山水》，在绿丛中有一条黄土泥路，一个农民扛着犁，牵着牛，一个青年人骑着自行车往回走，车后架上放着一些货物，他也许刚刚到镇上采购回来。远处江河里有四艘小船，其中两艘是停泊状态，另外两艘则是动态的，船头还隐约可见有人在掌舵。《白石岭春色》中山岭下的车、人、牛等清晰可见，散落在绿荫下的农家屋舍透着家的温馨，牛儿低着头默默干活，戴着草帽的农夫在其后握着犁耙吆喝着牛，很有乡间风情。《美丽的绿色家园》则展现了这样的画面：一条并不宽的水泥路直通村口，路上一辆醒目的红色轿车徐徐前进，轿车前面是一辆满载货物的摩托车，挑担的女人及蹦跳的孩子紧跟在轿车后面，步履欢快。路边的池塘里，一群鸭子在戏水，远处田地里，同样有一农夫吆喝着耕牛忙着翻土，牛和人的身影虽然很小，但清晰可见。《万泉河畔的菜地》中田地一畦一畦的，远处群山绵延，白云飘浮，碧绿的椰林掩盖着一个小村子，村子边有一条小河，河里白色的鸭子在游泳，有一红衣姑娘在河边汲水，她弯着腰，在她两侧放着两个水桶，更可爱的是，跟着她一起来汲水的还有一只小狗，它摇着尾巴，默默地在一旁看着主人，生活气息十足……

我总觉得，田园风景画中一旦出现了人和动物，哪怕只是遥远的寥寥身影，都会让整个画面灵动起来，并且恰如其分地彰显作品的主题——椰林深处有人家！我把这叫作"人间烟火"。烟火气息有了，醉人的画面感就这么出来了。"一水护田将绿绕，两山排闼送青来。"你看，碧绿掩盖着的村屋，村道上的人，田地里的牛，房檐上的鸟，小河里的鸭……不夸张、朴实而含蓄的表达，形成了生活真实与艺术真实的高度统一。

有了人家，就有了生机，就有了希望！

有了人家，就有了烟火，就有了未来！

陈德雄以画家的朴素情怀，选择独特的乡间视角，让观赏者沉入寻常百姓的生活和普通小人物的甘苦中。他将岁月的平实和丰盈都倾注于笔端，展现乡村生活的真实，引领读者去关注那一片有别于大城市喧嚣的原生态，也增添了他海南田园风景系列油画的温度和深度，唤起了人们藏在心底的乡愁。

如此说来，陈德雄的画是很接地气的，让每个海南人似乎都看到了曾经养育自己的故乡，看到父老乡亲的身影，还有儿时的记忆——那个有妈妈高声喊你回去吃饭的地方。就算你不是在乡间长大，看了这一系列的田园风景画，那些烟火气息也会让你想起曾经游览过的某个景点，想起某个人、某件事、某个地方，等等，一笔一画触动着你的心灵，让你欣喜，让你流泪，也温暖和滋润了你的心房，逝去的生活画面仿佛真实地出现在你的面前……

在色彩学中，绿色代表的意思很多，其中人们首先想到的便是植物的颜色，嫩绿色代表新的生命，翠绿色代表勃勃生机，深绿色则代表成熟而具有沧桑感的状态。绿是万物的根源，是人类赖以生存的颜色，是万物复苏的颜色。绿水青山就是金山银山！陈德雄对绿色的偏爱和情有独钟，表达出他对家乡山水的眷恋和喜爱，也源于他在几十年的摄影生涯中走遍了海南的山山水水。他爱家乡的一草一木、一河一山，他一直希望把家乡的风情全部搬到画帛上，他也相信海南风光世间独有，他要以自己独特的方式表现海南的美，让家乡随着自贸港的建设走向全国、走向世界。

如果说作诗之妙全在意境融彻，那么绘画之道就在于天地手中生，在于以画为快乐，心神寄托，许以熟知，先以真知。陈德雄曾说："但求我手画我心。"出生于琼海潭门的他，年少时就表现出绘画天分，后来在海南日报社当摄影记者，因工作繁忙就很少作画了。没想到画笔停了三十多年后，他于退休之时又重新拾起。退休五年，他创作了一百多幅田园风景山水油画，吸粉无数。一幅画往往一完成就被人买走了，其中有好多幅油画已经被海外人士收藏，走出了国门。"我的画，是为进入老百姓的客厅而画，不是为了展厅的展览而作的。"陈德雄说。他的前半生交给了摄影，后半生只想好好绘画，那是发自内心的热爱和痴迷。

　　陈德雄以平民视角，描绘了一幅幅充满人间烟火气息的海南田园风景画卷，体现出人物日常化、审美多元化等特征，引人入胜，耐人寻味，也走出了一条属于自己的康庄大道，在海南独树一帜。噗噗的白鹭，嘎嘎的鸭子，默默的耕牛，沙沙的椰林，潺潺的流水，普通的村屋，朴实的人家，汲水的农妇，欢跳的鸟儿，可爱的小狗……远景、近物，虚的、实的，层次分明。其实，陈德雄的每一幅油画都表达了他对乡村独特的理解，忠实于海南地域色彩，原生态的写实诠释了绿岛海南的唯美，描绘出乡间的平凡生活，传递给我们的也不仅仅是一个个静止的画面，而是一幅幅具有动感的景象，给了我们视觉的享受、听觉的触动，还有嗅觉的感受。

　　春风又绿江南岸。添一分人间烟火，加一点悠然意趣。陌上花开树碧绿，椰林深处有人家！学无止境，艺海无涯，老骥伏枥，志在千里。陈德雄根植大地，心向红尘，勤奋耕耘，其作品注定会脱颖而出，深入人心。相信随着时间的流逝，陈德雄海南田园风景系列油画将被更多人熟知并喜爱，成为海南艺术的一朵奇葩。

# 第三辑
## 世态百生

# 我和我的院子

## ——记邹志雄先生和他的田园民宿 "天天惦记"

随着高楼大厦的崛起，拥有一个与日月为友、与清风为伴的院子成为很多人的梦想。春来桃花满枝头，夏闻院中蛙蝉鸣，秋赏百花随风落，冬观风雪品香茗。在院子里漫步，感受大自然的气息，上顶层眺望远山、数星星、赏月亮，回归自然与本真，这俨然已成为大多数人的一种追求。

很多年前，邹志雄先生对城里人这样的梦想和追求就已经有了超前的预见。被誉为"中国乡创第一人"的他一直认为，城市发展到一定程度，市场空间将会被压缩，中国未来最大的市场风口应该在乡村。于是，他依托乡村海量优质资源与国家优惠政策，大力推动乡村产业创新发展，重构乡村发展体系，实现"乡村管理"向"乡村经营"的转变，打造乡村全产业链，创造创业体系。邹志雄将此理念与实践称为"乡创"。

其实，"乡创"就是建设美丽乡村的升级和延展，乡创的核心是经营乡村，是美丽乡村生态发展的服务器。邹志雄推动乡创产业发展多年，如今已形成了一定的规模。于是，有关邹志雄的"我和我的院子"的故事也多了起来。

前段时间我和作家朋友们外出采风时，入住的就是其在江西省弋阳县经营的超级民宿、艺术院子——"天天惦记"。这是个很温暖的名字，这种田园小院的质朴也让人仿佛回到梦中的童年，那种温厚朴雅的气息让人感觉安宁、快乐和欢喜。一条铺满石子的小道通向院子的房屋，房子的周围是花草树木，客厅、厨房、餐厅，还有书房等都非常温馨，并被装饰成不同的风格。院子里充满农家的味道，乡土气息极重，明明只是个院子，却装下了大园林之景。清晨醒来在小道上漫步，呼吸着清新的空气，闻着花香，傍晚时分再来踏步这小道，冷不丁还能邂逅在池边草丛里蹦跶的一只可爱的小青蛙……朴实的田园状态，草木芬芳，让我们每个人都能以最淡定的心态，回归最朴实的乡村梦。

院子里面和外头，往往会摆放一两个老物件，如风车或单车、拖拉机或是别的什么，像一首古老的歌谣，让人怀旧的心思一再兴起。日头高照，斑驳的树影投在地面上，就连地面也成了一道风景，给院子增添了几分自然的趣味。院子对面不远的田间地头，橘子黄澄澄地挂在枝头上，让人忍不住想去尝一尝。坐在院子里泡一杯茶，感受岁月的宁静和美好，这应该就是人生的终极梦想吧。柴米油盐和风花雪月，如此巧妙地融合在一起。入住民宿几天，我们对这个世界、对大自然、对人生的思考和感悟似乎都上升了一个高度。

这些年来，全国各地很多低矮破旧的闲置农家小院在邹志雄先生的手中"点石成金"，蜕变成一个个充满艺术气息的超级民宿，成为城里人休闲旅游的首选栖息地。他的设计风格独特，每个地区的院子都因地制宜，充分考虑当地的民俗风情，挖掘本土特色资源并结合自己的理念，融入艺术的元素，体现人与自然的和谐之美，这也体现了设计家的个性和专业技能，其民宿将艺术性、观赏性、协调性和功能性充分融合统一。除了院中的园林之景，室内的一些装饰也是匠心独具，院子中的自然光还能透过卧室的窗沿和门口成为室内景观的一部分。

"天天惦记"田园民宿充分满足了人们对诗和远方的追求。具有艺术色彩的民宿院子也为投资者、运营方、村民及村集体等各方带来了一定的回报。近年来，虽然国内民宿项目呈现遍地开花之势，可是邹志雄旗下的乡创产业——"天天惦记"田园民宿有着更加独特的经营理念和文化情怀。据了解，"天天惦记"田园民宿（艺术院子）除了给屋主带来每户每年万元以上的房租收入，同时还为村里留守人员解决了就业问题。因为每个院子的安保人员、管家都是聘用当地村民，不管民宿是否盈利，他们都有一份保底收入。甚至客人每天用餐的很多食材，都是从本村村民手里采购的。特别的是，为客人服务的工作人员被定位为管家、主人而不是服务员，让我们觉得好亲切。邹志雄先生说，这样的定位才能让他们觉得自己是民宿的主人。怪不得，"天天惦记"的管家个个能提供更贴心、更人性化的服务呢，真心让客人体验到了私人定制的感觉。

一屋一院一花园，一生一世一双人！每天睁开双眼，推开门，目光所及之处，暖暖的阳光随着绿色一同照耀下来，让院子里的每一个角落都显得特别温馨，每一处都透露着家的味道。入住的每一位客人，不管来自何方，都会产生满满的归属感！院外的喧嚣，心中的烦忧，仿佛早已烟消云散。绿苔蔓延在青石上，翠竹挺拔在小径边，白墙黛瓦与绿色植物交相辉映，更增添了些许自然的禅意。

村里有宅，宅中有院，院中有屋，屋里有爱。一日三餐，四季轮回，时光悠悠，日子淡淡，感觉暖暖，简直是太美了。梦想中的生活不就是这样吗？有时吃完饭就安安静静地坐着，啥也不做，也会觉得很满足。曾经有过浮躁的心思、高调的做派，也追求过奢侈的生活，但总觉得什么也抓不住，反而回归这种朴素的田园生活，居住在这样的艺术院子，让我们觉得很充实、宁静。

邹志雄先生待人诚恳、随和、亲切，他有着渊博的学识、丰富的涵养、开阔的见识，外表也颇具艺术家气质。在他三十多年的职业生涯中，他当过教师、画家，两次南下，从一名普通的设计师一路艰苦奋斗至今，目前已是多家公司的掌舵人，是一个非常有文化情怀的企业家。他和他的团队坚持以乡村可持续发展为目标，在美丽乡村建设、乡村创投创业的路上，创造了一个又一个美好的作品。

人们在钢筋水泥的环境里待久了，自然就会对有花有草有田园的环境感到怀念。越来越多的人意识到，那些工业化、城市化虚构起来的"城市梦"，再美也美不过自己拥有的一块地、一个院子。哪怕没有能力拥有，假日里偶尔去住上一两天也好。院中有树，树上见天，天上有月，耕读酣睡，卧听风雨，不亦快哉！这是林语堂先生认为的"快哉"生活，相信这也是许多人心目中的理想居所。

采菊东篱下，悠然见南山。人生不应该只有眼前的苟且，也要有诗和远方。尝够了车水马龙的喧嚣，拥有一个这样的艺术小院一定是一件幸福的事情。邹先生把中国人的含蓄、内敛、唯美，以及太多美好向往融入了他的设计中。晴时，阳光明媚、风和日丽。雨时，雨打风吹、叶落满地。入夜，夜深人静、皓月当空。庭院中，天开地阔，躺在树下的藤椅上吐纳。在院子里，人们遇见了最真实的自己，看到了李白的诗、苏轼的词，还有张大千的山水……春有百花秋有月，夏有凉风冬有雪。人生有时候也需要有一段无聊的时间发呆、静心，才能去思考一些重要的问题，而这在"天天惦记"的院子里就可以实现。

"在很多城市人眼里，乡村意味着淳朴，生活安逸。但真实的农村是不是这样呢？那里还有众多的留守儿童，老龄化、空心化还很严重，土地荒芜、文化空虚，等等。逢年过节也会豪赌成风、彩礼疯长，盲目攀比……"邹先生告诉我们："这些现象几乎涉及农村社会生产生活的各个层面。这或许不是当前农村最普遍的现象，却也是不得不承认的客观存在……"

邹先生对乡村似乎有着非常深的情结，他希望尽自己的能力，致力于大量空心村、留守村、颓废村的复兴，让更多有着乡村情怀的人找回原本那种自然、朴实、健康的生活状态。乡创不仅是打造乡村旅游，更是为了让广大乡村能够重新焕发活力，成为城乡居民理想的田园生活乐园。于是，一个个或精致或古朴，有景色、有故事、有情怀的小院子就在邹先生的手里诞生了。

这些年邹志雄先生从南到北一直奔波在乡创的道路上，实地调研的足迹遍布全国。"在当前经济新常态下，如何为乡村发展注入新活力？乡村应围绕产业发展与文化复兴做文章。"邹先生如是说。

"天天惦记，时时想起。"其实每个人心中都有着对美丽乡村的诗意向往：或是江南水乡，小桥流水人家；或是古道西风瘦马，城垣鸡犬相闻……为了实现更多城市人的乡村梦，为了实现乡村发展，邹先生和他的同人们一直在奋力前行，"我和我的院子"的故事也将继续，未来一定会更精彩。

# 形态万千的雷州石狗

　　国家历史文化名城雷州市，南隔琼州海峡与国际旅游岛——海南相望。雷州之行，使我深切感受到了当地的风土人情，品尝了当地的特色美食，忘情于亚热带的美景，但让我最难忘的，却是雷州的石狗，以至于离开雷州后很久，我脑子里还不断浮现那一尊尊石狗的身影、那一个个憨态可掬的面孔。

　　在雷州，田野、大街、小道，甚至屋顶上都能看到石狗的身影，可以说，只要有建筑物的地方，就有石狗出现。雷州的石狗有一个庞大的家族，种类众多，大小不一，形态百样，面孔各异。可辨认的种类有土狗、野狗、沙皮狗、卷毛狗、哈巴狗等。雷州的石狗，有写真的、抽象的、会意的，还有拟人的，造型奇拙古怪，还有文相武相之别呢。有的像猫、像虎、像马，有的像蛙、像豚、像狮子，有的像狻猊、像猴子，还有的甚至像狒狒或人，真是不胜枚举。其形态之逼真，让人心生震撼和惊喜。不少石狗，说它是狮子也可以，说它是青蛙也有点像，更令人惊讶的是，有的石狗五官还似飞机模型。那石狗真是千姿百态、栩栩如生。

　　乡间绿树掩映，小道一条接着一条，转弯处冷不防又看到石狗在驻守。这些石狗或蹲、或踞、或坐、或趴于村边、路口、城门、古道、巷口、门前，有的带着粗犷的野性，有的憨厚温润，表情十分丰富，仿佛只要我们仔细聆听，就可以听到它们的犬吠声。可是这些大大小小的石狗，却没有一尊是躺着或睡着的，因为每一只石狗在被雕琢的时候，就被赋予了不同的使命。一年年，一天天，它们虔诚地驻守着脚下的那块土地，面目或狰狞、或凶狠、或慈善、或友好地望向远方，看着来来往往客人的身影出现又消失，消失又出现……石狗的神情动作有仰头望天的，有踩蛇的、抱子的，也有守财的、镇邪的，等等，古朴有趣。石狗身上普遍附加的云雷纹、凤尾纹、吉字纹等雕饰，反映着雷州人不同时代的审美取向与民俗风尚。有些石狗戴着项链，挂着铃铛，有些还扎着领带呢。我们看到一尊石狗的身后竟然扎着一条小辫子，据说这是清朝的石狗，人们赋予了它时代的特征。

是的，自从有人类社会以来，狗一直是人类的好朋友。它们机灵、忠诚、勇敢，赢得了人们的喜爱。雷州人对人类这个忠诚的卫士——狗的情感，都一凿一凿地刻在石雕里。当天下人普遍以狮子当门卫的时候，他们让狗这种生灵来完成这项神圣的职责。狗在这里远远超出它与人类的一般关系。

雷州的石狗，具有风雨之神、丰收之神、福寿禄之神和正义之神等多种身份。按职责来分，有守村石狗、守井石狗、守江河石狗、守坟墓石狗、守宅石狗、守山石狗和守路石狗等，它们各司其职。由于供奉的目的不同，雷州人对石狗崇拜的方式也略有差异：对于一般性奉祀，人们会在每月初一、十五给石狗烧香供茶；逢年过节，乡民会给石狗刷漆、挂上大红绸缎，香炉前敬拜的人络绎不绝，他们酬谢神佑四季平安。如果久旱无雨，雷州人就向石狗祈雨。祈雨的时候，人们先是给石狗供奉香烛纸钱，然后抬着它在村巷、田坡游行，游行时还一边敲锣，一边用荆条抽打石狗，这就是"石狗赶雨"的民俗。据说这种乡间习俗一直延续到了民国时期。

石狗除了具有守护神、吉祥物等众多的身份外，还有"生育之神"的美誉，甚至目前在乡下某些地方，新娘出嫁时还有在石狗身上撒石灰水的习俗……因为狗具有生育能力极强这个特点，雷州人一直把石狗当作"送子福神"来供奉。人们认为石狗神通广大，小孩"契予"石狗后，就能百病无侵，一生平安。契求石狗时，要请道士念咒文，向石狗乞得子嗣后，就为孩子取名"昵狗""狗仔""狗生""狗保"等，让其戴"狗仔帽"，穿"狗仔衫"，等等。一年后还要答谢石狗神，并祈求孩子健康成长，聪明伶俐。

雷州的石狗大多数曾经散落民间，目前博物馆里展出的数百只石狗，也是从民间收集而来的，最大的石狗连座高约一百三十厘米，最小的仅高十厘米左右。大大小小的石狗摆放在一起，成队成行，奇趣顿生，它们向我们系统地展现了一部雷州的艺术天书。其中有一座蹲立的石狗，它的身高与体重在石狗群中只算中等，但在展区却享受着特殊待遇：它的脖子上系着红绸，宝座后面横向写着"石狗王"，纵向还写着"王此大邦克顺克比"几个字。据说这句话出自《诗经·大雅》，意思是统领如此泱泱大国，万民亲附，百姓顺从。

为何它能当"石狗王"呢？原来此狗与其他石狗相比，造型确实很有王者风范，特别是它硕大超长的生殖器毫无掩饰地显露出来，尽显雄者的阳刚之气，让人忍俊不禁，惊叹不已。据说这只狗王还颇有来历。当时博物馆人员在乡下发现它时，它还"落难"在一家农舍的角落里，满身的尘土，八个彪形大汉上前去抬它，它竟然纹丝不动。附近村子里的老人说："自从我爷爷的爷爷的爷爷在世的时候，它就守在这里了，它不愿意走的，故土难离吧。"怎么办？于是馆长过去轻轻地抚摸它，拍拍它的脑袋，对它说："乖乖，宝贝，你听我说，你的主人早已不知去了何处，你跟我到城里去吧，我赋予你新的神圣职责。"然后馆长又煞有介事地压低声音悄悄告诉它："城里是花花世界，还有很多美女呢。"后来，四个小伙子轻而易举地就把它抬上车了。这一段插曲也成了佳话和奇谈。

历史无声，岁月无痕。据说，雷州境内现存有两万多只石狗，它们在那块土地上已经默默地蹲守了一千多年，清一色的石狗驻守成了雷州一道有趣的人文景观。被称为"散布民间的兵马俑"的雷州石狗，其文化内涵非常丰富，乡土气息浓厚，从朴拙粗犷到渐趋雄健典雅，它们德福兼备，体现了雷州人民丰富的想象力与大胆的艺术创作手法。虽然在经历了岁月沧桑之后，有不少石狗已被风化侵蚀得不太完整，但依然神采不减。一尊尊石狗赋予了硬邦邦的玄武岩新的生命，人们和石狗之间建立起了更多的情感和依恋；一尊尊石狗，凝结了先民的苦难与祈祷，蕴含着人们的憧憬和希望；一尊尊石狗，演绎着创世的神秘与威严，也记载着历史的阵痛与悲欢。

形态万千的雷州石狗，雕刻艺术的瑰宝！

# 动感娄山关

我们怀着欣喜的心情到达遵义，开始娄山关之旅的时候，天空中淅沥的小雨伴着阵阵的冷风，这让我们似乎提前感受到了毛泽东诗词中"西风烈"的场面。导游带着我们观光、讲解的过程中，总是不断地提醒："大家要抓紧时间哦，一会儿还有一场精彩的演出呢，迟到了你们会觉得很遗憾的。"曾经旅游过很多地方，也曾面对过各种导游，看过各种各样的演出，所以她的话我们不以为然。我们继续走走停停，看这看那，不紧不慢。

当我们把景区内该参观的地方基本参观完，最终到达演出地点外场验票时，突然不知从哪里传来了两声炮响，随即枪声阵阵，让我们感到无比震惊和害怕，以为出了什么事儿。回过神后我们才明白，原来演出已经开始了。于是我们赶紧朝着枪炮声的地方跑过去，生怕错过什么精彩的片段。

没有传统的舞台，没有灯光，没有天花板。当时是上午十一点多，宽阔的观众席对面是一大片宽阔的实景，一场大型的真人实景演出的震撼场面就这么出现在我们面前。演员是真人，作为舞台背景的大山是天然的，房屋、小道是真实的，枪炮声和烟雾火光是真实的，那些战马也是真实的，它们真实地被人骑过来，嗒嗒的马蹄声令人心碎，军号声声沉郁低回，连国民党官兵开过来的那几辆车，也是真实的车……作战的山峦上，处处火光闪闪、烟雾腾腾，机枪声、炮弹声、呐喊声响彻山谷，远近唱和，起伏跌宕，在山间环绕着……一时间我们都屏住呼吸,有点惊呆了,以为自己穿越了时空,回到了那个战火纷飞的年代。

演出以红军长征二进遵义城为背景,讲述了红军浴血攻占娄山关天险的故事。整个演出使用"真枪实弹"(其实是空包弹),再现了红军当年抗战的烽火岁月。一开始出场的是一位老猎人,朴实的语言、逼真的画面吸引了所有观众的目光。随着剧情的发展,老猎人带着红军走偏僻小道攻打小尖山,后来一排长在一次激烈的战斗中,为了炸掉敌人的碉堡英勇牺牲了。悲壮的场面让现场很多观众流下了眼泪,我也从包包里取出了纸巾……再后来,牺牲了的排长的妻子——一位女红军战士在战斗中产下一个婴儿,为了跟得上队伍,为了革命事业,她不得不把孩子送给当地老乡。那种骨肉分离、撕心裂肺的痛苦场面,让人再次泪奔……还有妻子送新婚夫君上战场、老猎人送儿子当红军的场面,在演员惟妙惟肖的倾情演绎和现场背景音乐的烘托下,气氛达到了高潮。

《娄山关大捷》实景演出是以娄山关战役的历史为蓝本,在当年娄山关战役的真实环境中,用现实主义的艺术手法、科技的手段再现1935年硝烟弥漫的战争场面,表现了红军气吞山河的英雄气概。整场演出近一个小时,据说动用了两百多支当年使用过的真枪及火炮,子弹五百余发,炮弹一百余发,演员三百多人,带给现场观众一场视听盛宴。观众们似乎亲身体验了战争的真实场景,没有人不被感动。所有的演员,无论是业余的,还是专业的,无论是普通演员,还是特型演员,他们都表现得很好,情感很真挚。观众明明知道这是在演戏,可是眼泪还是不争气地往下流,往下流……有生以来,我曾经观看过无数演出,没有哪一次演出像《娄山关大捷》这么让我震撼,让我感动。

1935年,中国工农红军在娄山关取得了长征以来的首次大捷,保证了遵义会议的胜利召开。一代伟人毛泽东在此吟出了《忆秦娥·娄山关》悲壮豪迈的著名诗篇。此诗文写景状物、抒发胸臆,堪为精品,娄山关因此驰名中外,成为著名的红色旅游景区。而《娄山关大捷》真人实景演出,让观众在"长空雁叫"中切身感受到"冲破残阳"的悲壮,又在"迈步从头越"中深切体会到"欲晓东方"的希望。这是红色旅游的一场革命,也是传承长征精神的创新之举。

娄山关自古为黔北咽喉，古称"天险"，素有"一夫当关、万夫莫开"之称，历为兵家必争之地。关上千峰万仞，峭壁绝立，若斧似戟，直刺苍穹，川黔公路盘旋而过。清顺治、咸丰及清朝末期在此多次发生农民战争。如今在距离娄山关战役旧址不远的真实环境里，游客除了能够近距离体验战争带来的心灵震撼外，还可以穿起军装拿起步枪参加战斗，真正实现红色旅游从静态到动态、从参观到参与和体验的转变，还能切实感受到当年红军长征的奋斗精神。除此之外，还可在军事拓展体验区欣赏当年国共双方使用过的枪支、电话、电报机、兵器等，加深游客对娄山关战役的了解。

作为黔北第一要塞，娄山关景色秀丽，这里举目可见参天古木、翠柏青松。动感娄山关，让我们不虚此行！

# 方志敏的"中国梦"

## ——方志敏故居湖塘村走访记

在江西省上饶市弋阳县漆工镇,有这么一个小村子,它的名字叫湖塘村,也许地图上不一定能找得到它,但它因为是革命烈士方志敏的故乡而为众多人所熟知。

深秋阳光明媚的一天,我们千里迢迢来到仰慕已久的湖塘村。当时太阳高挂在空中,树下投出斑驳的影子,树上的梅子已经熟了,红得分外鲜艳,路边许多不知名的花儿正热烈地开放着。群山环抱、树木苍翠的湖塘村是一个风景秀丽的小山村,这里民风淳朴,百姓善良。我们看见湖塘村的村口有一条小溪缓缓地流过,而村边还有三个小池塘,就如同三面明亮的镜子。也许,"湖塘村"的名字就是这么来的吧。

方志敏故居就坐落在湖塘村的中间地带。走进故居,一座普通的六榴木房首先映入我们的眼帘,厅堂内挂着方志敏家的族谱,还有他的生平介绍,以及他和亲人们的照片。方氏族谱中记载了十个字辈,分别是"世代名高远,荣华富贵长"这句话中的十个字。方志敏的祖父方名庚,是地方上的一名绅士,而方志敏是远字辈,原名方远正,十七岁考进弋阳县立高等小学,取学名叫"方志敏"。故居里还有方志敏画像,画像两侧挂着他青年时期亲手写下的一副对联:

心有三爱奇书骏马佳山水
园栽四物苍松翠竹洁梅兰

　　方志敏一直把祖国比作母亲，他爱祖国的"佳山水"，他还用"松、柏、竹、梅、兰"为自己的五个子女分别起了名字。故居左边是方志敏和他的祖辈、父母、兄弟的卧室，室内有一张挂着麻纱蚊帐的床、一张桌子和一个衣橱，朴实简单。灶台、农具似乎还保持着原来的模样。我默默欣赏故居内的一幅幅画、一件件实物，睹物思人，思绪翻滚……从故居出来，继续往村子里走，我们还看到了更多的景观。在方志敏读书园、方志敏足迹园里，方志敏的红色人生故事慢慢地浮现在我们的眼前，我们怀着对烈士的敬仰，聆听他的故事，感悟他的精神。

　　方志敏故居对面是方志敏文化公园，公园里栽种的松、柏、竹、梅、兰正应了方志敏对联中的植物。公园里立着一座方志敏身骑骏马的铜像，铜像高 3.6 米，意喻方志敏烈士三十六年短暂而光辉的一生。正午的阳光为铜像披上了一层明灿灿的外衣，铜像铸成的方志敏目光坚毅，抬头望着远方，如今他的远方不再是当年战场上的炮火连天，而是他一直憧憬的和平光明……

　　湖塘村是闽浙皖赣革命根据地的摇篮，真正意义上的红色村庄。敌人一把又一把大火、一次又一次的枪炮声曾经打破了湖塘村的宁静，火光冲天中，逃往后山的村民亲眼看着家园一次次被焚毁，心里非常悲愤。湖塘村之所以被国民党反动派多次焚烧，只因为这个村子的村民大多姓方，村里还走出了一个叫"方志敏"的共产党员带领百姓闹革命。据记载，湖塘村先后被焚烧过十七次。敌人放火烧村本想恫吓村民放弃抵抗，没想到却把革命的火苗越烧越旺，村民们踊跃地跟着方志敏走上革命道路，后来敌人采取了更加疯狂的报复行为……虽然整个村子牺牲巨大，但是先辈们始终相信，只有共产党才能救中国，只有跟着共产党才有前途，所以他们才不惜抛头颅、洒热血。

　　这是一个英雄的村庄、光荣的村庄，也是一个烧不毁的村庄。中华人民共和国成立初期，政府决定按原貌在原址上恢复方志敏故居。乡亲们乃至周边县城的群众闻讯自发赶来，献工献料，最终建起了现在这座六榀木质大屋。中华人民共和国成立前，湖塘村才八十户人家，有名有姓的烈士就有九十六名，也就是说家家户户都有烈士，有些家庭还不止一个烈士。在方志敏的亲属中，就有包括亲弟弟方志慧、堂兄方远辉、堂侄女婿唐在刚等在内的多名革命烈士，堪称"满门忠烈"。如今，我们看到湖塘村每家每户厅堂里都摆着方志敏的相片，还挂着介绍烈士故事的牌匾，也就是说，现在的湖塘村处处是方志敏的影子，说明方志敏精神长存。

> 朋友我相信到那时
>
> 到处都是活跃跃的创造
>
> 到处都是日新月异的进步
>
> 欢歌将代替了悲叹
>
> 笑脸将代替了哭脸
>
> 富裕将代替了贫穷
>
> 健康将代替了疾苦
>
> 智慧将代替了愚昧
>
> 友爱将代替了仇杀
>
> 生之快乐将代替了死之悲哀
>
> 明媚的花园将代替了凄凉的荒地！

这是方志敏狱中遗作《可爱的中国》中的一小段。从方志敏笔下的"可爱的中国"到今天的"实现中华民族伟大复兴"，都是"中国梦"。站在新的历史起点上，我们深深地感受到，实现中华民族伟大复兴的中国梦从来没有像今天一样离我们这样近。走访方志敏烈士的故居，重温革命历史，追寻先烈的足迹，也是为了更好地奔向未来。

方志敏为了可爱的中国，奋斗了一生。在狱中，面对敌人的严刑和诱降，他正气凛然，坚贞不屈，并以顽强的意志和超人的毅力，撰写了《我从事革命斗争的略述》《可爱的中国》《清贫》等文稿和书信。方志敏的行为感动了监狱文书高易鹏和同监犯人国民党陕西政府民政厅厅长胡逸民，两人先后分三次将他的文稿辗转送到上海，最终使烈士弥足珍贵的著作流传下来，成为我们今天宝贵的精神财富。

红色基因已深植，今日中国正繁荣。我们千里迢迢来到湖塘村，就是为了感受经典魅力，传承红色基因，共赞可爱中国。虽然时光久远，但方志敏的狱中之作依然熠熠生辉，闪耀着真理的光芒，今天读来，仍然是一部展现革命精神的生动教科书，引领我们树立崇高的理想，坚定共产主义信念，更为老一代共产党人的"中国梦"所鼓舞。

"中国一定有一个可赞美的光明前途……"很多很多年前，方志敏同志在狱中就做了这样美好的设想，洋溢着对中国未来无法阻挡的阳光的希冀，那就是他的"中国梦"。追求国家独立、民族解放和谋求人民幸福，是方志敏最大的梦想，原来他的一生都在为他的中国梦而英勇奋斗。虽然现在我们所处的时代与方志敏那个时代不同了，但建成富强民主文明和谐美丽的社会主义现代化强国，是无数过去、现在和将来有信仰的人共同支撑起来的信念，而这不正是我们共产党人的初心吗？

如今的湖塘村，正发生着日新月异的变化。整齐划一的徽派建筑和造型别致的人文景观，将红色文化与田园风光以及美丽乡村有机结合起来。人们安居乐业、幸福安康。村庄里宽敞的柏油路、白墙黛瓦的民居、设施齐全的小广场，组成一幅田园画卷，在我们眼前徐徐展开。而今日之中国，人们的幸福指数不断攀升，正如方志敏在《可爱的中国》中所愿："到处都是活跃跃的创造，到处都是日新月异的进步……"

# 戒指·女人

亦娴是一品大员的女儿，在明朝的官府里度过了她的年华。她学琴棋书画，善诗词歌赋，而且聪颖美丽，可是她郁郁寡欢，多愁善感。冬来春去，转眼间，她也到了谈婚论嫁的年龄。作为大家闺秀，求婚者当然不乏其人，媒婆几乎踏平了她家的门槛。

有一天，媒婆受托带着一枚金戒指上门求婚。作为一品夫人的亦娴的母亲就对亦娴说："孩子，女大当嫁，看看这戒指合不合适？"亦娴轻轻地把那枚金戒指套在自己的手指上，然后又轻轻地脱下。

"娘，一点儿也不合适，把它退了吧。"她说。

"可是，人家是大臣的儿子……"媒婆欲言又止。

亦娴毫不犹豫地转身进入自己的房间。

求婚的人依然络绎不绝。后来，又有人来说媒，这次呈上的是一枚翡翠戒指。亦娴还是按母亲的吩咐，默默地把戒指套在自己的纤纤玉指上，然后再脱下来，说："娘，还是不合适。"

"可是……"一品夫人欲言又止。

夫人不知道，不知从什么时候开始，亦娴爱上了一个卫士。她暗恋他很久了，而他一点儿也不知道，他是不可能知道的——因为他只不过是她画中的一个人物而已。那幅画是她用数月的时间完成的，就挂在她闺房的墙壁上。她每天默默看着他，她关心他的一切，关注他的每一个举动，甚至每一个眼神，也许是过多的想法让她心事重重，身心俱疲。

亦娴知道，她患的是妄想症。羞答答的玫瑰静悄悄地开，但她无法阻止自己的幻想。她总是莫名其妙地梦到他、想到他。她曾无数次幻想和他在一起。但是，她不敢和一品夫人说起这些，这些匪夷所思的事情要是传出去会让人笑话的。

一天夜里，亦娴又在梦中见到了那个卫士。恍惚中，只见他从画中走了下来，笑吟吟地和她来到一片绿茵茵的草地上。他折了最青最韧的花草，把它们编织成一个美丽的花环，默默地戴在她头上。然后，握着她的纤纤玉指，把一枚戒指轻轻地戴在她的手上——只是一枚普通的金属戒指而已，远远不如媒人带来的金贵。可是她却发现戴在自己的手上竟然那么合适。那时她内心波涛起伏，心潮澎湃，听着满山的鸟鸣，望着遍地的野花，她醉了……

后来她醒了，原来不过是南柯一梦而已。可是，亦娴却越陷越深，可能患妄想症的女孩子就是爱追寻那些不现实的东西吧。

后来战事爆发了，亦娴梦见那个卫士跟着大部队而去。从此，她惶恐地关注着前线的战况，等待着他的消息。而后来她又梦见他长眠在那块土地上，再也回不来了，因为从那时候开始，他再也没有从画中走下来和她相会。

"不，他不会从我的生命中溜走的。"她的心要碎了，不知自己身在何处，只觉得身子轻飘飘的。每次躺下，她都希望自己就此死去，她每天呼唤他几次，终日企盼着有一天他能如神灵般出现……

父母为她操碎了心，媒婆受她父母之托，继续给她说亲，男方送来各种各样的戒指，而她连试一下看合不合适的想法都没有，好像对这一切都无动于衷。美丽的爱情可以使一个女人通过一个男人看懂整个世界，妄想的爱情却足以让一个抑郁的女人为了一个并不存在的男人放弃整个世界。那枚并不存在的金属戒指就像一个小小的车轮，驮走了这个女孩子的眼泪和欢笑，以及被眼泪和欢笑所溅湿的锦绣青春。对一个患妄想症的女孩子来说，它的力量已经超越了时空与生死。

她每天守着她的书画，用一种特殊的方式表达她的情感，文字记载了她的情丝、她的郁郁寡欢，她只有在梦中才能实现自己的心愿。心郁郁之忧思兮，独永叹乎增伤。

后来有一次在集市上，她无意中看到一枚金属戒指——和梦中他送给她的那枚一模一样。于是她执意买了一枚，戴在自己的手上。她高兴得摸不清自己的心跳，说不出自己的感觉。她总觉得这枚普通的戒指更有人情味一些，比起钻戒、玉戒、金戒和翡翠戒，更接近人与自然，给人一种清新、柔韧而又情意绵长的感觉。何况，左手的无名指有一根血管直接与心脏相连，她又想起了画中的那个人……

如果说戒指是世界上最小的手铐，那么自己的心就是监牢，更可怕是，这座"监牢"是虚无的。亦娴在郁郁寡欢中抑郁症更严重了。生如夏花之绚烂，死如秋叶之静美。数年后，她因病离开了这个世界，她在有限的生命中，一直没有出嫁。

一品夫人痛不欲生，她根据女儿的习惯，除了陪葬她喜爱的一些书画，还放了一坛子金属戒指随她而去。虽然只是一般的金属，正如她去世前戴在自己手上的那枚一样，但是能代表她平凡的一生，以及她平凡的一生中期待的那种平凡的爱情。虽然，自始至终，她都没有得到那样的爱情。

# 满镇尽飘酱酒香

　　旅行车在不紧不慢地穿行着，四周的景色不断地进入我们的眼帘，放眼望去，前面尽是崇山峻岭，层峦叠翠，让来自大海之滨的我们欣喜不已。随着地势的变化，透过车窗我们时而俯瞰倚靠在山壁上的人家，时而仰望坚韧挺拔的大山。不经意间，发现空气中飘荡着一股若有若无的馨香，刺激着我们的嗅觉。随着车子不断往前行驶，那股沁人心脾的香味就越来越浓烈，带着一种古老而又现代的神秘气息……

　　"这是哪里呀？"我们正犯嘀咕，当地友人告诉我们："这就是中国的酒都……"于是我们下了车，行走在这片赤土之上，与那个渴慕已久的著名小镇——茅台镇如期相遇。

　　茅台镇位于大娄山脉的一处低洼地带，依山傍水，云雾缭绕，清澈舒缓的赤水河自西向东流过该地。茅台镇犹如群山之中的珍宝，是镶嵌在赤水河畔的一颗闪耀明珠，从古至今笼罩在瑰丽的光芒之中，在蒙蒙细雨中，它尤其显得神秘。得天独厚的气候和自然环境使得茅台镇以天然酒窖闻名天下，仿佛一切都是天造地设，浑然一体。赤水河两岸的斜坡上，大大小小的酒厂错落有致地坐落在河边。我曾经去过很多小镇，还从来没有见过哪一个小镇像茅台镇一样，鳞次栉比的街道铺面一行行一排排，除了卖酒的，还是卖酒的，人们都靠着一个"酒"字生活。无论是父辈传承，还是师传身教，酒离不开他们，他们也离不开酒。土生土长的茅台人，一来到这个世界就闻到酱酒香，一出生就和酒结下了不解之缘。

路过每一家店铺，店主都会热情地招呼你坐下，然后免费让你品尝他们家酿的酒。他们倒酒时酒线可以拉得很长很长，同时滔滔不绝地跟你讲解酒及酒文化。当地人操着特色鲜明的口音，听起来也格外热情和亲切，再热情一点儿的，还会邀请你去参观他们的酿酒作坊。客人买不买酒真的没关系，店家最大的客户是批发商，他们相信酒香不怕巷子深。与他们相处，你会发现自己很快就会沉浸在他们简单、专一和淳朴的快乐之中。其实，人们平时说的"茅台酒"有两个概念：狭义的概念是指贵州茅台集团生产的酒产品，广义的概念则是指所有在茅台镇生产出来的酒。虽然小镇只有三条主要的街道，却有一千多家私人酿酒作坊，每天有一万多辆货车穿行于熙熙攘攘的街道之间，镇子里的人做的全都是酒生意。

除了在意酒的色香味，我们更喜欢每一杯酒背后的故事。我们有幸参观了一个家庭酿酒作坊，记忆颇为深刻。该作坊一楼有不同用途、不同材质、不同结构和功能的酿酒设备，非常齐全。走到二楼的时候，我们不禁"哇"了一声，那场面真是让人震撼呀！一坛坛、一排排大大的酒缸，似乎和我一样高，它们井然有序地排列着，有几百口缸，煞是壮观。每口酒缸上还贴有标签，记录发酵的时间和容量等，特别是每一口酒缸的盖子上，都铺着一条大大的、鲜艳无比的红色绒布。主人告诉我们："新酿的酱香白酒，味道刺激、冲鼻、燥辣，必须经过窖藏，且窖藏时间越长，酒中的酯化反应、硫化物的挥发、分子间的缔合就会越彻底，可以达到除杂增香的效果，酒喝起来才会醇厚喷香……"对于每一滴用心酿造的酒，主人都熟悉得像自己的孩子一样，讲解得头头是道，我们也听得津津有味，同时感受到了酱香白酒"七次取酒、八次发酵、九次蒸馏"的传统酿造工艺之不易。

贵州茅台在世界范围内声望斐然，和苏格兰威士忌、法国白兰地并称"世界三大名酒"。茅台镇三面环山，中间一部分被赤水河分开，这就形成了一个天然的"囚笼"。赤水河两岸形成于七千万年前的特殊紫色砂页岩地质结构，十分有利于水分的过滤渗透，还可溶解出对人体有益的微量元素。所以说，茅台所酿之酒神奇神秘，和它的地理位置是密不可分的。独特的自然环境、优良的水质、独有的传统工艺等，造就了"独步天下"的酱香美酒。其回味悠长、空杯留香的美妙，是其他任何地方都无法仿制的。

据当地史料记载，红军第三次渡赤水河的时候，就是在这里强渡过河的。受伤的红军战士用茅台酒洗伤，至今传为佳话，也为茅台酒增添了传奇色彩。其实，赤水河的酒文化据说可以追溯至大禹时代，当时的濮人已善酿酒。汉代茅台酒因汉武帝一句"甘美之"而声名鹊起，唐宋以后，茅台酒更成为历代王朝的贡酒。西汉时期汉武帝盛赞茅台酒的故事为很多人所知，是茅台酒借当时统治者之手打造自身品牌的得意之笔。而在 20 世纪初的巴拿马万国博览会上，中国代表情急之下摔破酒坛博得品酒师的驻足品尝，从而一举拿下金奖，更是抓住了茅台酒走向世界的良机。而时至今日，酒文化已经成为当地人生活中不可缺少的一部分，无论是红事还是白事，饮酒已经成为当地人饭桌上的常事。

茅台小镇地处祖国的西南边陲，得天独厚的地理优势，以及源远流长的酒文化让它跻身西南重镇之列。无论是过去还是现在，茅台小镇就像一本精美的书，一年四季散发着春天般的清香，吸引着人们去品味。清朝卢郁芷有诗曰：

> 茅台香酿醑如油，三五呼朋买小舟。
> 醉倒绿波人不觉，老渔唤醒月斜钩。

是的，多少年来，美酒像美人一样等待着能读懂她的人。"容天下人，卖天下酒"，淳朴善良的茅台人一直用开阔的视野和宽广的胸怀去搭建平台和寻找机会发展他们的酒事业。茅台镇酒产业的腾飞，同样刺激了周边地区的经济发展。行走在今天的茅台镇，走在那些雕花门窗仿古建筑的房屋下，恍惚间会以为自己穿越了年代。这里虽没有大都市的喧嚣繁华，却独有一份浑然天成的精致与祥和。这个在偌大的中国版图中几乎看不到或者只有一个小点的小镇，却在西南一隅熠熠生辉，如同传奇般存在着。漫步茅台，满镇尽飘酱酒香，你会感受到历史的沧桑和厚重，也感觉到人世间的悠闲和美好。

千百年来，茅台人一直传承"茅台文化"，打造"文化茅台"。茅台的酒门为中国古典城楼式建筑，高大气派，庄重华丽，象征着国酒茅台源远流长的历史和享誉海内外高贵典雅的气质。国酒门东侧的小山上，有一个世界上最大的、七层楼高的茅台酒瓶，瓶内有螺旋楼梯可登高环眺。这个酒瓶被誉为"天下第一瓶"。其实整个茅台镇就是一个天然的酿酒厂。古道小巷、青石老街，历史文化遗迹与大自然奇诡壮丽的景观处处可见，云雾缭绕，酒旗飘飘，诗情画意的山水韵味尽显其中。

当天色整体暗淡下来，华灯初上，特制的灯光闪烁于两岸崇山，我们沿着赤水河边行走，欣赏着声光电技术讲述茅台百年历史的视觉盛宴，真是让人陶醉。闭上眼睛，仿佛可以看到小镇的上空欢快的酒分子精灵伴着酱酒香在恣意地追逐、飘荡……

# 武宁棍子鱼

深秋的赣北，晴暖如春。我和海口作协的作家们有幸走访了江西武宁。在武宁期间，如果说碧波万顷、绮丽迷人的庐山西海震撼了我们的视觉，那么香脆可口、滋味悠长的棍子鱼，则让我们的味蕾一次次伴着舌尖跳动。

棍子鱼是武宁的特产，它的体长不过数寸，只有一个指头那么粗，可是风味独特，肥美鲜嫩。由于外形极像一根棍子，所以人们把它叫作"棍子鱼"。棍子鱼隶属鱼纲，鲣科，也叫"巴浪""池鱼""马鲹棍"，呈长圆形或纺锤形，是一种野生天然鱼种。棍子鱼一般生活在江河湖泊的下层，虽属杂食性动物，但偏重觅食动物性食物，如底栖水生物、幼虫等。其实，棍子鱼对水质要求极为苛刻，而武宁绮丽的庐山西海湖水澄澈，烟波浩渺，岛屿星罗棋布，美得像一幅画，一流的纯净水质孕育了美味的棍子鱼。

常言道："不吃棍子鱼，不算到武宁。"如果有尊贵的客人来，武宁人一定会摆上一道棍子鱼来招待，客人每每吃完都赞不绝口。久而久之，棍子鱼也就成了江西的一道名菜，成为游客来武宁必吃的特色菜肴。棍子鱼肉质坚实，营养丰富，其腹腔较小，肠道短，内脏部分比例小，用俗话说就是"只有一根肠"。由于易于清洁，可食用部分比例大，肌间刺少，久炖不烂，所以棍子鱼可红烧，亦可辣烩，烤成颜色黄黄的酥酥脆脆者为最佳。棍子鱼是可以连骨带肉一起嚼、一起咽的，人们不用去头吐刺，而是直接将整条小鱼吃掉，所以也是一种"老少皆宜"的食物。棍子鱼和小鱼小虾一样骨头比较软，吃下棍子鱼酥脆的小刺和鱼头，那才是补钙的极好方式呢。

鱼是人们餐桌上常见的一种食材，大江南北，有各种各样的鱼，以及五花八门的烹调方法，如剁椒鱼头、红烧鲫鱼、清蒸鲈鱼、酸菜鱼、万州烤鱼等。可是生长在江西庐山西海的棍子鱼，让我们这群来自大海边，曾经吃过各种各样鱼的人，也不禁感叹它的美味。在武宁，棍子鱼画龙点睛，一般能让一桌佳肴瞬间升华，香喷喷的鲜美之气漫延迂回，萦绕鼻端，非常美妙，令人垂涎欲滴，引起客人们舌尖上的骚动。吃鱼喝酒，鱼鲜可口，酒热心头，谁能与我们同醉？是呀，无鱼不成宴，有鱼才是席。棍子鱼的美味在于其细嫩、绵柔，也在于其香浓、有嚼劲。一条条棍子鱼，像一首首小诗，在浓稠的汤汁里吟诵，又似花蕊在葱姜蒜椒等花瓣儿的衬托下起舞，沸腾出清香诱人的味道。

武宁县位于江西省北部，这里山清水秀，景色优美，每年都有大量游客观光旅游。而庐山西海其实不是海，而是一个辽阔的湖，湖里千岛落珠的绝美风光也被广大游客盛誉为"天上云居，诗画西海"。武宁融库区、山区、林区为一体，人文厚重，民风淳朴，历史上陶渊明、柳浑、苏轼、黄庭坚、周濂溪、盛文郁等名人雅士都曾经在这里或为官、或游览、或隐居。现在，我和作家朋友们在武宁赏庐山西海美景，吃武宁特色美食，也不亦乐乎。据说，很多来到武宁的游客都会专门吃一顿棍子鱼，有些人甚至是专门为棍子鱼而来的。武宁这道地方特色招牌菜还曾经多次在中央电视台七套《每日农经》栏目中与全国观众见面。

武宁当地的餐馆、饭店也会根据客人的喜好采用不同的烹调方法，做出不同味道的棍子鱼。其中较为常见的有"炖钵棍子鱼""豆豉蒸棍子鱼""香炸棍子鱼""红烧棍子鱼"等。炖钵棍子鱼是我们一行在武宁期间品尝得比较多的一种，每当香气扑鼻的炖钵棍子鱼被端上桌的时候，我就迫不及待地夹起一条放入口中，不用吐刺立马就可以感受到那突如其来的滋味，那岂是一个"香"字了得？天凉菜易冷，可是炖钵棍子鱼却无此忧，钵中热气腾腾，餐桌前热热闹闹，大家边吃边聊，气氛高涨，好不开心。此鱼只应天上有，人间难得几回尝呀！

据当地人介绍，炖钵棍子鱼的做法是这样的：先将那些从庐山西海中抓到的棍子鱼清洗干净，在户外晒几天，制成鱼干，然后将晒干的棍子鱼清洗后，放进油锅里炸至金黄酥脆，然后再加入佐料，如干辣椒、葱、姜、蒜、油、盐、酱、醋、鸡精等。油锅爆炒后，往炒好的鱼中倒入水，炖上片刻，捞起放入炖钵，小火慢炖，炖得时间越长，味道越鲜美，其香味往往可以传出十几米远，简直是人间美味！地鲜莫过于笋，湖鲜莫过于鱼。如果在炖钵棍子鱼里放入一些冬笋，更可增添其美味，冬笋的清香甘甜混合干辣椒激发出食物的香味，试问，谁的味蕾真能抵挡得住这样的诱惑呢？

饮食的特色必然基于地理因素。武宁县不是山就是水。据说，每年庐山西海可产成鱼三百吨，产品主要以干制品或冷冻品销往全国各地，棍子鱼也成为庐山西海库区渔民增收的一种重要经济鱼类。如今在武宁，不仅有许多以棍子鱼为特色的餐馆，还有许多棍子鱼加工厂，其以传统调味工艺和配方，将棍子鱼精制成鱼干，同样深受消费者的青睐。

也许你曾经吃过各种各样的鱼，但是棍子鱼的美味世间独有，它不仅是武宁的特产，更是来自纯净的庐山西海的馈赠，是武宁的一张独特名片，是舌尖上的武宁符号！尝其肉，回味无穷，闻其香，心旷神怡。棍子鱼余香悠长，余韵绵绵，是每个来往武宁的人都无法忘怀的记忆……

# 香水女人

　　小时候往自己的手帕上洒花露水的事情仿佛如昨，日子一天天走过，那股淡淡的清香陪伴着我度过平凡的日子。喜欢香水是因为它会让自己的心情愉快并找到"小资"女人的感觉，为自己营造一种美好的心境。"不用香水的女人是没有前途的女人！"早在 20 世纪初，著名的可可·香奈儿就有这样的传奇性断言。

　　是的，一个平凡的女子，守着一份平淡的日子，在一个月白风清的夜晚，让一阵香气围绕自己，就仿佛拥有了一份香水般的心情，思绪也会像童话一样穿过你斑驳的岁月。喜欢香水的女人是自恋而羞涩的，因为她们懂得亲近美好的东西。无论怎么说，香水太神奇了，一滴而已，就可以让自己变得千娇百媚，深情满怀……我相信，把香水用得恰到好处、不露痕迹的女人，必有胜人一筹的智商和情商。

　　香水是展现内在性格的一种途径。每个女人，就是一朵绽放的花、一枚闪烁的珍宝。一朵花从含苞到绽放，就像每个女人走过的岁月。不管世界如何大同，女人如何独立，一个芬芳的女人，总令人备感温馨。那股淡淡的清香，透出独特鲜明的个性，拥有与众不同的气息，特别引人神往。香水不单纯是一个配件，它是一个人的延伸，每一瓶香水代表世间每一类女子的性格，或淡泊，或热烈，或冷艳，或柔媚，都是那样让人难以忘怀。香水也与擦香水本人的外貌与品行息息相关，不是随便一个女人就能"凭香即贵"的，所以经常使用香水的女人，一般来说也很注重自己内心的充实、学识的培养和品位的形成等。

香水应该是若有若无、引人遐想的。香水与人，同样需要一种缘分。香水的选择是很奇妙的，我觉得选香水要慢慢选，慢慢挑，最后挑上一款你满意的，很适合你的身体并可以在你的皮肤上持续很久的香味。其实对于香水，我一直都不太注重名气，看重的是初闻时的感觉，喜欢或不喜欢，犹如对一个男人的最初印象。有的可能第一次闻到时就喜欢了，有的要经过漫长的日子，渐渐熟悉而喜欢；还有的一开始就不喜欢，再怎么努力，还是不喜欢！盛名之下的香水未必是适合自己的，茫茫香海中遇见自己喜欢的那款"香水"是一份欣喜，正如茫茫人海中找到自己喜欢的那个人是一种心动。

有人说香水是女人的液体钻石，是女人能随身携带的、无形的性感名片。但是香水最终会消散在空气里，岁月是留不住的。有品位的女人相信，即使活到八十岁，那股淡淡的清香仍然能赢得一定的回头率。香水对于女人来说，应该是"一生之水""生命之水"。是的，女人，什么都可以没有，但不能没有自信。香水释放的不只是生命的芬芳，它还是一种情怀。从埃及艳后克利奥佩特拉到唐朝美人杨贵妃，有魅力的女人无不散发着独特的芬芳。香气能改变性情，性情能改变命运，陶醉于香气弥漫周围的心态，本身就是期待好运到来的关键。

所以说，香气也可以作为一种强大的武器，若能善加利用，不仅能增加自己的魅力指数，还会为自己带来一个美丽的邂逅。香水，能让自己变得更优雅、更可爱，能带来快乐的恋情，以及事业的转机。有些香水牌子之所以成功乃是凭借其所掌握的香氛路线，而"不用香水的女人是一个没有前途的女人"！姐妹们，请记住，无论什么时候，有风无风的日子，让一种淡淡的芳香散发在你的身上，同时也散发在你的心间，做个有自信、有前途的魅力女人吧！

# 洋儿，是你吗？

"呜哇，呜哇，呜哇……"在产房里经过两天两夜的挣扎，虚弱的产妇陈馨终于听到了一阵又一阵响亮的啼哭，这给她带来了一丝安慰和欣喜。老一辈的人都说，女人生孩子是在鬼门关走一回。陈馨刚入产房的时候，也是惴惴不安的，现在随着胎儿的娩出，她感觉轻松多了。

"瞧，多可爱，是个健康的男孩，足足七斤呢。"这时助产士把一个小小的人儿递到陈馨面前。

"嗯。"陈馨欣喜地看着那个黑黑皱皱的小家伙，只见那个小家伙紧握着小拳头，哭得很响亮，把自己的小脸蛋涨得黑红黑红……陈馨心疼地、默默地看了他好久，这是母子俩第一次见面，可是陈馨总觉得这声音、这模样、这神态那么熟悉，特别是孩子右边耳朵上那颗小肉痣，让她心头一紧。

"洋儿！洋儿！"陈馨看到孩子耳朵上的小肉痣后，本能地、惊喜而诧异地喊出声来，同时从床上坐了起来。

"哦，你已经给孩子起好名字了？"助产士回头看了一眼产妇，让她躺下，又看看婴儿，然后问，"他叫'洋儿'，是吗？"

"不，不，不，'洋儿'……不是他的名字。"陈馨感觉自己刚才有点儿失态，赶紧调节了一下情绪，接着说，"孩子的爸爸说了，如果是男孩，就叫'海儿'。"

"哦，海儿，他叫海儿。"每天都会见到各种各样的产妇，还会看到无数刚来到世间的婴儿，管他叫"洋儿"还是

"海儿"，助产士也没有多想，就忙自己的活儿去了。陈馨也昏沉沉地睡着了，睡梦中，她的眼角流出了两行清泪……是的，"洋儿"并不是这个孩子的名字，洋儿是陈馨第一个儿子的名字。记得四五年前，也是在这家医院……

在产房里经过两天两夜的挣扎，虚弱的陈馨终于听到了一阵又一阵响亮的啼哭，第一次体会了当妈妈的幸福和艰辛。助产士在孩子出生后，把一个小人儿抱到她面前："瞧，多可爱，是个健康的男孩，足足七斤呢。"

陈馨心疼地、默默地看了他好久，那个紧握着小拳头一个劲儿地哭的小人儿，多么可爱啊。那是母子俩第一次见面，黑红的小脸庞，特别的是他耳朵上有一个小肉痣……

历史总是惊人地相似，让人感觉历历如昨。不过，陈馨清楚地记得，洋儿的小肉痣跟海儿的不同，他的长在左边耳朵上，而海儿的小肉痣却是长在右边耳朵上。

今天，海儿的爸爸、爷爷、奶奶、外公、外婆，还有伯父、伯母和六岁的小堂姐然子都守在产房外，急切地等待着这个孩子的出生。当他们看到海儿时，都长长地舒了一口气。

"好可爱，弟弟好可爱。"然子姐姐说。她想一把抱住海儿，被大人们拦住了："弟弟太小，你不会抱的，掉了怎么办呀，别胡闹！"

海儿的到来，为这个家庭增添了无穷的乐趣。海儿的爸爸更是欣喜不已，他一次次地对孩子的奶奶说："妈，这段时间你就专注看护海儿，照顾好陈馨，咱们请个保姆，其他家务由保姆来做！"

"嗯，嗯。"奶奶手里紧紧抱着海儿，就像当年抱着洋儿一样，热泪盈眶。是啊，洋儿是她一手带大的，她怎么能忘记洋儿呢？

洋儿是个聪明机灵的孩子。六个多月的时候，就会发出"妈"的声音，让陈馨初为人母的喜悦达到了极致。一家人都喜欢这个调皮捣蛋的男孩。自从家里多了这么一个小机灵，可热闹了，生活的气息更加浓厚。洋儿从小就非常喜欢玩具，喜欢翻阅图画书。一岁生日的时候，陈馨把一个礼物盒拿到他面前。

"洋儿，猜猜妈妈给你买的是啥礼物？"幸福的妈妈总是喜欢对孩子卖关子。

"好七（吃）的，好七（吃）的！"洋儿翘着小嘴巴说。他吃力地发音和说话的样子很逗人，很可爱。

"哇哇，是个娃娃！是个娃娃！"当陈馨把礼物盒子打开的时候，洋儿发出了兴奋的叫声。

"孩子，不是娃娃，而是汪汪，汪汪！"陈馨开心地学着狗叫的样子说，脸上满是喜悦。都说孩子是天使，自从当了妈妈，陈馨才知道天使有多么的可爱啊。感谢天，感谢地，感谢上天给自己送来这么一个可爱的小天使……陈馨总是自言自语地说。

自从妈妈买了那只小狗后，洋儿就和这只玩具狗"汪汪"交上了朋友，形影不离。这是个智能汪星人玩具，体型和一只出生一个月的狗狗一样大。它会叫，会走，会前进，也会倒退，还会发出"汪汪"的叫声，遇到障碍物还会拐弯掉头呢。智能汪星人黑黑灰灰的可爱小脸庞，会转动的眼睛很逼真，乍一看，好像是一只真的小狗。

从一岁生日到两岁生日整整一年的时间里，洋儿一直对这只玩具狗爱不释手，没有它，他就不肯吃饭，哪怕睡觉也要抱着它，每次醒来第一句话都是："奶奶，旺旺去哪里啦，我的狗狗呢？"

那都是以往的事儿了。如今的海儿与洋儿一样，大约六个月的时候，他就会叫"妈"了，再后来会叫爸爸了。夫妻俩看在眼里，喜在心头。再后来，海儿会吃米糊了，会走路了，会跑了，尽管经常摔跤，可是有什么关系呢。摔了又爬起来，继续走，继续跑，整天乐呵呵的。

每次给海儿喂饭，看着他耳朵上的小肉痣，陈馨的眼前总是浮现出洋儿当年粉嘟嘟的小脸蛋。有时她也不禁惊叹命运的神奇安排，两个儿子相差四五岁，性格和长相却惊人地相似，似乎口味喜好也很相同，尽管耳朵上的肉痣位置是不一样的。

有一次陈馨陪着海儿玩的时候，竟然听到他哼起了英文儿歌《*Little Star*》中的两三句。陈馨又惊又喜，要知道他才一岁呀。

"海儿，是谁教你唱的呀？"妈妈漫不经心地问。

"妈妈教的，妈妈教的。"海儿说。他很努力地发音和唱歌的样子，很逗人，很可爱。

陈馨心头一惊："妈妈教的？妈妈啥时教过海儿唱这首歌呢？"确实，她从来没有教海儿唱这首歌，她并不是很会唱歌，基本上不教孩子唱歌，何况是一岁多的孩子。

"妈妈教的，妈妈教的。"海儿笑吟吟地又说道。这让陈馨陷入了沉思，她再次想起了洋儿。当年，洋儿也很喜欢唱这首歌，陈馨不会唱，但是每次喂饭都要反复放光碟给他听，洋儿一边吃饭一边听，所以一岁多的时候也会哼哼几句。记得当年洋儿很努力地发音和唱歌的样子，也很逗人，真是可爱极了。

洋儿两岁的时候，有一个周末，晚饭后洋儿的爷爷坐在客厅一旁看电视，奶奶习惯性地收拾餐桌洗碗。作为家庭主妇，她几乎每天都这么做。两个儿媳妇相处得很好，周末都一起吃饭，一家人其乐融融。大媳妇生的是女孩，叫然子，上幼儿园了。二儿媳妇生的儿子就是洋儿。然子和洋儿都是奶奶带大的，奶奶每天都忙得不亦乐乎，把大孙女从幼儿园接回来，就给小孙子洋儿喂饭、洗澡等。记得那天晚饭后，趁着孩子奶奶洗碗的当儿，洋儿的爸爸妈妈，还有洋儿的伯父伯母坐着聊天。

"哎，今天咱们刚好四个人，不缺脚，何不斗地主？"洋儿的伯父说。于是他们拿出了一副扑克牌，决定那个周末好好放松放松。

爷爷在看电视，奶奶在洗碗，大人们在客厅玩扑克牌的时候，两岁的洋儿像往常一样，一会看电视，一会玩玩具，一会吃零食，一会和三岁多的小姐姐然子打打闹闹。

奶奶和往常一样，从厨房里出来后就问孩子的爷爷："洋儿呢？"

"刚才还在这。"爷爷说。他的头都没有转过来，沉浸在电视中。

"洋儿可能在卧室吧。"陈馨看着手里的牌，头也不回地跟孩子奶奶说。当时，"斗地主"即将开始。

"然子，别站在这，跟弟弟玩去。"然子的爸爸对站在一旁看大人打牌的女儿说。

"弟弟不跟我玩，他不理我，玩具也不给我，他就喜欢自己玩水。"然子翘着嘴巴说，她依然站在一旁看着大人们打牌。

"洋儿，你去哪里啦？"奶奶开始找那个调皮的小孙子，"哈哈，你又跟奶奶玩捉迷藏是吗？"

洋儿不在客厅，不在卧室，也不在阳台。

"婆婆，洋儿刚才还在这，能去哪，家里大门是关着的。"陈馨的大嫂一边出牌，一边说。于是，孩子的爷爷和奶奶就随意在家里找了起来，奶奶和往常一样，嘴里一边喊"洋儿"一边再往阳台、客厅、厨房、卧室里找去……

往事不堪回首。时间一天一天过去了，如今第二个儿子海儿也慢慢长大了，他的爷爷奶奶、外公外婆，还有伯父伯母、小姐姐然子，对他都关爱有加，小心翼翼，寸步不离。有一天陈馨下班回来，看到奶奶拿着一些洋儿小时候的照片对海儿说："宝贝，你知道这是谁不？"

照片中的洋儿和现时的海儿年龄差不多一样大，个头也差不多。海儿天真地看了奶奶一眼，然后用小手拍拍自己的胸口，他的意思是："不就是我吗，奶奶？这不就是我吗？"

确实，洋儿当时一两岁的样子，像极了现在一两岁的海儿。奶奶看看照片中的洋儿，再看看面前的海儿，她默默地、伤感地对孙子说："不是你，不是海儿，他是你哥哥，他是洋儿！"

谁知海儿又用小手拍拍自己的胸口，再次真诚地看着奶奶的脸说："不，奶奶，那就是我呀，就是我！"

陈馨看着照片上的洋儿，再看现实中的海儿，泪水就涌了出来。于是她冲过来，一边收拾照片，一边对婆婆说："他奶奶，拜托以后不要再拿这些照片出来看了，好不好？好不好？"

奶奶的思绪也回到了当年，她清楚地记得，当年她洗碗出来后找洋儿的场景……

"洋儿……"

"洋儿……"

阳台、客厅、厨房、卧室都找了一通以后，奶奶走进了卫生间，这时，非常意外地，从卫生间传来奶奶一阵凄厉的哭叫声："啊，啊……啊！"

"妈，怎么啦？"洋儿爸爸和然子爸爸感觉不对劲，于是齐刷刷地丢下手里的牌，朝卫生间跑去，陈馨和她嫂子还愣在餐桌边，手里还握着好牌，她们怎么都没明白过来。

卫生间里，刚满两岁的小洋儿，脑袋朝下，整个身子直直地倒立在一个塑料水桶里，四脚竟然朝天竖起。

眼前的场景吓晕了所有的人。

然子的爸爸，也就是洋儿的大伯，一下子把洋儿从水桶里抱了起来，然后让他的脑袋朝上。

只见洋儿小小的脑袋和脸部竟然已经全部发黑。洋儿的爸爸"啊"的一声，从后面冲上去，拍了拍洋儿的胸口。

"呃……呃……呃……"有一些水从洋儿的口腔里喷了出来，洋儿似乎还"唉"了一下，随即脸色少了点乌黑，并逐渐恢复正常。

"怎么了？孩子，你怎么了？"洋儿的妈妈这时才知道事情的严重性，她冲上前来，一把抱过洋儿，哭叫起来。

"快，救护车！快叫救护车！"洋儿的爷爷这时也反应过来了，他大声说。

"快叫救护车啊，你们个个都傻了吗？洋儿，洋儿，我的孩子啊……"陈馨的哭叫声，孩子奶奶的哭叫声，以及洋儿的伯母和小堂姐然子的惊叫声，传遍了这个家庭的每个角落。

……

"奶奶，奶奶，你在想什么呀？是不是在想我？"海儿调皮的叫唤让奶奶回到了现实。

"哦，宝贝，该睡觉了。"那天晚上睡觉前，陈馨拿出一些图画册，对海儿说，"海儿，你长大了，妈妈从现在开始，每天给你讲一个故事，好不好？"

"好呀，好呀，耶，耶！"海儿高兴得手舞足蹈。

陈馨拿出一本当年洋儿读过的《宝宝睡前故事》翻了起来，虽然是大儿子用过的，但还是保存得很好，这不，二儿子也可以用了。

没想到，海儿却用小手推掉《宝宝睡前故事》。他说："妈妈，我不要听，不要听这个嘛。"

"可是这个很好听的呀。"陈馨说。

"这个以前听过啦。"海儿随口回答。

"以前？啥？你什么时候听过？"陈馨问，然后迷茫地看着孩子。

"妈妈，以前你不是给我讲过吗？讲新的嘛。"海儿翘着小嘴说，还调皮地看着陈馨，这让她有点意外。

"以前讲过了？妈妈啥时给你讲过呢？"陈馨纳闷地说。

这时洋儿再次把《宝宝睡前故事》推到一边，拿出了一本《大灰狼》。《大灰狼》是爸爸昨天才给海儿买的新书：

兔妈妈有三个孩子，一个叫红眼睛，一个叫长耳朵，一个叫短尾巴。一天，兔妈妈对孩子们说："妈妈到地里去拔萝卜，你们好好看着家，把门关好，谁来叫门都别开，等妈妈回来了再开。"兔妈妈拎着篮子，到地里去了。小兔子们记住妈妈的话，把门关得牢牢的。

……

"孩子，《大灰狼》好听吗？"妈妈慈爱地看着海儿问。

"好听，好听。"陈馨给海儿讲了《大灰狼》后，他很安静、很满足地睡着了。陈馨却怎么也睡不着，她默默地躺在床上，望着天花板，数羊数到一百只，再从一百只倒数到一只，还是睡不着。她思绪万千，泪流满面……时间过得真快啊，往事不堪回首。记得当年洋儿在卫生间溺水没多久，一辆救护车就"呜呜呜"地来到了他们家大门口。

救护人员以最快的速度冲进来的时候，洋儿已经静静地躺在床上，脸上的乌黑随着被呛的水的排出，显得白净。家里人密切盯着救护人员，他们相信，在他们的抢救下，洋儿会重新露出笑脸，重新哭闹，可是医生和护士忙乎一阵后，却停下了手中的活儿。

"医生，我的孩子啥时能醒过来？"洋儿的妈妈急切地问。

"医生，孩子没事吧？"洋儿的爸爸问。

"医生……"洋儿的爷爷奶奶、伯父伯母，还有小堂姐然子也急切地问。

"我们……我们已经尽力了。"医生面无表情地回答。

"啥？你说啥？"洋儿的爸爸跳起来，一把拽住了医生的白大褂，"你再说一遍！"

"我们已经尽力了，孩子已经窒息死亡，准备后事吧。"医生再次冷冰冰地说，然后护士忙着收拾他们的器械和其他工具。

"不，不可能，医生，你们肯定搞错了，怎么可能？他去卫生间玩水也最多不过两三分钟，我们在客厅拿出扑克牌来发，才刚刚发完牌而已，'斗地主'还没开始呢，怎么会，怎么可能呢？"洋儿的伯父也死死地拽住医生的白大褂，好像要抓住茫茫大海中的一根稻草。

"请你们……一定……一定要抢救我的儿子啊……"陈馨马上跪了下来，然后"咚"的一声，话还没说完就昏倒在地上。

医生和护士把收拾好的器械再次取出来，赶紧转身去抢救陈馨。

"医生，你们是不是搞错了，这孩子……刚才还……怎么可能……你们看，他只是睡着了，这么安静，这么祥和，请你们……"洋儿的爷爷和奶奶语无伦次、结结巴巴地说，似乎在祈求医生。

"对于孩子，我们真的已经尽力了，小孩子的气息很短，溺水的时间虽然不长，哎……总之，已经没有回天之力，准备后事吧。"医生每天面对不同的病人，见过太多生老病死，他们是没有什么特殊感觉的。

不知什么时候，门口围满了叽叽喳喳的邻居。

"洋儿怎么啦？"

"听说死了。"

"啊，死了？怎么死的？"

"听说是溺水。"

"啊，在家里……也可以溺水？"

"是的，据说那个洗衣服的塑料桶，当时只有一半的水在里面。"

"那……怎么会……溺水呢？"

"孩子太矮太小，当时也许是想去洗手玩水，手不够长，脑袋就往水桶里伸，没想到一下子扎进水里……"

"据说扎进去后，桶里的水刚好没过他的鼻子⋯⋯"

"啊，不会吧？有这样的事儿？真邪门啊。"

"我长这么大，都没听过这样的事儿。"

"水木金火土，是不是他命里水太多，再取这么个名字'洋'⋯⋯"

"你真损，人家孩子都没了，还说这些。"

"我⋯⋯只是猜测，随便说说，这些东西有时是很玄乎的。"

"真可怜，一个这么可爱的孩子。"

⋯⋯

邻居们七嘴八舌地议论着，可惜这一切，洋儿早就听不到了。同住一个城里的洋儿的外公外婆得知消息后，连夜发疯似的赶到家里来，对着孩子的爷爷奶奶破口大骂：

"你们会不会看孩子？会不会看孩子啊？好好的孩子，活蹦乱跳的，怎么说没就没了，竟然在家里的塑料水桶里⋯⋯溺水了，造孽啊⋯⋯"

事发太突然了，任凭孩子的外公外婆责骂，洋儿的爷爷奶奶、洋儿的爸爸妈妈，还有伯父伯母、小堂姐然子早已哭晕在地上了。外婆骂着、骂着，竟然也晕倒了。家里哭闹成一团，邻居们围了一层又一层。

⋯⋯

如今，海儿慢慢长大了，家里每个成员都对他呵护有加，担心他有一天也像当年的洋儿一样消失了。海儿也喜欢各种各样的玩具，陈馨夫妻俩总是想把最好的都给孩子，孩子想要什么，自然不忍拒绝。然而，玩具买了一堆，却发现孩子真正喜欢玩的没有几个，大部分也就刚买回来时新鲜了两天，然后就躺在房间角落里"吃灰"了。

有一天，陈馨带海儿逛街，路过一个商场的时候，海儿在橱窗那儿停了下了。

"狗狗，妈妈，那是小狗狗⋯⋯"海儿说。

"小朋友，喜欢吗？这玩具狗很好玩的，你看它还会叫呢？跟真的狗狗一样⋯⋯"服务员看到有小朋友来，把玩具狗拿了出来。

这只智能汪星人玩具狗，体型像一只出生一个月的狗狗那么大，它会叫，会走，会前进，也会倒退，还会发出"汪汪"的叫声，遇到障碍物还会拐弯掉头呢。智能汪星人黑黑灰灰的小脸庞，会转动的眼睛很逼真，乍一看，好像是一只真的小狗。

"哦，不用了，谢谢！孩子还小，不懂玩这个。"这只智能汪星人的模样触动了陈馨的某根神经，她心里猛地一惊，不想再看它，拉着海儿就走了。

"妈妈，我想要那个玩具，我想要那个玩具狗嘛。"虽然小手被妈妈紧紧拉着，海儿还是一步一回头地说。他的眼睛一直看着那只玩具狗。

"孩子，咱不买，不买，好吗？"陈馨说，"咱去买别的，宝贝，咱去买别的，你想买啥，妈妈都买给你，不要这只狗好不好？"

"呜呜呜，我要，我就要……妈妈，我就要那只玩具狗，呜呜呜……"海儿一个劲儿地哭。

陈馨不顾海儿的哭闹，她的脑海里一次次浮现的，是洋儿当年爱不释手的那只玩具狗。

洋儿下葬的时候，全家人到处寻找那只曾经陪伴他多时的玩具狗，希望他短短的两年生命中，那个他最喜欢的玩具能陪他到另一个世界，让他少一点儿寂寞，多一点儿安慰，可是全家人找遍了家里的每个角落旮旯，就是没有找到那只玩具狗。

"然子，你看见弟弟的玩具狗了吗？"洋儿的伯母问自己的女儿。

"没，没有。他从来不给我玩，我只是趁他不注意的时候玩过一次，他就马上抢回去了。"然子伤感地说，她虽然还不是很懂事，不知道死亡的真正含义，但是她明白弟弟以后再也不能跟她玩了。

"是啊，他那么喜欢的玩具，到底去哪里了呢？"洋儿的伯母说。洋儿的离去，让她这个当伯母的神情恍惚，消瘦了十多斤，弟媳的孩子，其实就跟自己的孩子一样啊，谁能理解丧子的悲哀啊？

"妈妈，我想起来了，弟弟经常拿玩具狗去后花园玩，他让狗狗向前走，向后走，向左走，向右走……可是他就是不给我玩……也许在后花园呢，咱们去找找。"然子说。

于是全家人都去后花园找那只玩具狗，找呀找呀，却怎么也找不到，陈馨伤心得死去活来。没想到孩子逝去的同时，他的玩具狗竟然也同时消失了。那段日子，家里每个人像是被抽走了魂一般，一蹶不振。

"你才两岁啊，孩子，你会记得和妈妈在一起的日子吗？会记得妈妈给你讲的故事吗？妈妈好后悔啊，那天不应该忙着打牌而让你自己去卫生间玩水，可是……可是……水桶里只有半桶水，孩子，你的脑袋是怎么扎进去的呀，为啥水桶不会倒呢，倒了，你摔了，也许就没事了……可是……妈妈死都不明白，死都不明白啊……呜呜呜……"陈馨就像祥林嫂一样，每天都喃喃自语，内疚自责。

洋儿的爸爸看到妻子这么伤心，偷偷地把洋儿穿过的衣服全部丢到小区垃圾桶里去。陈馨发现后，又去垃圾桶里把孩子的衣服捡回来洗干净。

"你为什么要丢掉洋儿的东西啊？留着衣服还能证明这孩子曾经来过我们家，"她说，"说不定哪天，他还会循着味道再回来！"

"什么？循着味道再回来？你……别瘆人了，想开点吧，人死不能复生，咱们的洋儿，是永远不会再回来了……"洋儿的爸爸伤感地说。

是的，如果洋儿在的话，现在也有四五岁了。这不，海儿都已经两岁了。不知洋儿在那个世界过得怎么样，他还那么小，会不会有人欺负他呢？家里的人每次想起夭折了的孩子，都禁不住眼泪涟涟。

"孩子的脸，六月的天。"那天海儿哭喊着要买那个橱窗里的玩具狗，回到家后，还哭了好一会，但是过了一天他就淡忘了这件事，又开心地去跟其他小朋友一起玩，玩得不亦乐乎。

有一个周末，陈馨带着海儿在后花园散步的时候，海儿似乎心情也很好，他一蹦三跳，还要翻跟头给妈妈看。

"孩子，别摔了呀。"陈馨看着一天天长大的孩子，心情也很晴朗。

"妈妈，宝宝要告诉你一件事。"海儿忽然调皮地对妈妈说，还故作神秘的样子。

"哦，是吗？什么事呀？与翻跟头有关吗？"陈馨低下头关爱地问。

"不是啦。"海儿笑着说，他拉着妈妈的手，来到树荫底下。

"妈妈，妈妈，你可不可以帮我拨开这里的土？"海儿指着两条树根之间的空隙问。

"为啥……要拨开这里的土？"陈馨有点奇怪，"那多脏呀，宝宝要讲卫生嘛。"

"妈妈，帮宝宝拨开土嘛，拨开这里这些土嘛，好不好？"海儿说。

面对孩子的乞求，陈馨弯下腰捡了一条结实的木棒，然后开始拨了起来，一下，两下，三下……没拨几下，地面就露出一个东西，把她吓了一跳。

"啊！"定睛一看，原来是一条狗的尾巴。她再拨几下，似乎又看到了什么。

"玩具狗？"一只狗狗的身子逐渐露了出来。陈馨屏住呼吸，急切地往下继续拨土，后来，又看到了玩具狗的小耳朵、小脑袋……于是，一只完整的汪星人就出现在母子俩的面前了。

"耶，耶，妈妈给我，给我！是我的，我的！"海儿急切地把汪星人玩具狗从妈妈手里抢过来，抱在怀里，不顾忌它还沾着很多泥土。

玩具狗并不是新的，有些地方已经有刮痕了，有些地方还掉了漆。陈馨看到玩具狗的时候，心情激动，心跳加速。

"没错，这不是洋儿曾经爱不释手的玩具狗吗？"陈馨自言自语。可是，当年孩子下葬的时候，全家人可是找了好久都没找到啊，怎么会在这里呢？睹物思人，她的眼泪止不住又流了下来……

"孩子，你告诉妈妈，快告诉妈妈，好吗？你是怎么知道这个玩具狗埋在这里的呢？"陈馨蹲下身子，急切地问海儿。

"因为……因为我以前玩过呀。"海儿不以为意地说，"我还记得，当初然子姐姐总是要抢我的玩具狗，所以……我就把它藏在这里。呵呵，后来……后来我就忘了。"海儿仰着头，天真地看着妈妈说。

"啥？孩子，你说啥？"陈馨的心一下子提到了嗓子眼。她认真地打量着海儿似曾相识的脸庞，往昔的一切涌上了心头，她不相信生命轮回，更不相信转世投胎，可是……她一把抱过海儿，嘴里喃喃地说：

"洋儿，洋儿，真的……真的是你吗？"

# 作家燕飞的海南梦幻

　　燕飞，加拿大华裔作家。燕飞有一些尚武精神，骨子里还有一股侠气，有时甚至还有点女生喜欢的小痞气，因此他还有另外一个名字叫"燕大侠"。燕大侠是他写诗时曾经用过的笔名之一，也是他在不同时期不同朋友圈的雅号之一。

　　燕飞除了是文学的燕飞，还是一位"大侠"。朋友们都知道，他是一位能真正驰骋于梦幻与现实之间的大侠。20世纪90年代中期，燕飞一气呵成的三部长篇纪实文学《海南无梦》《海南惊梦》《海南寻梦》畅销全国，是20世纪中国海南建省大开发时期风靡一时的文学作品。那时候，众多纸媒连番轰炸，也让燕飞的作品有了足够的影响力。《海南无梦》撰写了一百个女人在海南的故事，《海南惊梦》诉说了一百个男人在海南的经历，《海南寻梦》描述了在海南发生的一百种爱情故事。

　　当时年少得志的燕飞用他的才华和激情为读者呈现了一个有关海南的梦幻世界。时光荏苒，弹指一挥间，二十多年过去了。互联网是有记忆的，这个世界也是有记忆的。直到今天，在网上查找燕飞"海南梦幻三部曲"，还能查到很多相关的网页、网上书城、图书馆等链接，以及报道和书评等，甚至在网上还可以发现有连载《海南无梦》的旧报纸出售。当年之轰动，可见一斑。21世纪初，燕飞出版了一本个性化图书——《燕飞梦语》。有评论者说："通过《燕飞梦语》这部书，可以从某个角度探索到作家燕飞的梦幻世界。"那种与生俱来的像是倨傲又像是漫不经心的神情和语气，曾经是燕飞的标签。

燕飞也曾是文人经商的践行者。新旧世纪交替的那段时间，海南出现了几家电视购物公司，燕飞的超时尚电视购物公司领风气之先，以优良的品质和一流的服务成为同行业中的佼佼者。公司人员包括文案策划者、项目广告人员，以及终端销售人员，最红火的时候有几十号人。在那时海南的作家队伍里，燕飞算是提前步入了小康。织梦者燕飞不满足于现状，于是在世纪交替之际、风头正劲之时，他又有了新的梦想。随着新一拨移民潮，他去了大洋彼岸。当时的他打算在美国或加拿大重新织梦，重新规划和布局他的梦幻世界，就像他在海南建省之初从京城来闯海一样，他又开始了一种漂泊不定的新生活。

几经辗转，燕飞现在定居多伦多，任加拿大万事通传媒的总编辑、加拿大中文记者和编辑协会副会长兼秘书长，兼任世界华文大众传播媒体协会副理事长。据他说，他在加拿大的生活基本上是一种与世无争的生活。从繁华城市到隐居海外，无论去哪里，燕飞都很快调整了生活节奏，适应了新的生活和新的环境。

2018 年的岁末，已经在北美生活了十几年的燕飞重返海南这片热土，应邀参加了书香（海南）文化传媒组织的主题分享会。在两个多小时的演讲中，燕飞以"文学与远方——从海南到北美"为主题，讲述他从北京到海南，再从海南到北美的经历、见闻和感受，以及他对文学的热爱，还就国际化文化交流与文学创作和海南作家进行了交流。燕飞用细腻的感情和丰富多彩的语言，再一次向我们描绘了属于他的梦幻世界，他再次回归我们的视野。

燕飞的"文学与远方"分享会现场高朋满座，燕飞与朋友们一起回顾他那段闯海经历，分享他了的"文学与远方"的梦幻世界。海南出版社社长王景霞，三地集团的董事长魏玉来，以及怡人庄庄主、作家唐彦，原新华社记者杨飞，诗人乐冰，还有作为燕飞老朋友的我，也先后发言，大家共话当年，共谈文学与远方。魏玉来是燕飞青年时代的小伙伴，他认为燕飞属于实力派作家。在分享会上，他称当年燕飞写小说是"下笔千言，不打草稿"。他说他目睹了燕飞把一部长篇小说一气呵成的全过程。魏玉来还说："燕飞的文学禀赋似乎由上天所赐。在很多人看来，写一部长篇小说比登天还难，但燕飞却像变魔术一样短时间内就能变出一部三十万字的小说。"

海南出版社社长王景霞女士在分享会上的发言也肯定了燕飞的文学才华。在分享会的互动环节，王景霞这位资深出版人还回忆起了燕飞当年青涩的面庞，她说她与燕飞曾经因为一本书结缘，一晃就是二十年。那本王景霞青年时代编辑的图书叫作《光荣与罪恶》，是燕飞出版的第一本书。

在"文学与远方"的分享会上，燕飞提及他尊崇的作家是王蒙。在新时期文学流派中，王蒙的意识流文学流派已经被写入当代文学史。在大学读书期间，燕飞就熟读了王蒙的每一篇小说：《夜的眼》《铃的闪》《风筝飘带》《杂色》《活动变人形》《如歌的行板》……王蒙先生的意识流文学手法一度让燕飞沉醉。在读大学的时候，燕飞就开始给当时的《人民文学》主编王蒙写信。若干年后燕飞在北京的某个场合见到王蒙时，王蒙已经是文化部部长。

……

燕大侠是个沉静且忧郁的人。朋友们听他侃大山，聊自己，谈笑风生，似乎可以看到他心里的世界和他过往的经历。他身上透露出一种大侠的豪迈和才子的柔情。金庸笔下的大侠都身怀绝世武功，而燕大侠除了满身的文采，其实也身怀武功。燕飞自幼练武，擅长少林拳和形意拳，大学时曾担任学校武术协会会长。而在燕飞令人眼花缭乱的闯海生涯中，很少人知道，燕飞也曾参与过海南省武术协会的筹备工作并担任第一届理事，携手当时海南省武协筹备组负责人、省文体厅的杜晓红做筹备和宣传工作。一些武林高手，如省军区武术总教练李星生，海南省武术协会副主席肖勤教授，都是燕大侠的好朋友。早些年，燕大侠也偶尔坐过海南省武术散打比赛的评判席。所以他有着强壮的体魄和强大的内心，无论生活发生什么变故，无论是顺境还是逆境，他都能够跨越人生中的一个又一个沟沟坎坎，实现华丽变身。

燕飞从小就有文学梦，立志当作家。他从小学时开始写诗，中学时他的作文经常被老师当作范文在课堂上读给大家听，个别文章还被《优秀中学生作文选》收录。小学五年，初中两年，接着读了三年高中后，在别的孩子仍然沉湎于十六岁的花季，在操场逐闹欢唱时，燕飞已经翩然步入了大学殿堂。十六岁文采斐然、熟背唐诗宋词的燕飞在大学里并没有读与文学相关的专业，他读的是理工科，学的是土木工程、道路与桥梁设计专业。当然，他学的专业非他所愿，因为他不得不听命于父母"学会数理化，走遍天下都不怕"的教导。

学了一肚子的数理化之后，大学毕业后的燕飞被分配到人民交通出版社做了一名编辑。编辑工作之余，燕飞继续完成他的文学梦想，继续他的文学创作。京城是燕飞文学梦想的放飞之地，年轻的燕飞就职于部委出版社，志得意满，开始写诗和小说。作品发表于《中国作家》《青年文学》等杂志。在北京工作和生活的日子里，燕飞也拜访和结识了不少文学前辈与导师，如王蒙、史铁生、莫言，以及《中国作家》副主编杨志广等。燕飞当年离开京城闯海南的时候，杨志广还为他写了两封引荐信。从某种意义上说，杨志广和《十月》副主编田珍颖算是燕飞文学路上的引路人。

相较有些一无所有的闯海者，燕飞闯海时有稳定的工作和收入，那个阶段就体现了燕大侠的侠义之风。燕飞接济过来自全国各地的闯海朋友。燕飞当年在《海南特区报》报社和《海南青年报》报社都有属于自己的单身宿舍，偶尔会收留志趣相投无家可归的闯海者。在经商下海手头宽裕的时候，燕大侠出手大方，也资助过不少朋友。他帮助或资助过的朋友除了文学青年，还有来找工作的歌手、舞者、自由职业者，等等。"燕大侠"的名号，在那时就开始被人叫了起来。因为大方、豪爽和侠义，燕飞那时还成了一帮二十岁文学追求者圈子的核心人物，并成立了文学流派，号称"飞来飞去派"。当时有知名评论家在《书刊导报》发表过一篇文章，题目就叫作《燕飞们与"飞来飞去派"》。

多少年后的今天，在燕飞从加拿大回来参加的"文学与远方"讲座的分享会上，当年的兄弟提起往事，说起燕飞的侠气，依然激动不已。从京城到海南，十几年的经历，燕飞有时在岸上，有时在海里。更多的时候是一脚在岸上，一脚在海里。在《海南青年报》工作期间，燕飞经常组织青年文学沙龙，并到高校为学生讲课，到海南各农场采风。从北京到海南，他也有过下海的经历，在商海里畅游过。

燕飞年轻时追随过 90 年代海南业界风云人物蔡汝新。蔡先生是那个年代海南当地民营企业家中的佼佼者，曾被评为"海南青年十杰"之一，以及第三届全国十大明星乡镇企业家。作为海南正合实业集团公司的总裁助理，二十来岁的青年才俊燕飞在业界如鱼得水，根据需要分别兼任过公关部长、海口办事处主任，还短期挂职做过兰洋热作农场场长。

在下海的那段经历中，燕飞还一度回归过他土木工程师的身份，兼任过海南正合实业儋州市中兴大道施工指挥部总指挥助理。在差不多一年的时间里，他要经常去施工工地。当时的施工总指挥是宋久生，正合实业的董事长。总指挥助理燕飞驻扎施工工地，协调各方，并全力配合全军事化机械施工大队的工作。

燕飞曾为儋州中兴大道的建设挥洒过汗水。当年的燕飞风华正茂，热情奔放，才思敏捷，偶尔也是工作狂，工作过程中曾接触过的领导都对燕飞赞赏有加。在20世纪90年代的闯海生涯里，燕飞也接触了形形色色的闯海女性。处于青春年华的作家燕飞眼花缭乱又充满激情，他为这些女孩子拿起了笔。

燕飞当然也接触和采访过一些当时就很红的演艺人员，如潘美辰、胡月、杭天琪、张咪、陈爱莲等，还有后来成为燕飞好朋友的陈晓旭。天才演员陈晓旭塑造了《红楼梦》里的林妹妹形象。陈晓旭与燕飞是同龄人，两个正处于芳华岁月的年轻人星座、血型相同，性格相近，有着太多的共同语言。他们十分珍惜这段交往的时光，在后来的岁月里，他们仍保持通信和见面，成为生活中的朋友。及至后来，陈晓旭英年早逝，香消玉殒，远在大洋彼岸的燕飞听闻此噩耗，肝肠寸断，洒下一行清泪。

在移居海外之前，燕飞在国内的工作从未间断过。当时燕飞一直做编辑，做记者，当作家。在"海南梦幻三部曲"热销前后，燕飞离开报界，进入了海口文联，在文联参与《椰城》文学杂志的编辑工作，几年后担任该杂志的副主编及执行主编。《椰城》杂志是一份纯文学杂志，立足海南，面向全国。在那个时期，燕飞发现和培养了许多青年作家和文学新人。当时燕飞接触的作者，能坚持写作这条路往前走的，现在不少都取得了一些成绩，有了些"尘世浮名"，有些成了职业作家，也有些当了文化部门的职员。

如今的燕大侠在加拿大涉足旅游、文化和教育行业，组织国内企事业单位赴美国和加拿大进行公务考察，也组织各界人士赴美国和加拿大进行商务休闲旅游。他名下的华文旅行社服务全球华人，提供高端服务，承接加拿大商务考察和家庭假日私人订制。他牵头成立了加拿大华人旅游文化协会，和他的同道者培训了一批批从事旅游行业的人才。但是燕飞并没有在商业经营中投入太多的精力，他认为加拿大的生活是一种慢节奏的生活，应该有很多时间去享受生活本身。因此，燕飞有了更多的业余爱好，他收藏手表、钓鱼、玩枪和打猎，还进行露营探险，生活可谓丰富多彩。

关于瑞士手表的收藏和鉴赏，燕飞称得上专业玩家。燕飞收藏的手表当然不乏奢侈品牌劳力士、卡地亚、万国、欧米茄等，还有超奢侈品牌江诗丹顿。在加拿大东部寒冷而无聊的漫长冬季，燕大侠隔三岔五就一个人驱车离开多伦多，为了看一块表，开车几百公里去偏远的小镇和那些戴了奢侈瑞士表几年就想转让的老外见面喝咖啡。

燕大侠移民加拿大不久就参加了加拿大皇家骑警预备队的培训。那个时候他就考了枪牌，也就是合法的持枪证。再后来他又考了猎牌，也就是合法的打猎许可证。休闲的时候，燕大侠和爱枪的朋友们一起去靶场和猎场消磨时间。燕大侠狩猎的成果不算太大，除了打过几只火鸡和野鸭子，他尚没有捕获到像熊和鹿这么大的动物，但是枪却越买越多，慢慢地也变成了收藏。手枪、长枪一大堆，装满了专门放枪的一个硕大的铁皮保险柜。

当然，居住于北美五大湖区稍为温暖的南部，燕飞偶尔也去钓鱼。秋天的时候去看三文鱼回流，偶尔也钓上一两条。通常他钓到了大鱼，就看着咬钩的鱼在水里游来游去，玩累了再把鱼放回水里。多少年下来，鱼没有钓到几条，倒收藏了不少钓鱼竿。在漫长的冬季，燕飞会组织和参加一些读书会或品茶会，以及节庆活动的酒宴，也偶尔去教堂或庙宇参拜或凑热闹。燕飞虽无明确的宗教信仰，却尊崇佛法，闲下来会和一些高僧谈经论道，顺便吃素斋。这些年他的足迹遍布亚欧澳美非各大洲的许多国家，其生活阅历和情感经历都颇为丰富。

总的说来，燕飞像一位古代名士，决不让自己埋身于枯燥的理性思辨里，更不让自己囚身于柴米油盐中。在燕飞的微信里，他仿佛永远身处不同的美丽风景中，像是一位不食人间烟火的神仙。"读万卷书，行万里路"是燕飞秉持的人生信条。

据我所知，目前燕飞正在酝酿一部新的长篇小说，他将在新作品中展示一个更加完美的奇情梦幻世界，而且也是与海南有关的题材。因为海南生活的那段经历，是他人生当中一段重要的时光。是的，海南也是他成就梦想的地方。无论他身居世界哪个角落，他的心里永远有着无比深厚的海南情结。

# 一曲新词同窗情，天涯何处不相思

## ——评加拿大华人作家燕飞古体长诗《同窗四美辞》

问世间，什么最纯真？同学情谊！问世间，什么最珍贵？同窗情谊！沧海桑田，世事变迁，可是人世间有这么一种情感让人虽然不能时时相聚，却总是一见如故。这，就是同窗之情、同学之谊。

燕飞，原名闫飞，作家，诗人。三十多年前，燕飞就读于长沙交通学院（现在已经更名为长沙理工大学），当时他们公路专业四班共有三十四位同学，只有四位女生，据说这四位女同学个个美丽优雅，芳名分别为赵冬梅、余水蓉、徐萍和陆毅，模样有几分像张金玲、宋祖英、巩俐和吴家丽，人称"公四四美"。弹指一挥间，门前老树长了新芽，院里枯木又开了花，三十年后的聚会上，燕飞惊叹当年的四美"美丽依然、优雅如故"，于是他用深情的笔墨，为她们写下一首七言律诗——《同窗四美辞》。

……
三湘同窗有经年，一世情谊总挂牵；
可怜一滴湘江水，化作芳渊报涌泉。
驿路腊梅不争春，出水芙蓉有知音。
一曲《萍聚》欢乐多，毅然抉择情难禁。
……

燕飞是怀旧的。挥洒诗情，十分自然地在诗词里嵌入了同窗四美的芳名——"梅""蓉""萍""毅"。班固在《西都赋》中说："愿宾摅怀旧之蓄念，发思古之幽情。"而元稹在《赠吴渠州从姨兄士则》也说："泪因生别兼怀旧，回首江山欲万行。"是的，怀旧的人记忆鲜明，心地柔软。怀旧的人内敛且内心丰富，很容易因为一句熟悉的话语、一个熟悉的场景、一张熟悉的面孔而让自己的情感倾泻而出。燕飞就是这样的人，面对老同学，他的思绪回到了三十多年前。那时阳光温热，岁月静好，你有你的优雅，她有她的美丽，笑声爽朗，笑脸纯真。惊风飘白日，光景西驰流。岁月如诗，如画，如琴弦，那是激情燃烧的岁月啊！那是热烈如火的青春！

怀旧是一种情怀，是一种人们挥之不去的情结。往事之所以在经过岁月淘洗之后仍然历久弥新，并非由于它本身具有多大的魅力，而是旧人旧事能给人以新的素材，使人们触发新的感悟，触动思绪重新勃发。当燕飞在各种人际关系中左冲右突，在万丈红尘中忙忙碌碌的时候，蓦然回首，突然发现昔日的同学情谊才是最纯真、最珍贵的。诗人燕飞有一万种柔情，因为怀旧给他鲜活的情感，怀旧也给他崭新的动力。怀旧也总是轻易把人灌醉，透过《同窗四美辞》中的一句一字，我们感觉到燕飞也是醉了的。

> 中南潇湘四美人，蕙质兰心仙子魂。
> 貌若明星更清丽，才比教授胜三分。
> ……
> 南越山水曲径通，匆匆三日意未穷。
> 何日美人再入梦，共览巫山十二峰！
> ……

燕飞亦是多情的。有人说：离别是首诗，值得我们浅吟低唱，相逢是首歌，值得我们引吭高歌。三十年后同窗再聚首，三十四位同学中，燕飞深情的目光却直直投向那仅有的四位女同学，写诗放歌，对仗工妥，用字精当，句句深情，独独要赞这四位美女——感谢天，感谢地，感谢上苍让我们曾经相遇，感谢同窗留给我的美好回忆，感谢我的生命里曾经有你们！茶杯里的茶水依然清香，酒杯里的美酒依然醇香，于是燕飞举起了杯……其实燕飞并不是生活在回忆里的人，他只想把这片刻美丽留住。燕飞知道，精品女人除了容貌，还有气质和灵魂，如果美貌使女人光芒万丈，那么才华就可以使女人魅力四射。

有道是，百年修得同船渡，千年修得共枕眠，五世修得同窗读。面对女同学，燕飞说：又见你笑语欢颜，语笑嫣然，与你相向而坐，侃侃而谈，大宴时你我会心一笑交杯把盏，与你拉手，背靠青山，摆拍一个酒醉探戈的妙姿。与你相握，与你拥抱，用我饱经沧桑的右脸，去贴你笑靥如花的左脸……燕飞的同窗"公四四美"现在均乃教授、高工。与其说燕飞会欣赏女人，不如说，这"四美"确实值得欣赏。三十多年前，能考上大学的都是"天之骄子"，那时著名高校里的理工科女生更是寥寥无几，她们可以说都是百里挑一的。岁月的流逝，没有带走她们的青春，反而让这几个知性女人更加优雅。燕飞的心是一壶冰心，似银色月光，透明温馨，坦荡真实，而且燕飞的"多情"，无关风花，无关雪月。

> ……
> 青春放歌涂家冲，风华正茂金盆岭。
> 徜徉书海苦作舟，寻路书山勤为径。
> 也曾植树湘江畔，也曾漫游岳麓山。
> 韶山衡山井冈山，转瞬毕业说再见！
> ……

燕飞更是有才的。燕飞的才华，就是通过他的文采表现出来的。三十年后再聚首，诗人心潮起伏，激情勃发，温酒磨墨，依大唐诗韵，为同窗四美人赋七言律诗一首，句句经典，字字珠玑。有道是，从来诗酒凭血热，纵知天命亦青春！燕飞因景而生情，诗兴大作，脱口而出的《同窗四美辞》，首发凤凰网后，被中国诗歌网、文学城、天涯社区、凯迪网、世界华文网、美国华人网、加拿大枫华网、万事通网等多家网站转发和评介，可见传播之广和受欢迎的程度之深。

《同窗四美辞》文辞清丽，意蕴深微，诗意流畅，毫无凝滞之感，颇有李白《将进酒》之韵味。李白说："钟鼓馔玉不足贵，但愿长醉不复醒。古来圣贤皆寂寞，惟有饮者留其名。"燕飞言："边城月色笼诗意，蔗林晨光映笑脸！《梅花三弄》曲意深，芙蓉向脸两边分。"《同窗四美辞》朗朗上口，辞藻并不华丽，但是工整的对仗、含蓄的用典、幽远的意境，不禁令人想起白居易的《长恨歌》也是这样的旋律："天生丽质难自弃，一朝选在君王侧。回眸一笑百媚生，六宫粉黛无颜色。"燕飞有感而发，信手而就，一气呵成的《同窗四美辞》，让人只读到文字便似乎看到其人，产生无限遐想，而张若虚的《春江花月夜》和吴伟业的《圆圆曲》，不也有这样的特点吗？

……

四年一梦拓芳芜，难忘初始状态殊；

校园风光无限好，文君不爱病相如。

……

词句中有典故也有故事。文君，显然指汉代才女卓文君，相如，自然是才子司马相如了。这几句诗里还有故事呢，包罗了数不清的校园爱情，青涩也纯情，主角们或许是现在的某局长、某教授、某高工，也可能是当年的老班长、团支书……而更能引发联想的男主角则是燕飞自己。很显然，此处诗人自比司马相如。只是燕飞读书期间担任过学生武术协会会长，体格强健，自称"病相如"可真谦虚了。"文君不爱病相如"，猜想这四美当中似乎也有谁，曾经让诗人燕飞单相思过。岁月如梭，红尘滚滚，"文君"具体指的是哪位女同学，诗人却守口如瓶，对我们来说只能是个谜了。

一个人的才情是多年积累。燕飞从海南移居加拿大已经有好多年了，他在海南期间，也曾经是"海南一支笔"，他所著的"海南梦幻三部曲"是20世纪海南建省大开发时期风靡一时的畅销文学作品，由《海南无梦》《海南惊梦》《海南寻梦》组成，也是他的代表作。多少年过去了，直到现在，用网络引擎搜索，还能看到诸多与这三部曲有关的网页，以及报道和书评。当年之轰动，可见一斑。时光荏苒，何时再圆新的梦想？据说目前远在大洋彼岸的燕飞，已经有了一个新的计划，那就是要续写"海南梦幻三部曲"，这也让我们这些新老读者翘首以待。

一曲新词同窗情，天涯何处不相思。《同窗四美辞》后，我们相信，回归写作状态、回归文学的燕飞，在不久的将来，还会与他新的作品同时出现在我们面前，给我们一个惊喜。

因为我们知道，何止燕飞的同窗"四美"才学和品貌兼具，饱读诗书的才子燕飞同样也是"才比教授胜三分"的！

附燕飞《同窗四美辞》原文：

> 中南潇湘四美人，蕙质兰心仙子魂。
>
> 貌若明星更清丽，才比教授胜三分。
>
> 三湘同窗有经年，一世情谊总挂牵。
>
> 可怜一滴湘江水，化作芳渊报涌泉。
>
> 驿路腊梅不争春，出水芙蓉有知音。
>
> 一曲《萍聚》欢乐多，毅然抉择情难禁。
>
> 四年一梦拓芳芜，难忘初始状态殊。
>
> 校园风光无限好，文君不爱病相如。
>
> 青春放歌涂家冲，风华正茂金盆岭。
>
> 徜徉书海苦作舟，寻路书山勤为径。
>
> 也曾植树湘江畔，也曾漫游岳麓山。
>
> 韶山衡山井冈山，转瞬毕业说再见！
>
> 弹指一挥三十年，岁月匆匆快如电。
>
> 相约南疆再聚首，五洲四海来相见！
>
> 相拥情真意更切，握手笑语有欢颜。
>
> 与君相嬉抛绣球，与君交杯共把盏！
>
> 竹排放歌大王滩，携手同游名仕园。
>
> 边城月色笼诗意，蔗林晨光映笑脸！
>
> 《梅花三弄》曲意深，芙蓉向脸两边分。
>
> 斜阳探戈毅然立，总赖青山生碧云！
>
> 南越山水曲径通，匆匆三日意未穷。

何日美人再入梦，共览巫山十二峰！
桑海沧田赋古诗，缱绻不忘至何时？
纵使离分万里去，天涯依然寄相思！

# 又闻艾叶香

不知什么时候，空气中飘着淡淡的艾草清香，市场里有人开始叫卖艾草了。一捆捆、一束束翠绿的艾草还散发着泥土的香味，艾叶上还沾着晶莹透亮的晨露呢……原来一年一度的端午节已经如期而至了。

西晋周处的《风土记》里说："仲夏端午。端者，初也。""端午"也就是"初五"。"清明插柳，端午插艾。"我小时候，奶奶总是在端午来临之时买几棵艾草插在门上，她说艾草的叶子像一把长箭，有驱邪保平安的作用。她还在家里的角角落落各放一束艾草，一来用于避邪；二来用于赶走蚊虫。有时她还会把带着露珠的艾叶轻轻地挂在我的耳朵上，嘴里还念念有词：小囡囡，小囡囡，一生健康，一生平安……她希望艾叶的清香能给我带来幸福和吉祥。然后她会把两株艾草拿去煮水。奶奶说，这就是"龙水"，用过"龙水"洗浴的孩子会得到龙的保护……于是那种淡淡的艾叶香，成了我童年的记忆，它寓意美好的希望。

艾草是多年生草本或略呈半灌木状的绿色植物。它们株株都含有香气，叶叶都充满着生机。从古至今，艾草与人们的生活就有着密切的关系。

五月五日午，赠我一枝艾。

故人不可见，新知万里外。

很多很多年前，南宋诗人文天祥在《端午即事》一诗中就这么深情地咏叹，可见艾草不但可在端午日束成"人"形悬于门上避毒，也是友人之间传递友谊，寄托祝愿、思念和表情达意的一种吉祥信物，深受人们喜爱。

我的家乡海南四面环海，老百姓们对当年屈原投江寄予更多美好的愿望，总是认为屈原是到海里当"龙王"去了。于是每逢端午，岛上的先人便扛起龙舟，奔向大河，挥汗于南渡江中竞渡……在海南，端午节是仅次于春节的盛大节日。赛龙舟是端午节的习俗之一，也是端午节最重要的民俗活动。女人们早在半个月前就张罗着裹粽，到端午那天，家家户户送粽传平安，热闹非凡。于是乎，正如一首民谣里唱的那样：五月五，是端午，门插艾，香满屋，吃粽子，撒白糖，舟下水，喜洋洋……

又闻艾叶香，无数梦缠绵。如今，我也会在端午时节把一束艾蒿插在自家的门上，这能让我感觉到有一种香味儿，不仅是从那一片片的艾叶中飘出来的，也是穿越千山万水，从远在天国的奶奶那儿飘过来的……年年岁岁花相似，岁岁年年人不同，历史就是从一个个端午节中时光交错地流淌到今朝的。一年又一年，艾叶的芬芳依旧，粽子的品类也日益丰富多样，但物是人非的场景，也让人们在这个传统佳节里想起了那些沉甸甸的爱，以及刻骨铭心的思念，而从心底里被牵出的，更多的是对先人的缅怀和感恩。

"粽子香，香厨房，艾叶香，香满堂。"时光如流水，光阴似箭不复回。又闻艾叶香，扑鼻皆芬芳，故回首往事，感慨也万端……

# 雨过天青云破处，这般颜色做将来

## ——访收藏家尤志光先生

一个风和日丽的早晨，我如约见到了收藏家尤志光先生。尤先生大约六十岁，但他的收藏史已经有三十年了。据说他家里有很多很多宝贝，其中一件元青花双凤梅瓶，经中科研发有限公司热释光测定为六百五十多年前的文物，是元代元青花，该机构还发给了尤志光先生它的热释光测定报告证书。在2011年中央电视台来海南寻宝的节目上，这件藏品被丘小君专家鉴定为元代景德镇至正型标准元青花。最令尤志光先生自豪的是，他收藏的宝贝当中，有两个是柴窑瓷器，并在牛津拉曼（北京）古陶瓷鉴定有限公司进行过拉曼光谱——羟基检测鉴定，数据与五代后周年代相符。

柴窑是历史上著名的御窑，是以五代时后周皇帝周世宗柴荣之姓——"柴"命名的窑口。据明人曹昭写的《格古要论》记载，后周显德时期，世宗柴荣在郑州一带建立柴窑，该窑建成后烧数窑不成，最后移到新郑以南才烧成功。当时制瓷工匠向皇帝请示烧造款式和对产品的具体要求时，柴荣说："雨过天青云破处，者般颜色做将来。"在这里，"者"与"这"是通假字。柴世宗的意思是：按照雨过天青的那般颜色把瓷器做出来。于是工匠们便苦心设计、精心制作，终于烧出闻名于世的"青如天，明如镜，薄如纸，声如磬"的柴窑瓷器。

"青如天，明如镜"指的是瓷器的釉色如天，釉面光泽度有玻璃质感，"薄如纸，声如磬"指的是它的陶土精细、胎质致密才能做成薄胎瓷，敲击时有金石之声。尤志光先生告诉我们，他手头的瓷器就具备这样的特点，然后他小心翼翼地从背包里拿出他的宝贝。明文震亨在《长物志》中云："柴窑最贵，世不一见。"不看不知道，一看我们便为之震撼。尤先生的这两个宝贝，一个是六菱形的，底部有"内府"的款号，另一个是八菱形的，底部的款号是"柴"的异体字。

这两个瓷器颜色确实是淡淡的蓝色，但蓝色中又含着淡淡之绿色，确切地说，它的色调是蓝与绿的融合色，也就是蓝中带绿，绿中发蓝，釉质翠青如天空之色，也许"青如天"就是这个样子吧。瓷器在露天阳光下蓝色较淡，在室内自然光下蓝色又会变深，据说晚上在灯光下蓝色会再深一些。瓷器的釉面老化呈现油膜宝光，正面迎光看上去确实是"明如镜"，有着冷暖适度的迷人光芒。胎质细腻如镜面一般，尽管釉薄，但其光度可映见人的面影。细纹开片直观不清楚，侧面看釉面清亮的玻璃光泽，开冰裂细片，釉里头出现稀少的老化深黄气泡，有个别细小的缩釉点。

接过尤先生的一个宝贝，我发现它最奇特的是：整个瓷器像一张 1 毫米薄的纸折合成形，从底部至口端厚薄一样，甚至底比胎壁更薄。瓶身棱角分明，有些棱角较薄，高强光手电对照之，发现 1 毫米处不透光，薄于 1 毫米处露出蓝与绿交织的暗光。整器手感轻如蛋壳，抓在手中简直不敢用力，对于这个"薄如纸"的东西要特别小心。其实"薄如纸"指的是胎釉，胎釉质甚薄。而整个瓷器胎质为浅绿色，足无釉处显绿胎，应为绿松石粉碎后制成胎，胎体细密，手指轻轻弹之，其声清脆，如击磬石，确实有"声如磬"的效果。难怪欧阳修曰："粉翠胎金洁，华胰光暗滋；旨弹声夏玉，须插好花枝。"其器物体形设计合理、棱角坚挺、力度平衡，有硬而不易破之感觉。我有幸看到这样的宝贝，简直不敢想象。

五代时，后周世宗柴荣年轻时曾与人合伙烧制和贩运瓷器杂货等，其对事物有独到、深刻的理解，成就了他的不世之功，是旷世奇人。当时跟随他的有赵匡胤和赵光义两兄弟，就是后来宋朝的宋太祖和宋高祖，他们同样尚文赏器。柴窑瓷器烧制成功，无疑会震撼他们的内心，这为后来"宋妖娆"的社会风气起了开路作用，北宋瓷艺也因此进入了一个更高层面上的大比拼。中国自此从"丝国"开始进入"瓷国"，瓷器为中国社会奠定了近千年的经济基础。柴窑瓷器乃瓷器中的极品，是无数人可望而不可即的艺术瑰宝，也因此成为中国陶瓷史上的一座里程碑。

柴世宗为何要创烧柴窑呢？据说是有其深刻的个人及社会原因的。一方面是柴世宗个人的经历与情志所致，更主要的则是基于五代后周的政治、经济之所需。在五代后期，北方贵族喜欢的颜色是定窑的白色和耀州的灰绿。然而当时人们认为白色不好，没有生机，灰绿也是不太吉利的颜色。柴荣希望从他在义父郭威那继承皇位开始，天空不再是白色和灰绿，希望柴家能一统天下，不再像前朝一样，三年两年换天子。所以，他下令烧造天青色，让天下纯净明朗。据说，柴窑瓷器铭文有"周""柴""内府""官""御"。

尤先生所收藏的六菱形柴窑瓷器，瓶口呈现六角喇叭形状，瓶高二十厘米，重一百克，底加施小长方形酱釉，然后在酱釉上用刀器剔"内府"两字款。剔去酱釉见胎骨，用三十倍放大镜可看到浅绿色胎而不穿底，迎光看而不透光。内府原意为仓库，署"内府"的瓷器应该是宫内的库存物，需要用时才出库。尤先生的"内府"款瓷器，瓶口一周往内的卷唇边，眼看不明显，手摸有感觉，棱角分明，弧度秀美，的确无法用言语形容其美。

另有八菱形瓷器，瓶口呈八角瓜形，长颈瓶，瓶高19.3厘米，重90克。其他方面与六角瓶相同，但所剔款不同，该瓶剔的是"瘵"字，也就是带病字头的柴款。为什么柴字带病字头呢？尤先生说，这与当时的政治背景有很大关系。其实，病字头的柴为柴世宗去世后祭祀所用。柴世宗柴荣病故，恭帝（柴宗训）即位，而当时的政权局势非常紧张，恭帝还小，为保柴氏之皇位，只能以"瘵"来祭先皇神灵，表明柴荣是病故的，愿天下太平。

尤先生还告诉我们，柴世宗是一位很有作为的明君，可惜的是，在他即将一匡天下、建立大业之际，疾病夺去了他年轻的生命，从而使赵匡胤乘机一举夺得天下。赵匡胤出身名门，因家境中落，二十一岁离家流浪，后被世宗柴荣重用。显德七年（960年），赵匡胤发动兵变，夺取了皇位，这就是历史上著名的"陈桥兵变"。柴氏皇权被夺后，赵匡胤一面封杀对赵家政权不利的传闻，一面制造对自己有利的新的政治舆论。为了避嫌，赵匡胤改推汝瓷，大力发展汝窑，关闭了柴窑，收缴毁损的柴窑器皿，说它污染环境、浪费材料和工时，是奢侈品，容易让人丧志，等等。

这些都是他为了抹掉柴荣政治痕迹的举动。而柴氏后人失去朝廷支撑便日趋衰弱。

尤先生说赵匡胤有忘恩负义之愧，窃得后周的江山后，他把与柴姓有关的东西，包括柴窑、柴瓷一同销毁，诏令不得使用，并不得记录。赵匡胤关闭柴窑，很大程度上是为了美化自己节俭的作风，从而最大限度抹掉柴荣的痕迹。且不说柴窑有多大的影响，就柴荣一改白色和灰绿，独创柴窑那生机勃勃、澄明空灵的雨后天青色，不也印证了其与众不同的想法吗？这样，我们对赵匡胤抹掉柴窑痕迹的目的就容易理解了。柴瓷，这颗瓷坛皇冠上之明珠，随其创始人柴世宗的离去，随着历史的烟云销声匿迹，成了一种令人可盼而不可得的名瓷。柴窑虽然关了，工匠散了，器物也砸的砸、扔的扔，只剩下一个空洞的名字成为传说，但是，民间还是存有柴窑瓷器的。

尤先生确信自己所收藏的就是柴窑的瓷器，他说现在退休了，可以把更多的时间、精力放在多年的收藏爱好上。他认为关于柴窑的研究，有关收藏学者提出的"柴三式"，初步结论是有根据的。改革开放四十多年，全国各地搞大开发大建设，动土面积大，出土的各年代古陶瓷器物太多了。近年来，古玩市场上出现了各种颜色的开片薄胎瓷。有些开片青瓷是唐代的（称唐柴式），有些是宋代仿制的（称宋柴式）。据尤先生长期对比和反复研究，其认为宋柴式应为宋时定窑体系的仿柴窑，理由是定窑当时是贡瓷，技术好，瓷较薄，而红、黄、蓝、紫、绿各色都加了印花、刻花、彩画、描金等，其他窑口多为单色釉，不具备生产条件。五代后周的柴窑瓷器应为天青色，五代柴窑最早记载了北宋欧阳修的《归田录》，欧阳修在世时，离五代后周只有百来年，从时间上来算，是见过柴窑实物的。到了明代已没人见过实物，所以明代人把宋代后仿的各色薄胎开片瓷当五代柴窑论之，误解误传至今，其实粗黄土是根本弹不出磬声的。

关于窑址问题，据尤先生说，要找到窑址那是很难的，因为柴窑瓷器不适合大型窑口烧制，应自制小窑，以木炭文火而烧，比如古人的炼丹炉或灶形窑。尤先生手握柴瓷实物时总感觉其好像出自唐代时烧炼的薄件金、银、铜器的艺术手法。柴窑釉色历经千载仍能历久弥新如此美丽，是因为其所用的矿物金属与宝石的微粒始终保持着天然的活性。据说，目前关注柴窑的研究学者很多。尤先生多年来以实物反复对比研究，并查阅国内外资料及柴窑图片，加上他本人收藏的各种颜色的薄胎开片瓷瓶，发现与本器物相同的"瘝"字剔款的很少，"内府"剔款器至今没发现。目前发现的柴字剔款瓷器与他本人收藏的相比，不同之处有三：

第一，本器内府款和柴字款字体端庄，似五代时的书法风格，使用的是斜刀剔花手法；

第二，本器胎釉超薄，纸一样薄的折角，高度与重量，对比目前出现的所有瓷器，可以说是无物可比；

第三，本器整体秀美，用绿松石入胎，胎质细密，入手轻如蛋壳。

总之，有实物的出现必须认真研究对比，才能达到大家共识所论的"四如"——"青如天，明如镜，薄如纸，声如磬"标准。历岁已久，流传绝少，柴窑之器，世不经见。利用现代科学技术手段，老化痕迹检验（DNA）和目鉴实践经验结合（风格断代），中国古代陶瓷千年谜底终究会解开。"雨过天青云破处，这般颜色做将来"，柴窑之辉煌，乃世界之第一。但愿收藏家尤先生收藏多年的瓷器能找到识货的人。

# 坚哥，您慢些走

## ——怀念香港海南话研究会会长郭坚先生

香港海南话研究会有一个"留住乡音"的微信群，汇集了海内外同胞和侨胞几百人，他们都是热爱海南本土文化的人士，经常在群里交谈。我因为工作忙碌已经有些天没有看群消息了，那天无意中发现群里一片悲戚，大家都在悼念郭会长。

我心里一紧，有一种不祥的预感，但我又安慰自己："此郭会长，肯定非彼郭会长。"可是当我确认那个无情的事实后，顿时感到天昏地暗。怎么会呢？怎么可能？《侬室在琼州》《谁想离开家》《椰子情》等郭坚作词的海南话歌曲还在我的耳边回荡。2018 年春节期间，在文昌文城举办的首届"海南留住乡音文化交流会"上，郭会长意气风发，谈笑风生，怎么就……我顿时茫然起来。原来 2018 年 3 月 14 日晚，郭坚先生因突发心肌梗塞不幸离开人世，享年五十五岁。回想起我加入这个团队，想起跟郭会长认识不到一年的时间里经历的种种事情，我不禁感慨万千。

2017 年上半年，一个偶然的机会，我认识了海南著名音乐人、海南话歌词作家郭坚先生及他团队的一些成员。我和大家一样，都以故乡文昌方言亲切地称郭坚先生为"阿哥坚"。

郭坚先生 1963 年出生于文昌东路镇东门村。他性情随和，处世睿智，待友真诚，脸上总是挂着朴实亲切的笑容。虽然在外工作生活多年，可是他一口纯正的文昌方言让人倍感亲切，同时也让我这个从小生长在海口的"文昌唛"感到汗颜，因为我的文昌话一直说得"半咸淡"，虽然我对故乡故土故人也有很深的感情。

郭坚先生说，他经常在报刊上读到我的文章，还从很多文昌老乡那里得知我是海南著名作家，出版过多部文学书籍。他直接对我说："你是我们文昌籍的才女，希望你加入我们的香港海南话研究会，共同打造'留住乡音'这个平台，我们研究会也将正式聘请你为海南本土文学创作的顾问和专家。"

承蒙大家赏识，我当时就非常爽快地答应了。当我从郭坚先生手里接过聘任书的时候，感到了沉甸甸的责任，也觉得自己很荣幸。当时他的团队已经聚集了海内外很多有识之士，他们也都认为挖掘、传播和弘扬海南本土文化，留住乡音，是一件非常有意义、惠及子孙后代的事情。

香港海南话研究会2016年成立以后，就推出了"留住乡音"系列文化活动，包括海南话名家学古（海南话，讲故事），原创征文用海南话朗读，为海口广播电视台"海南华侨"栏目用海南话配音等，引起海内外读者与听众的热烈反响。加入这个团队后，我的文章经过著名海南话播音员谢忠先生和符岱先生的倾情朗诵，显得更加生动深情。特别是海内外乡亲的关注度不断增加，华人华侨的认同，让我倍感欣喜。

海南建省三十年发生了巨大的变化，这是有目共睹的，但是由于外来人口的急剧增加，海南本土文化显得越来越"局促"。目前，海南话在海南的主导地位已不复存在，将来也很有可能会慢慢地消亡。因为在海南很多地方，特别是城里，不少"00后"和"10后"已经不会讲海南话了。大部分20世纪80年代后出生的城里孩子，海南话也说得不好。海南话是古汉语的活化石，而海南人竟然不会说海南话，这样的现实让很多有识之士担忧。很多年前，我发表的一篇文章《乡音如流沙》就提到了这个令人担忧的问题。在这样的时代背景下，郭坚先生创办香港海南话研究会，是很有意义的。

在郭坚先生看来，海南话就是海南人的"身份证"。在他的儿时记忆中，在外玩耍久了，母亲总在做好饭后喊他回家，母亲喊出的海南话就是回家的方向。而现在，许多华侨回到海南，已经听不到熟悉的海南话了，他们心里该是什么滋味呢？其实，留住乡音就是留住乡情！何况，在海外的海南人有几百万，久居异乡的海南华侨的乡愁何处安放？于是我们这个团队在郭坚会长的带领下，在宣扬海南文化的同时，也用乡音乡情慰藉海南侨胞们的思乡之情。郭坚先生说："做这些事没什么经济利益，跟这个喧嚣的时代其实是脱节的，但是我还是会坚持做下去，因为这样的事情总得有人做！"郭坚先生朴实的话语令人感动，因为作为归侨的后代，他最能理解那一份身在异国的乡愁。

怎样唤回渐行渐远的乡音？作为音乐人，郭坚先生想到了创作海南话歌曲。郭坚先生1983年毕业于海南师范学校（今琼台师范学院）音乐专业，次年到星海音乐学院深造，师从著名小号演奏家、教育家李国安教授。他本人创作的海南话歌曲具有浓郁的地方特色。其实海南话流行歌曲准确来讲没有前世，只有今生。2013年，郭坚先生和文海云等本土音乐人制作了一张海南话歌曲专辑。在这张专辑中，填词、写曲、编曲及歌手演唱，都是由相关音乐人无偿奉献。尽管这张专辑制作简单，却取得了良好的社会反响。郭坚先生说："在马来西亚，这张专辑收录的歌曲的传唱度非常高。"20世纪90年代初，在海南电视台春晚舞台上，梁丹青以一首《妈妈珍重》拉开了海南话流行音乐的序幕。第一张海南话音乐专辑，具有一定的历史意义，是海南开埠以来第一张正式出版的专辑。这张专辑里由谢文经作词谱曲的歌曲《久久不见久久见》流传很广，成为海南话歌曲的经典之作。郭坚先生为这首歌的制作宣传和推广发行也做出了很大的贡献。

郭坚先生一生致力于海南本土文化的挖掘与传播，为了推动和发展海南乡土文化事业，他常年奔波于海南与东南亚海南华侨群体之间，为海外海南籍华人华侨对海南本土文化的认同及海南人的身份认同做出了不懈的奉献与努力。他曾发起了一系列"留住乡音"文化活动，其中包括关于海南乡情、乡音的征文活动。他还计划将收到的优秀文章结集出版，在海内外发行。此外，还有对海外海南人的采访活动，记录了漂泊在世界各地的海南人的故事。

郭坚先生认为，海南话是本地的主流方言，留住方言就是留住历史和文化。他是有文化情怀、乡土情结和大爱的艺术家。他还有一个梦想——推出一个文化产业型的乡土艺术大舞台，以海南话原创歌曲演唱为主体，以海南话语言类节目、小品及民间舞蹈为辅的艺术大舞台，打造一个文化产业与旅游业相结合的新型产业。他还说，要把海南话原创音乐打造成具有本土艺术品牌的新型文化产业，可以从推出第一张华侨题材的光盘开始，也可以创办第一个永久性的东南亚海南歌曲创作论坛，或打造第一个以海南话原创音乐为主体的文化产业特色县。

2018年迎来了谢忠先生从播五十周年、"故事会"栏目开讲三十五周年的纪念日。郭坚先生曾说，香港海南话研究会拟举办"谢忠播音专题研讨会"，让谢老先生的敬业精神、独特的播音风格，以及毕生的宝贵经验得到全方位的展示，并把它传授给更多年轻人，让海南话得到传承与发展。同时借助谢忠先生的影响力，为弘扬乡土文化、留住海南乡音发声！

我曾经出版一部二十六万字长篇小说《守望妇》，郭坚先生读完后拍案叫绝。他说："阿唛紫的《守望妇》，是一部触及心灵、催人泪下的作品……"他还说，"这部书的主题非常切合我们留住乡音、弘扬海南文化的想法，海外华人华侨若有机会看到，一定更加触动。"是的，海南是中国第三大侨乡，如人口只有六十多万的文昌市，却有一百二十多万华侨遍布世界各地。既然有"下南洋"的男人，故乡的土地上就少不了"望南洋"的女人，以及很多悲欢离合的故事。我写的这部长篇小说，通过对几位守望妇一生中一些重要的事件的描述，再现海南人文历史，展现文昌侨乡文化，同时也表现岛东的风俗人情及名声享誉中外的文昌传统女人的品格。有乡音才亲切，有乡情方温暖！郭坚先生说，"留住乡音"希望能借助侨资的力量，将来把这部小说拍成电影，为更多华人华侨所知。

郭坚先生的话语，让我很感动。是的，他一直摩拳擦掌，信心满怀。他有那么多的计划、那么多的设想，有些已经实施了，大多数却还在努力中，这些都和海南本土文化的发展相关，都是为了留住乡音和乡情。他做事情总是尽心尽力，为了海南本土文化的传承和发扬，他从不求回报，不遗余力。而现在，很多计划和设想，随着他的骤然离世，暂时搁浅了。壮志未酬，英年早逝，怎能不让人嘘唏？

团队的力量是无限的。我加入郭坚先生的团队不到一年的时间，跟他们见面也就三四次而已，但是他们对留住乡音、弘扬海南文化所做的努力令我感动。作为"留住乡音"系列文化活动的发起人，郭坚先生以自己的人格魅力，吸引了很多战略合作伙伴，其中包括马来西亚中国丝路商会、马来西亚中兴民族基金会等。马来西亚交通部前部长、政治家翁诗杰先生也作为该会的总顾问，还有马来西亚海南会馆联合会总会长林秋雅女士、香港海南商会副会长周国传先生、马来西亚著名音乐导师冯标科先生等也积极加入到研究会中。海南本土的专家团队里，有海南省琼剧院创作研究室主任、琼剧研究专家潘心团先生，著名海南话主播、"故事王"首席播音员谢忠先生，海南民生广播员、资深海南话栏目主持人符岱先生，文昌中学原副校长、高级语文教师吴亚利先生，海口市委宣传部原部长、海口市文联主席欧大雄先生，著名海南话研究专家朱运超先生，文昌市民间文艺协会会长符策精先生等。由中国国家跆拳道示范团副团长、世界跆拳道特技冠军、两项吉尼斯世界纪录保持者罗秋声担任香港海南话研究会的形象代言人。

郭坚先生创办的香港海南话研究会，以传承海南母语、打造乡根文化为宗旨，以乡音、本土文化为核心，以提高海内外海南人的凝聚力、增强海南人的文化自信为奋斗目标，是所有海南人展示、交流的一个平台。这里是海南人故土情怀之家园，是乡愁释放的理想之地。

2016年10月16日，该研究会与马来西亚海南会馆联合会合作，在吉隆坡成功推出"留住乡音——首届海南话原创歌曲发展研讨会暨演唱会"，引起社会各界关注并受到好评。这是跨时代的文化盛会，吹响留住乡音、传承母语的集结号。出席活动的嘉宾有马来西亚国会原副议长、时任交通部部长的翁诗杰先生，马来西亚海南会馆联合会的领导，以及七十四个属会会长和来自马来西亚全国各地的乡亲。演唱会的所有作品是近年来海南话原创歌曲中具有代表性的作品，大部分作品属于首唱，获得了马来西亚乡亲的高度赞赏和好评。本次活动开创了海南话原创歌曲对外文化交流之先河，使海南话歌曲第一次走出国门，登上国际舞台，是功在当代、利在千秋的文化大事。

2018年2月20日，正月初五，海南椰乡文昌风和日丽，春意盎然，到处洋溢着春节的欢乐祥和。经过郭坚会长和团队成员的努力，期待已久、振奋人心的首届"海南留住乡音文化交流会"在文昌市文城隆重举办，这是一个众望所归的文化盛事。出席本次交流会的海内外乡亲共计一百多人，其中节目有海南专家演讲，海南本土音乐、海南本土民谣、琼剧、海南快板表演以及海南话朗诵等本土文化的才艺展示，可谓精彩纷呈，具有浓郁的乡土文化气息。这次的文化交流会突出了乡音、乡情、乡土文化之主题，成功打造了一个富有时代感、具有浓郁乡土气息的文化交流平台。特别值得一提的是，整个会场全程使用海南话来交流和演艺，从头到尾，洋溢着浓浓的乡音乡情，呼吁海南人重新拾起我们的文化自信，也符合我们以乡音乡情乡土文化增强海内外乡亲的凝聚力的宗旨。首届"海南留住乡音文化交流会"成功举办后，影响很大，大家都畅想着未来，也相信明天会更好。

但是我万万没有想到的是，上个月的这次交流会竟然是我，还有很多朋友和郭坚先生的最后一次见面。在我回海口后不到一个月，就传来了郭坚先生病逝这一噩耗。据说，郭会长是和团队成员们在商讨"留住乡音"进一步的发展和策划时，突发心肌梗塞撒手人寰的，也就是说，他为了海南话的研究和传承，为了乡音乡情，工作到了生命的最后一刻。就像詹兴伴诗词里写的那样，"惊悉噩耗痛断魂，天地同悲哭郭君。从此不现公笑貌，唯见丹心照乾坤。"还有黄良妹写的："噩耗传来痛断肠，郭坚驾鹤去仙乡。苍天何妒君才气？碧水应留子健章！"我们都沉浸在悲痛之中，痛心疾首，凄怆流涕。

留住乡音，打造乡土文化。为了海南乡音的传承，郭坚先生和一批有识之士一直在路上，多年来默默奉献，不为名，不为利，倾注了毕生的心血，精神可嘉，功德无量，值得海内外全体海南乡亲尊敬，他是海南人的光辉榜样。郭坚先生曾经说："生命的意义不在于长度，而在于密度。"是的，他虽然走了，但他的精神和灵魂永远不会褪色，他的音容笑貌永远留在我们的心中。

阿爹从小就与侬讲，
侬室在琼州，
侬室在琼州。
村前海水蓝，
室后椰林青。
后坡有祠堂，
口路有公庙。

......

郭坚先生在短暂的一生中，创作了一百多首海南话歌曲，风格都很朴实，歌词朗朗上口。如今再次听到他这曲《侬室在琼州》，不禁心生感慨，热泪盈眶。他离去之时，一定有很多很多的不舍：对乡音乡情的不舍，对家人孩子的牵挂，对海南话将何去何从的担忧，等等。

人类存在于人世间，是天地间的过客。人总是要逝去的，从茫茫太虚而来，回茫茫太虚而去，生老病死的自然规律不可违。但是郭坚先生的骤然离世，让他的亲人、他团队的成员，还有和他一样热爱和关注海南乡音、乡语、乡亲、乡情、乡土的每个人，都无法接受。此去天国千万里，南无阿弥陀佛。尊敬的郭坚先生，您安息吧！我们向您敬上最诚挚的哀悼，我们会继承您的遗志，弘扬海南本土文化，让乡音乡情永放光辉！

坚哥，一路走好！

坚哥，您慢些走！

# 云天龙的"学算大数"

在千年古邑海南省文昌市，有一个坐落在冯坡镇的村庄，叫湖淡村。走进湖淡村，一股清新淳朴的气息扑面而来，整个村子内绿树成荫，几乎看不到垃圾，也没有蝇虫的踪迹。

在一家整洁漂亮的民居大门外面，我们看到一块精心打磨过的大石头，上面赫然刻着四个红色的大字——"学算大数"。

这句话是什么意思呢？我正在琢磨着的时候，这漂亮民居的主人云天龙先生走了出来，热情地接待了我们。我们按家乡话称他为"哥龙"。哥龙不是一般的村民，他是 20 世纪 70 年代末从这个偏僻的小村子走出去的第一个大学生，毕业后在广州工作，五年后又考取了暨南大学全日制研究生，后来在深圳和广州等地从事房地产工作。2007 年，哥龙又回海口发展，目前任天伦控股董事、副总裁，是天伦控股海南公司总经理，海口市第十六届人民代表大会代表、财经委委员。近年来他也是媒体和网络上的红人，人们都亲切地称他为"周末村主任"，因为他利用周末的时间回乡，献计献策，出钱出力，带领村民们进行环境治理，并且组织发动湖淡村村民在海南农村率先实施垃圾分类。

"经常有人问我关于得失的问题，我有我的算法。就像我家门前那块石头刻上的村训'学算大数'一样。尽管从金钱、精力和时间的付出方面看，好像我一直在吃亏，但从精神层面看，我是最大的赢家！从乡亲们的获得感和幸福感来看，我得到的回报都是超值的！"云天龙对我们说。他热情豪爽，身材高大，有人说他看上去像一介武夫，但其实他心思非常细腻，思维也非常缜密，说话做事有条不紊，知识面很广博，是名副其实的"文化人"。湖淡村在短短几年内旧貌换新颜，他功不可没。

"我在职场上打拼二三十年，操盘成功的项目也为数不少，但只有湖淡村的发展给了我前所未有的成就感、荣誉感和自豪感！"云天龙说。他的脸上一直挂着一种很亲切随和的笑容，就像一位邻家大哥。

"学算大数"中的"大数"顾名思义就是数学中很大的数值。"算"，就是运算、估算。学会运算大数字，乍一看，这句话的意思似乎很明了，但仔细一想，其还有更深刻的内涵。其实，"学算大数"的村训并不是湖淡村历史上的什么典故，完全是云天龙的原创，更是他的人生感悟。他希望有更多的乡亲们尤其是年轻一代，做人做事要有高度和格局，要学会取舍，为了未来利益舍得放弃眼前利益，为了全局利益愿意舍去个人利益。他勉励兄弟姐妹们在与人交往中要舍得付出，多吃亏，千万不能计较一时得失，努力做一个受人欢迎的人，让自己的路越走越宽，成为人生的大赢家！总之，他认为做人当大气，不要为了一棵小草而失了整片森林。"学算大数"的村训同时告诫人们：海纳百川，有容乃大。人与人之间，多一分理解，就会少一些误会。心与心之间，多一分包容，就会少一些纷争。"学算大数"也是云天龙的人生哲学，从简简单单的这四个字中，我们可以看到他的思想境界。

湖淡村是一个自然村，目前有两千多亩田地，七十多户人家，常住人口约三百人。其实，湖淡村原本叫"乌淡村"，而且这个村子还有一个美丽的传说呢。据说很久很久以前，村子位置偏僻，人口稀少，而且水土流失严重，连年干旱导致年年失收，村民生活困苦。于是村里的男丁都逐渐漂洋过海到暹罗（泰国）谋生，只有女人、老人和孩子留守在村里。有一位叫麦美的姑娘嫁到村里，她温柔善良、贤惠勤劳，而且天生丽质、楚楚动人。她过门还不到半年的时间，丈夫就跟着叔叔去了暹罗，一去就是数十载，留下她一个人在家里。她不仅要照顾公公婆婆和孩子，还要耕种庄稼、看守祖屋，疲惫不堪。她日夜思念多年未归的丈夫，一天夜里她做了个梦，梦见祖屋前有一池湖水，清澈见底，微风拂过湖面泛起涟漪，湖中鱼儿跃水，湖边牛羊成群。此时，她的丈夫西装革履，手提一个大皮箱向她奔来，兴奋地对她说，这个湖真美啊，从今以后我就永远留在家里陪你！然后两人紧紧相拥……

麦美醒来后已是泪湿满襟，而她日夜思念的丈夫还不知道在哪里，于是，她下定决心一定要在村前挖个湖，让心上人早日归来，从此永不分离。从此之后，无论寒冬还是酷暑，村民每天都会看见一个女人在村前不停地挖土，挖呀挖，从长发飘飘挖到白发苍苍，终于挖出一泓清湖，后来她也终于盼回了心上人，从此夫妇幸福相依，儿孙绕膝直到终老……后来村民为了纪念这位勤劳、执着的村妇，把"乌淡村"改为"湖淡村"，祈求湖淡村永远青山绿水、风调雨顺、家家幸福美满。

云天龙在上大学之前，就一直生活在这个村子里，乡间淳朴民风熏陶着他，他也深情地热爱着自己脚下的这块土地。2007年，他从广州调回海口工作后，离家乡文昌更近了一些，回家看望父母的次数也增多了。每次踏上生他养他的这块土地，走在乡间的小路上，他总是想着自己能为家乡做点什么。这是自己祖祖辈辈生活的地方啊，他觉得自己有责任和义务帮助家乡变得更加美好。由于地理位置偏僻，湖淡村没有产业支撑，村里年轻人都外出打工了，留在家里的劳动力少，没有其他收入来源，多数村民的生活只能维持在温饱水平。

云天龙曾在哈尔滨、深圳、广州和海口等地做了多年职业经理人，在外面经历这么多，他有自己的想法，也知道现阶段农村该做什么，怎么做。回报家乡，他决定从湖淡村的环境治理开始。随着社会进步和农村的不断发展，农村环境卫生越来越受到人们的普遍关注，云天龙觉得湖淡村的生活环境有待改善，比如生活垃圾乱堆乱放，生活污水排放不畅，夏日蚊蝇乱飞……环境脏乱差直接影响着农村环境质量和村民的生活质量，环境卫生整治是重要的民生问题，对改善农民居住环境、提高生活质量、提升健康水平有着十分重要的意义。

于是，云天龙的工作和生活开启了"5+2"的模式。作为一个企业的负责人，他周一到周五在海口忙忙碌碌，大会小会开个不停，而周末的时候他就"华丽转身"，从"老总"变成了"村民"。他穿着半截裤戴着草帽，在田间地头什么活儿都干，看上去与其他村民并无二致。几乎每个周末，人们都可以看到云天龙在村子里操劳的身影，他与村干部一起谋划和实施美丽乡村建设，开会研究、部署湖淡村的工作，他还常常把村干部和村民请到自己家中吃饭，商量怎么把村庄环境整治干净。湖淡村有一些房屋因为年久失修只剩残垣断壁，周围杂草丛生，也是藏污纳垢之地。这种脏乱差的环境不仅让外面生活的村民回来觉得不习惯，有时外面的亲戚朋友来了也挺尴尬。

云天龙的初衷是组织村民先把自家门前打扫干净。他经常对村民讲："家里搞干净了，媳妇都好找，不是吗？"可是在农村，拆除废弃老宅，哪怕是残垣断壁也需要极大的勇气。但在云天龙的带领下，在村委和干部的支持和努力下，湖淡村很顺利地把村里十几间危房清理一空并铺上草皮，还把部分区域进行了硬化，于是村容村貌得到大大改观。

可是村里还没有路灯，到了晚上黑灯瞎火，村民足不出户，生活非常单调。云天龙随即发动乡亲们捐款，动员社会爱心捐款，共筹到大约二十万元，帮助村里在主要村道和每家每户的门前屋后安装了太阳能路灯。夜幕降临的时候村里灯火通明，极大丰富了村民的夜间生活，大家可以串门聊天，邻里更加和谐。村里每次捐款云天龙都积极带头，而且每次都捐得最多。只要是村里的事，他不仅出钱也出力，不论是打扫卫生，还是安装灯杆、拔草锄地，他撸起袖子就和乡亲们一起干。

短短几年，湖淡村的环境治理取得了突破性进展。有些外出一年半载才回来的乡贤走到村口，简直不敢相信自己的眼睛："哇，这是湖淡村吗？这是我的家了吗？"村里不仅路通了，路边的绿植也都成活了，到处风景美如画，让人仿佛置身于某个景点或进入城市的高档小区。后来，云天龙发现仅仅把自家门口搞干净是不够的，只有把村里的垃圾彻底清除干净，把藏污纳垢的地方清除掉，整个村庄的面貌才能彻底改变。于是，在湖淡村完成了"四大工程"——山塘改造、环村路续建、危房改造和亮化工程后，云天龙与村干部和外出乡贤多次商量，决定在湖淡村实施垃圾分类。大多数村民对他的建议非常认同，因为这些年他们在环境治理方面也尝到了甜头。

垃圾分类是对垃圾进行有效处置的一种科学管理方法。面对日益增多的垃圾和环境状况恶化的局面，如何通过垃圾分类管理最大限度地实现垃圾资源利用，减少垃圾处置量，改善生存环境质量，是当前世界各国共同关注的迫切需要解决的问题之一。湖淡村开始实施垃圾分类的时候，有的村民不习惯，他们怕麻烦或做法不规范，毕竟几十年的生活习惯一下子很难改。云天龙就耐心地和村干部、保洁员挨家挨户指导。功夫不负有心人，经过近一年时间的努力与坚持，垃圾分类目前已经成为村民的自觉行为，就连过去经常乱丢垃圾的孩子现在见到垃圾都会捡起来投放到垃圾桶中。

现在客人来到湖淡村，几乎找不到一片垃圾，许多大城市都做不好的垃圾分类工作，在湖淡村却搞得有声有色，卓有成效。云天龙在推动垃圾分类工作中成绩斐然，他也为此付出了很多很多，这么多年来，他确确实实是把村里的事情当作自家的事情来做的。目前，湖淡村已被海南省住建厅列为全省农村垃圾分类样板。海南主流媒体对湖淡村环境治理和垃圾分类的"湖淡实践"进行了深度报道，使得湖淡村与云天龙一夜走红。"湖淡村是我的根，是祖祖辈辈生活的地方，是我们永远的家园，在我有能力回报家乡的时候，没有理由不竭尽全力。去年在环境治理方面我给村里定了两个目标，第一个目标是做到村里找不到一片垃圾，这点基本做到了。第二个目标是让湖淡村的垃圾分类尽量走在前面，希望做出样板来，为海南省的农村解决垃圾分类跟资源化工作提供'湖淡方案'……"云天龙说。

虽然湖淡村在垃圾分类方面可以分得更细，做得更好，但目前垃圾收集和处理末端没有跟上，使得本来可回收的垃圾无人回收，只能当作不可回收垃圾处理，另外，有害垃圾目前尚无收集和处理的渠道。云天龙希望湖淡村在垃圾分类方面的实践和经验，能让政府加快解决农村垃圾收集和处理末端的问题。

我们知道，在数学中数值的大小是没有上限的，而云天龙的人生哲学——学算大数就是高瞻远瞩、从长计议，就是无私奉献、无怨无悔，就是付出一切、不求回报……他处处以身作则，以自己的大爱和无私让村民们明白，和睦的邻里关系是用心经营而成的，人若变得斤斤计较早晚会失去人心，因为心小的人，天地大不了，所以做人做事目光应该放长远一点，远望才能有更多收获。细心的朋友在他的微信头像上发现了这样一行文字：

吃亏是福，练就吃亏能力，让自己长期处于吃亏状态，是赢家应有的境界。

是的，吃亏是福，这是老祖宗留下的一句深入民心的古训了，但现代人都特聪明精明，哪个愿意真的吃亏呢？而云天龙就认定了这个理！在海南，为家乡建设捐款的人有不少，但是像云天龙这样不但捐款，还每个周末都回乡亲自与村民一起谋划村子发展、一起奋斗改变家乡面貌的人，却是凤毛麟角。

这些年，为了解决湖淡村的环境治理和垃圾分类问题，他这个"周末村主任"一次次奔波在海口和文昌之间的路途上，光是开车的油钱就不知花了多少，更别提他付出的时间和精力了。但是在他看来，"吃亏是福"关键在于心，在于不计较个人得失，为家乡做点自己能做的事情，是应该的、值得的。湖淡村的村民无论老少，现在个个脸上洋溢着一种自豪感和幸福感，这让云天龙也觉得很欣慰，他觉得自己付出一切努力，就是为了乡亲们能够拥有一个优良的生活环境和美好未来。

垃圾分类可以减少占地，减少污染，可以变废为宝。垃圾虽小，却牵着民生，连着文明。对于海南来说，农村的环境治理不仅与美丽乡村建设和乡村振兴战略有关，而且关系到海南自贸港建设。2020年全国全面铺开实施垃圾分类，而云天龙带领的海南省文昌市冯坡镇湖淡村早就率先行之，这无疑是有先知先觉、有预见性的。垃圾分类不仅改善了湖淡村的环境卫生，更重要的是改变了每一个湖淡村人的观念，影响到湖淡村的子孙后代，这是惠泽百姓、功在当代、利在千秋的事情。城市还办不到的事情，乡村却做到了，云天龙把别人眼中的"不可能"变成了现实。

其实，云天龙的"吃亏"不仅是一种境界、一种胸怀、一种情操，更是一种责任、一种义务、一种品质！我们知道，能够吃亏、懂得吃亏，练就了吃亏能力的人，往往是一生平安、睿智澄明、幸福坦然的。目前，慕名来湖淡村参观学习的人很多，而人们对"哥龙"也有了更深的认识，他浓浓的乡愁、大大的爱心、勇敢的担当、预见性的眼光，以及无私奉献的精神令很多人感动，他倡导的垃圾分类也得到了各级政府的重视，他本人也因此结交认识了更多的朋友，获得了更多人的认可。

　　云天龙说今后的日子他将继续当他的"周末村主任"，带领乡亲们为湖淡村更加美好的未来而努力。学算大数，吃亏是福……事实上，云天龙已经达到了一个崇高的思想境界，那就是赢家的境界！

# 植物会说话

## ——湛江南亚热带植物园游记

常言道："小草无言，树木无语。"在很多人的印象里，植物就是默默无闻、安安静静地待在那儿，悄无声息地生长着的。千百年来，人类一直以为植物的世界是"无声"的，是不能进行交流的，但现代科学研究否定了这一观点。

诺贝尔文学奖获得者、德国作家赫尔曼·黑塞在《树木》一文中写道："树木是神物，谁能同它们交谈，谁能倾听它们的语言，谁就能获悉真理。"其实，植物是有情感、有语言的，每次面对一株植物，无论是一棵大树，还是一朵小花，我都希望可以听到它们的声音，感知它们的内心，都有与它们交谈的欲望。我家里养的植物，我都悉心对待它们，它们像宠物一样个个都有名字呢。

植物园一直是我的最爱，各地的植物园各具特色，每次进入一个植物园，就像进入一个神奇的王国，让我心生欢喜。湛江南亚热带植物园景色迷人，资源极其丰富，空气清新，四季花果飘香，是个难得的幽静场所。该园位于湛江市湖光岩畔，是一个常年绿树成荫、奇花异草争奇斗艳的美丽氧吧，其集科研、游览和普及植物知识于一体。走在植物园悠长的树荫笼盖的小路上，是一件心旷神怡的事情。突然，我的面前出现了一棵大树，一棵我久违了的大树，于是我不禁走上前去对它说："啊，亲爱的，你真漂亮，你好高大，好帅气！我来看你了！"然后我拥抱了它，就像紧紧抱着自己的至爱亲人一样，我仿佛能感觉到它的树干变得热了起来。

　　同行的友人都笑我多情："你怎么能跟一棵树说话呢，它又怎么能听得懂？"我说："它应该听得懂。植物有语言，它们都是有感觉的生物。"

　　是的，花草树木是一种特殊的生命，是一种有情感、有知觉的生命。有人曾做过这样的实验，当要锯掉一棵古树的时候，它的体内会分泌出一种如同泪水的液体来。当一个人伏在树上拥抱它的时候，它的温度会变得正常，而且树叶舒展。你可能不会相信，泰国一个菜农天天抚摸他的黄瓜，跟黄瓜说话，亲吻他的黄瓜，还放音乐给它听，后来发生了什么奇迹呢？他的黄瓜竟然长到了两米长。

　　可不要以为植物的语言就是风吹树叶的沙沙声，或者是雨打芭蕉的滴答声。其实对植物来说，它们的语言是通过释放化学物质来完成的，这种方式与人类发出声音的说话方式有本质的区别，更像是某种隐秘的窃窃私语。据说，当一片除虫菊受到伤害时，它们可以通过交流守望相助。的确，植物之间交流的一个重要作用就是主动防御可能出现的病虫害威胁。在《植物大战僵尸》这个著名的游戏里，每株面临危险的植物都像豌豆射手那样准备好自己的撒手锏，英勇地赶走"阴魂不散"的入侵者们，绝不坐以待毙。

　　在湛江南亚热带植物园里，当我再次俯身抚摸一棵绿萝，并对它喃喃自语的时候，同行的友人又问："难道它真的跟你说了些什么吗？"

　　"是的。"我告诉他们，"这棵绿萝伤感地告诉我，它曾经喜欢过一朵蒲公英，可是有一天它随风而去了。而那棵杉树说，它怕被暴晒，怕大风吹乱它的发型。有些植物还有点'作'，当它'寂寞'时，它会自动发出'好无聊''来个人儿吧'的话来引起别人的注意。如果你不理它，它会得抑郁症，如果你对它打扰太多，它还会烦躁。它们渴了的时候叶子就会蔫，它们掉了叶子或者落了花蕾，可能就是水喝多了。它们会把心情都写在脸上，把最真实的感情流露给它们喜欢的或不喜欢的人。尽管目前，植物的语言并不能直接被人们听取，但我们在花园或林荫小道散步的时候，或许能以更动态的视角去看待那些不跑、不跳、不出声的植物，说不定它们正欢乐地聊天呢，今天我们这一帮人的到来，也使它们呈现出一种'兴奋'状态。"

　　我的这番言论让同行的友人很意外，但同时也得到了他们的认可。是的，植物王国是一个纷繁复杂、妙趣横生的世界，如同人类一样，植物也有着自己的个性、喜好与特点。对于园丁来说，如果你能听懂植物的语言，辨别出诸如"热""冷""渴"等单词，那么它会告诉你什么样的温度、水分和养料是它最喜欢的。植物不仅具有情感，有语言对话，而且具有记忆力。植物的语言，人的耳朵往往听不到，也听不懂，但只要你怀着一颗爱心，是能感知的。其实，我对很多植物的认知还停留在很浅薄的层次。"这是一朵花，一朵很惊艳的花；这是一棵树，一棵很魁梧的树……"我最多能这么说说而已，但是我喜欢它们，把它们当作朋友、当作亲人来对待，爱抚亲近每一株植物，让我重新认识了失落千年的世界，感觉到生活的美好。

我们的星球，是一个植被覆盖率超过70%的星球。土壤、温度、阳光和水分，赋予每株植物完整的生命。郁郁葱葱的大树，娇艳美丽的花朵，坚忍顽强的小草，一花一世界，一叶一菩提，树木之间有乾坤，植物身上有灵肉。曾经有两个人，受人指使在深山里欲把一棵百年榕树砍了卖钱，可是他们举起的斧头，明明是对着树干的，却莫名拐了一下，直直砍向自己的大腿，鲜血直流。他们知道自己触犯了树神，于是马上跪下，泪流满面地向大树道歉。是的，人类如果违反了自然规律，不仅不能胜天，而且还要接受上天的惩罚。植物与人类的生活息息相关，植物不仅给人类提供了生存必需的氧气，还提供了食物和能量。如果地球上没有了植物，人类面临的现实只有一个，那就是灭亡。我们也无法想象，一个没有植物的世界，失去了鲜艳的花朵，看不到清新的绿叶，生活该是多么枯燥和乏味。

在色彩斑斓的世界里，每一株植物都是一个载体，它们都寄托着感情，承载着爱恋。傲立冰雪的是梅花，笔直挺拔的是白桦，四季常青的是冬青，落英缤纷的是樱花，清新素雅的是栀子……尽管到目前为止人类对植物语言的了解仍然非常有限，但是，不管怎么说，科技在进步。如果有一天，人类能真正听懂植物的语言，那农业生产将发生一个历史性的飞跃，到那时候，"农民不出门，能知田间事"。

虽然不是每一种植物我都可以叫出它们的名字，我也不能确切地知道它们属于什么科，喜阴还是喜阳，但是无论红的绿的、高的矮的，我都带着一种欣赏的眼光看待它们，因为我知道它们都是有情感、会说话的。在湛江南亚热带植物园里，我更加深刻地感受到了这一点。善待每一株植物吧，只要你爱它，关心照顾它，俯下身来用心聆听它，你就一定能听见它对你说话。

难道你不想试一试吗？

# 弋阳国际文学村

在江西省上饶市，有一个地方叫"弋阳国际文学村"。慕名来到文学村，我们首先看到的是村口的乡愁广场，它主要由当地的民俗风情景观墙、莫愁湖等组成。那一方水塘，那一架水车，还有那棵古老的香樟树，立即让人产生"采菊东篱下，悠然见南山"的感觉。

确实，这是一个世外桃源，是个令人难忘的地方。这个小山村其实并不大，宁静得有些超然脱俗，据说才一百多户人家，大多是江姓、廖姓和肖姓的村民，没有打造成文学村之前，就叫"江廖肖村"。行走在屋舍俨然的平整村道上，各种充满时代特色而又不失乡土风情的建筑映入眼帘，在这个人文与风土气息并存的地方，悠长的小路、崭新的乡村风貌，全部透着浓浓的文艺气质，让我们流连忘返。

竹根流水带溪云。

无肉令人瘦，无竹令人俗。

又得浮生一日凉，殷勤昨夜三更雨。

在文学村，一草一木都显得格外不同。竹林文化小巷里，几乎每根竹子上都系着竹牌子，大多是一些古老醉人的诗句。黄黄的竹牌子，依偎在青青的竹子杆上，这本身就是"新"时光和"旧"时光的相遇。在打造景观的同时，也让村民和游客享受着文学、文化的熏陶，也让每一根竹子都灵动起来，风儿吹过叮当响，竹子和竹叶皆"笑傲云天"。

　　弋阳国际文学村设有多家不同风格的民宿，我们入住的那家田园风格的民宿更具特色，独树一帜，它不但有一个让人感觉温暖的外观，还有一个让人不会忘记的名字——"天天惦记"。"天天惦记"民宿产业在该文学村有好多个艺术院子，每个院子都大名鼎鼎，比如"王蒙文学馆""梁晓声文学馆""梁衡文学馆""周大新文学馆"等，用作家的名字来命名院子，直接表达民宿公寓的文学概念。其设计很别致，院子和围墙饰以木篱笆等，室内装修个性鲜明。"天天惦记"民宿的一层为活动区，可以阅读、品茶、喝咖啡、组织沙龙等，二楼是舒适的客房。自开放以来，"天天惦记"为广大文友们提供了一处温馨的心灵栖息地。

　　为什么"天天惦记"民宿的主题鲜明不俗呢？因为它的宗旨就是：让生活返璞归真，圆你一个院子梦！在我们入住期间，确确实实享受了"山气日夕佳，飞鸟相与还""榆柳荫后檐，桃李罗堂前"的居住环境，真真切切感受到理想中的归园田居的生活状态，找到了家的感觉。"天天惦记"有自己的文创理念，也有自己的配套标准，其服务更是与星级宾馆相比齐。特别是"管家"们的专业团队精神给我们留下很深的印象，每一天的早餐都是精心准备的，每一碗粥都精心熬到一定的火候。一大早，阳光就肆意洒进了"天天惦记"的院子。院子里的花儿开了，这里有花香，更有书香。楼梯上摆满了书，我们坐下来，风吹到哪页读哪页，每一个字都生情，每一句话都入心。院子外面的柚子沉甸甸地挂在枝头，白云在天空中飘动，时间在文字间流淌……

　　更让人意外的是，从文学村步行十多分钟，就可以到达中国著名 AAAAA级景区、有着"江上龟峰天下稀"之美称的龟峰。原来，弋阳国际文学村就坐落在龟峰的山脚下。如果说文学村因龟峰而添风采，那么龟峰则因文学村而更加瑰丽。这群山脉之所以被称作"龟峰"，是因为那里到处都可以看到形似乌龟的山石，大大小小，形态各异，可以说无山不龟，无石不龟。难怪弋阳国际文学村有她特有的风韵。每个来到该村的客人不但可以享受这里的艺术风情，还可以酣畅淋漓地感受龟峰如诗如画的秀美。

　　我们入住的"天天惦记"民宿，其实也不仅仅是一座房子、一个院子，更重要的是，它还象征着理想的生活方式。"天天惦记"的院子里既保留了原有的建筑风格，又彰显了文化与生活的内涵，在艺术与情趣的表达上直接给客人惊喜与意外。而与文学结缘，是这些院子的鲜明主题，所以每个院子都有书房，有书友交流的空间，宽敞而大气，这与其他民宿有着很大的区别，文学与文化的概念一下子清晰地显露出来。

弋阳国际文学村自从创办以来，一直秉承着"文学交流、文字创作"的理念，聚集了来自全国各个省份及港澳台的作家和文学爱好者。这里不但是乡村振兴的研学基地，更有鸡鸣狗吠渲染村落意境。不仅有诗和远方，也是一个有人间烟火的地方。在村子里，随时可见母鸡带着一群小鸡闲庭信步，大大小小、不同颜色的狗儿，相互追逐打闹嬉戏，池塘里的青蛙呱呱叫不停，树上小鸟随时在唱歌……慕名而来的游客更是络绎不绝，有人陶醉于青山绿水之间的小桥流水人家，亦有人痴迷于这世外桃源的岁月静美。

文学创作需要悠然、寂静、舒适的环境，弋阳国际文学村民风淳朴、邻里和睦，又紧邻世界自然遗产、国家 AAAAA 级旅游景点的龟峰风景区，是文学、旅游、村民致富奔小康的综合和统一，实属众望所归。你有故事，我有文笔，你有美酒，我有情怀，那咱们不妨坐在"天天惦记"的院子里喝一杯咖啡，无论历经了怎样的辛酸苦辣、人生的坎坎坷坷，把这一切都交给文字吧。在这个浮躁喧嚣的时代，能找到一个这么美好的地方，能静心读读书、写写字已实属不易。

人生最好的旅行，就是在一个陌生的地方有一种久违了的感动。人生最好的驿站，就是入住一间特色的民宿，无比留恋久久不舍离去。什么时候再有机会去弋阳国际文学村，再次入住艺术院子、田园民宿"天天惦记"呢？

# 跨年随想

　　跨年，是近年来新兴起来的词儿，显然是从西方国家传过来的，年轻人更是热衷于此事。但其实，旧年和新年的界限不过是人为划定的。星辰依旧，日月如故，太阳还是那个太阳，月亮还是那个月亮，时间还是那个时间，可是人们为什么越来越热衷于跨年呢？

　　其实，跨年是一种仪式。如果生活只是简简单单地日复一日，那还有什么意思呢？人生在世，无论做什么，特别是一些重大的事情，仪式感很重要。人毕竟是讲究意义的，必须给生活中的某事某物某时某刻贴上标签，给有限的生命长河做一些标志，并为此搞个庆典，这样才觉得生命充实和丰满。所谓跨年，不过是完成了自己规定的一段主观时间的循环更替而已。当然，它的意义也是非凡的。

　　每到新年，各国的元首都要致辞，既有鼓励、希望，也谈到了具体的人与事，很亲切、很实在。每当到了新旧年交替的时刻，全世界无论什么地方，每个人的肾上腺素都会激增，大人小孩似乎都显得十分兴奋，有些人还在大街上大喊着、奔跑着，似乎整个世界都变得狂热起来。这种令人振奋的时刻最容易使人忘却烦恼，摈弃忧愁，满怀希冀。世界各地有很多跨年胜地，人们都以各种各样的方式跨年，虽然文化不同，却有着同样热闹欢乐的跨年氛围。

　　在爱丁堡，跨年的传统做法就是在福斯湾大桥下的冰水里戏水，以冬泳的方式庆祝新年。在泰国清迈塔佩门附近，人们走上街头燃放烟火祈福、迎新年，夜空中升起的点点亮光如点点繁星。在日本东京，民众在六本木之丘迎接新年的日出，到处一片欢乐、祥和。在荷兰海牙，人们点燃篝火堆迎接新年到来，火光照在他们幸福的脸上。而在中国，人们跨年的方式更多：有些地方以天地为景，冰雪为画，用音乐热情对抗冬日严寒，释放本真色彩；有些地方举办音乐晚会等，气氛热烈，掌声不断，笑语连连……

《说文解字》曰："跨，渡也。从足、夸声。"其本义是"抬腿向前或向旁移动越过、迈过"，引申义是指"超过时间或地区之间的界限"。简单来说，所谓一年的结束，就是地球绕太阳公转一周，然后紧接着开始下一个公转周期，年复一年。我们仰望头顶那包容了亿万年雨雪风霜的天空，感受生命的奇迹及活着的美好，感恩给予我们生存养分的阳光、雨露和空气。如果不把跨年当回事，我们是不是会忘掉整个作为参照系的宇宙了呢？或许跨年就是提醒我们将自己放入更为宏观的视野吧。

"一夜连双岁，五更分二天"，新旧年交替的时刻一般为夜半时分，也是"跨年"真正来临之际。每当这个时候，家人朋友团聚在一起，点起蜡烛或油灯，围坐炉旁闲聊，等待着辞旧迎新，内心充满了期待。据史料记载，咱们中国人这种"守岁跨年"的习俗最早出现在南北朝，后来逐渐盛行。唐朝初期，唐太宗李世民还写有《守岁》一诗："寒辞去冬雪，暖带入春风。"直到今天，国人还习惯在新年来临之夜守岁，屋外时鸣鞭炮，室内围炉团坐或者看电视，合家欢乐。

回想2020年初，突如其来的疫情打破了我们正常的生活节奏，人们比以往更加期待新年的到来，更希望"跨越"，2021年的"跨年"也就有了其不同的深刻内涵。

其实，人类有几千年的历史，也曾经遭受过许许多多的不幸，但最终人们一次次"跨"过了各种各样的苦难，而那些曾经遭受过的苦难，都会在未来生命中开出美丽的花朵。我们可以跨过岁月，也可以跨过坎坷。

凡是过往，皆为序章。刚刚过去的一年属实不易，而新年万物更新将扭转乾坤。我相信，人们所求皆会如愿，所行也将化为坦途！

# 附录

## 非遗是生命的一种记忆

### ——对女作家曾万紫的访谈录

叶海声

记者：作为一名作家，能否请您就我省非物质文化遗产的话题，谈谈您的看法。

曾万紫：非物质文化遗产是生命的一种记忆，是人类创造力的精神源泉，它承载着民族的历史积淀，是民族文化的命脉所在，有着重要的文化价值、历史价值和精神价值。海南拥有丰富的非物质文化遗产，科学和持续地传承与发展非物质文化遗产，就是对中华文明的传承与发展。

记者：据说 2016 年海口市宣传部和市文联等单位组织作家们撰写了一批非物质文化遗产的书籍，而您是其中的作家之一，请问您写的是哪方面的内容呢？

曾万紫：哦，是的。对于作家来说，以文字记录这些非遗项目也是传承的一种方式，是我们义不容辞的责任和义务。2016 年，我们几位作家从海口市市委宣传部、海口市文学艺术界联合会、海口市作家协会那里接受了这套非物质文化遗产丛书的写作任务。我们撰写的非遗项目有很多个，共十一部书，我所负责的这部《舌尖上的技艺》，内容包括四个非物质文化遗产项目，它们分别是琼式月饼制作技艺、海南粉烹调技艺、鹿龟酒酿泡技艺和土法制糖技艺。这些都是我们海南人非常熟悉的"舌尖上"的东西。

**记者：能否就您写的这部书中的某个非遗项目，跟我们《南国都市报》的读者朋友们详细谈谈呢？**

曾万紫：好的。民以食为天，传统美食技艺是非物质文化遗产的重要组成部分。现在，中秋节快到了，我就来个应景的话题，以我即将出版的非遗书籍《舌尖上的技艺》中的琼式月饼的制作技艺跟大家谈谈吧。

月饼是国人在中秋节必吃的一种食物。"月饼"一词最早出现于宋代的《武林旧事》。琼式月饼承载着许多海南人中秋的回忆，许多上了年纪的海南人都还记得，以前的琼式月饼都是一筒一筒包装的，装四块月饼的简称"四头"，装六块月饼的简称"六头"。"北铺市，糖糕铺，道堂墟，缝衣裤"是流传于海口羊山地带的顺口溜。当年北铺市是何等辉煌已不得而知，但提起北铺，人们脑海里就会出现花样繁多的糕点，以及香色俱佳的小吃。据说，琼式月饼被发明出来后，最早就是在这里走向市场、进入海南人民生活的。

民国时期，海口地区的糕饼铺最多时超过三十家，几乎都是前店后厂的形式，集中在现在的解放路、中山路等繁华街道，大多数饼铺中秋都会制作琼式月饼。20世纪40年代，海口的"蔡全记""冠全珍"等店铺生产的琼式月饼已声名远扬。提起海口老字号月饼，海口中年人最了解"红星"，老年人最熟悉"庄琼珍"，其实二者一脉相承。

**记者：您认为琼式月饼的主要特色是什么？其中含有海南哪些文化元素呢？**

曾万紫：首先，琼式月饼的饼味特别突出；其次，琼式月饼的馅料配制具有本地特色；最后，琼式月饼还有一个显著的特点就是朴素实在，恰似我们海南人的性格。它的包装简洁，货真价实，走亲民路线，一般不追求铺张浪费，就连最原始的纸筒式包装也依然保留至今。人要一张脸，树要一张皮，月饼也一样。很多海南本地人对琼式月饼最为留恋的，也是它独具特色的那张酥皮。就这一张皮，成就了琼式月饼在饮食界的"一席之地"，成了海南人饮食的一部分。

琼式月饼也承载着琼籍海外乡亲的思乡之情，并曾经随着华人华侨被带到了东南亚一带，成为琼籍海外乡亲思乡的念物。每到中秋时节，海外琼籍华侨也总喜欢品尝一下故乡的琼式月饼，以回味那一缕浓浓的亲情。日军侵琼时期，琼式月饼仍然大受欢迎，经常有华侨或是亲戚专程在中秋前过来买月饼，然后再辗转带到马来西亚、新加坡。其实，那时的月饼保质期仅一周左右，酥松的饼皮很容易破散，恐怕带到南洋后，饼大多已经破损了。但人们仍然可以用它来一解思乡之情，愿意千里迢迢地携带家乡的味道。

**记者：琼式月饼有哪些价值、意义？其濒危现状及其原因又是什么呢？**

曾万紫：琼式月饼有五大重要价值，即工艺价值、文化价值、社会价值、经济价值和营养价值，其"松、酥、软"的鲜明特色蕴藏着丰富的文化理念和人情伦理，承载着人与人之间浓浓的情感，也符合现代人健康饮食的理念。海南与广东紧相连，在海南没有建省之前，在行政上也曾经隶属于广东省。这么多年来，由于各方面的原因，琼式月饼一直受到广式月饼的挤压，市场份额越来越小，许多原本生产琼式月饼的厂家纷纷转产广式月饼。

很多"时尚人士"认为，琼式月饼虽传统古朴，但是因为其外形太朴实简陋，如果送礼的话会"败色水"。也许生活好了，在流行"吃盒不吃饼"的时髦风气下，年轻人更热衷于包装的事儿。目前，海口仅剩的几家琼式月饼企业还面临着技术、市场、原材料价格逐年上涨等压力，其他都是小作坊式的加工点，琼式月饼处境令人担忧。琼式月饼被列为海口市的非遗项目，也是政府对这门技艺的保护和扶持。

**记者：作为一名本土作家，您如何看待外来文化对本土文化的冲击？**

曾万紫：外来文化与海南本土文化相交汇，形成了一种风格独异的文化杂糅，但是世界上只有一个海南岛，这种唯一性和不可替代性不仅表现在海南岛美丽的自然景观中，同时还表现在海南本土文化独特的魅力上。海南文化不是单独存在的，她之所以有悠久的生命力，就在于她具有开放的特色。建设国际旅游岛和自由贸易港，发展海南旅游产业，必须把海南本土文化元素放大，极力弘扬海南文化，使国际旅游岛在世界旅游业中独树一帜。在全球化的背景下，我们面对多元文化，要处理好它们之间的关系，努力实现文化的和谐。

**记者：您对琼式月饼制作技艺的发展前景有什么看法呢？**

曾万紫：在广式月饼的冲击下，海口很多老字号的琼式月饼店都关门了，其他市县的小作坊更不用说了。目前我国市场上销售份额最多的就是广式月饼（包括港式、潮式），而土生土长的琼式月饼虽然表面上看不是那么"珠光宝气"，可它却深深扎根于市井百姓中间。它物美价实，是老百姓买得起，吃得可口，又最能体现传统特色的中秋月饼。琼式月饼留给人们更多的是对海南传统文化的关注，琼式月饼里蕴含着海南文化元素、是一种饱含海南乡情的记忆。

琼式月饼不仅是美味的点心，而且是海南传统文化的标志之一，品尝琼式月饼更是精神享受，是文化与怀旧情怀的交流。琼式月饼这么多年来没有被广式月饼挤垮，没有完全倒下去，而是顽强拼搏生存了下来，这足以证明琼式月饼是有一定生命力的。成立于1988年的海口富椰香饼屋食品有限公司，是为琼式月饼能"活"起来而坚守的厂家之一。近年来，琼式月饼的传承人、海口富椰香饼屋食品有限公司总经理符志仁先生一直在全国各地寻求技术力量，试图研究出一套符合琼式月饼机械化生产的生产线，使琼式月饼能够有更强的竞争力。

我们有理由相信，利用现存的几家琼式月饼生产企业这一宝贵资源，认真组织实践教学和技术培训，可以更好地解决当前琼式月饼生产企业熟练技术工人不足的问题。琼式月饼完全可以在传统工艺制作的基础上进行改进，扩大生产规模，开发为独具特色的旅游商品、送礼佳品，打造成海南旅游业的一个品牌。琼式月饼可借海南创建国际旅游岛和建设自由贸易港的大好时机发展成为旅游特色商品。

**记者：非常感谢您今天就海南非遗话题，就琼式月饼的制作技艺，与读者朋友们进行了一次深切的交流。**

曾万紫：不客气。但愿承载着海南特色、蕴含着本土文化元素的琼式月饼，能在不久的将来突出重围，走出海南，走向全国，走向世界。海南非物质文化遗产的传承任重道远，我愿为家乡的文化繁荣尽自己的绵薄之力，让我们共同期待海南的传统文化得到更进一步的保护、传承。谢谢大家！

# 跋

在繁忙的工作之余,我一如既往地看书写作,并陆续在省内外报刊上发表了一些文章。作为土生土长的海南人,我更加关注本土的历史和文化。最新的这部散文集《我家住在解放路》收录的文章有几十篇,分为三辑,同样包含诸多海南元素。

第一辑《椰城走读》中的《走海口》,记录了我用脚步丈量这个城市的体验,表达了我对自己出生和成长的城市的深情依恋。《风云五层楼》和《海口"北门头么井"》一定能勾起很多"老海口"久远的回忆,而《钟楼的钟声》从江上传来,《东湖·西湖》的风情也能让外地游客瞬间爱上这独特的椰风海韵,《有趣的地名"三公里"》呈现了鲜为人知的海南地名背后的故事。

第二辑《家在海南》中《海南人的做年》《后安粉的味道》《多彩多情,万福万宁》等表现了浓厚的本土乡情。读者随着我的笔端可以了解海南各地的风俗人情,如《椰乡之椰》《白马井的渔婆》《黎族文身,写在身上的图腾》等。《自贸港·海南梦》让人们感觉到"小"文章背后的"大"情怀,以及未来海南的美好愿景。

作为一名作家,一个行走于文字间的女子,阅读和写作占据了我生命中的很多时间,我对生活也有更多的观察和感悟。我的笔墨在海南走了一遭后,我把视角放到更远的地方。生活是多彩多姿的,本书的第三辑《世态百生》涉及的面比较广,有历史上的人物故事,也谈到了现代人面对生活的种种无奈，等等。不但描述了雷州的石狗，会"说话"的植物，还谈到了方志敏的"中国梦"，并介绍了江西省的弋阳国际文学村。《戒指·女人》也让人看后突生感慨，这就是我笔下的百态人生。

对于我来说，人生最幸福的事情，就是每隔数年拿出一部新书来呈现给读者朋友们，这对自己也是一个交代。而随着人生阅历的不断增加，书写速度的不断增快，还有"人生苦短，时不我待"的紧迫感不断增强，"数年"间隔的时间越来越短，这是好事。这部散文集《我家住在解放路》的出版，也是我写作道路上的一个里程碑。希望此书能成为外地游客了解海南的一个窗口，也能为读者朋友打开一扇崭新的视野之窗。以我手写我心，下笔为文，我有自己的风格，也有自己的文采。对于走过的路、看过的景、赏过的花、见过的人，我相信自己的眼光、视角和感触都是独特的。

真心感谢一直关心和关注我的朋友，感谢每一位热心的读者！

曾万紫

2022 年 8 月 1 日于海口伊人书斋